Frank Nowatzki wurde 1964 in Berlin geboren. 1988 nahm er Kontakt zu Black Lizard in Berkeley auf und stieg mit einem Franchise-Deal ins Verlagsgeschäft ein. Seit 1994 ist er Herausgeber der Reihe Pulp Master im Maas Verlag, Berlin. In seiner Freizeit hält er sich mit Boxen fit oder spielt Rhythmusgitarre bei den Clit Cops. Er ist Galoppsportfreund und hat seit dem Derbysieg von Lavirco kein Grupperennen mehr versäumt. Er lebt mit seiner Frau Ute und Sohn Elvis in Berlin.

FRANK NOWATZKI (HRSG.)

ANTI-
HERO

FEAT.
CHARLES WILLEFORD

pulp master

pulp master
Band 10

Erschienen im MAAS Verlag, Berlin

Deutsche Originalausgabe
Erste Auflage 2001

Herausgegeben von Frank Nowatzki
Übersetzt aus dem Englischen
von Gabriele Bärtels (# 1-3) und Ango Laina (# 4-7)
Lektorat: Angelika Müller, Bettina Seifried
Redaktion: Ute Nowatzki, Verena Schmidt-Roschmann
Titelbild: 4000, Hamburg
Skizzen: Georg Osswald
Umschlaggestaltung und Layout: MM
Druck und Verarbeitung: Norhaven A/S, DK-Viborg

Veröffentlicht als
PULP MASTER Paperback 3-929010-66-6

Die Deutsche Bibliothek - CIP-Einheitsaufnahme

Antihero / mit dem Debütroman von Charles Willeford. [Hrsg. von Frank
Nowatzki. Übers. aus dem Engl. von Gabriele Bärtels und Ango Laina]. -
Berlin : Maas, 2001
(Pulp Master ; Bd. 10)
ISBN 3-929010-66-6

Für Erich Maas
18.6.1952 -12.4.2001

EIN VORWORT
VON FRANK NOWATZKI

Ich habe ziemlich lange mit mir gerungen, dieses Buch überhaupt zu machen, denn Anthologien lassen sich, aus welchen Gründen auch immer, relativ schlecht verkaufen. Glücklicherweise ist dieses Kriterium bei uns eher sekundär. Es wäre schlicht schade gewesen, das hierzulande noch unveröffentlichte Material in der Schublade verstauben zu lassen. Schließlich hatte die Old-School-Fraktion der hier versammelten Autoren meinen Geschmack an Crime- und Pulp Fiction wesentlich geprägt. Die wilde New-School hat letztendlich dafür gesorgt, dass ich nicht mehr davon losgekommen bin. Genau genommen ging es in den Achtzigern los, als ich begann, ein eigenständiges Sub-Genre inmitten der Masse an Kriminalliteratur für mich zu entdecken und qualitative Unterschiede wahrzunehmen. In San Francisco bekam ich von einer Freundin die RE/SEARCH-Ausgabe von Charles Willefords Debüt *High Priest of California* mit folgender Widmung geschenkt:

... the ultimate in cool in California right now ...
Burroughs-Verehrer V. Vale hatte RE/SEARCH mit wenigen hundert Dollar Startkapital gegründet, die er unter anderem von Allen Ginsberg für das Punkmagazin SEARCH & DESTROY erhalten hatte. Dass ein ehemaliger Pulp-Writer wie Charles Willeford ausge-

rechnet im Punk-Umfeld wiederentdeckt wurde, war kein Zufall. Denn Willeford hatte das schöne Cadillac-Amerika gnadenlos demaskiert und für dieses Unterfangen einen fiesen, selbstgefälligen Antihero geschaffen. Ein obsessives Macho-Arschloch, das seine eigene Auffassung vom American-Way-of-Life zelebriert und Spaß daran hat, seine Mitmenschen zu manipulieren. Das hier war ein ganz anderes Kaliber als die Whodunits und Krimis, die ich bisher kannte. Buchstäblich angefixt, stieß ich unweit von San Francisco, in Berkeley, auf die BLACK LIZARD BOOKS und den Herausgeber Barry Gifford (*Wild at heart*), der weitere Willefords und andere Pulp-Poeten wie Jim Thompson und Paul Cain wieder veröffentlichte. Autoren, deren Bücher im Laufe der Jahrzehnte in Antiquariaten verstauben und vergilben. Autoren, die ihre Bücher entgegen dem damaligen Zeitgeist mit psychopathischen Fieslingen bevölkert hatten und dem Leser eine andere Sicht auf die gesellschaftlichen Verhältnisse darboten: die des Antiheros.

Paul Cain war 1933 der erste, der im legendären US-Pulpmagazin BLACK MASK die Figur des Antihero als Stilmittel einsetzt und so die Welt der Crime- und Pulp Fiction verändert. In *Fast One* erzählt Cain die Geschichte des schießwütigen, amoralischen Gangsters Gerry Kells und beeindruckt damit selbst die beiden Flaggschiffe Dashiell Hammett und Raymond Chandler. Chandler bezeichnet Cains Stil sogar als ultrahardboiled. Es war ein geschickter Schachzug von Paul Cain, die vertrackte Lage der Nation durch die Figur des Antihero selbst formulieren zu lassen. Hatte doch die Prohibition in den zwanziger Jahren die verbotene Herstellung und den ebenso illegalen Vertrieb von Spirituosen im großen Stil provoziert, wurden gesetzlose Verhaltensweisen bereits nach kurzer Zeit zur gesellschaftlich akzeptierten Norm. Eine ganze Nation verhielt sich kriminell und ermöglichte der Unterwelt, sich zu organisieren und so stark zu werden, um ihre Fühler bis in die höchsten Ebenen der Gesellschaft und Politik ausstrecken zu können und den Polizeiapparat zu korrumpieren. Entsprechend skizziert Paul Cain in *Der Ausputzer* eine Art Grenzgänger zwischen Gesetz und Illegalität, der alle Fäden in der Hand hält, der manchmal mit der Polizei zusammenarbeitet, um sich Vorteile zu verschaffen, manchmal aber auch verborgen im Hintergrund agiert. Für das noch junge Hardboiled-Genre, einer Melange verschiedener Stile und Genres, die auf die Mythen und Heldenfiguren des alten Western setzte, war das ein Paukenschlag. Paul Cain (1902-1966), der eigentlich George Carrol Sims hieß, verhielt sich völlig anders als seine berühmten Kollegen, legte sich Decknamen zu und verschwand ab und an völlig von der Bildfläche. Er behauptete, selbst Gangster gewesen zu sein, hatte als Maat die halbe Welt kennen gelernt und tauchte plötzlich in den späten Dreißigern unter dem Namen Peter Ruric als Drehbuchautor in Hollywood auf. Als PULP MASTER 1995 sieben Paul Cain Stories unter dem Titel *Totschlag* herausbrachte, schrieb Fritz Göttler in der SZ: » ... näher an Musil und Doderer als Hammett oder James M. Cain. Die einsamen Helden plagen sich mit dem unentwirrbaren Geflecht aus Eifersucht und Ambition, Politik und Verbrechen, Intrige und Verrat, werden gepeinigt vom Zweifel an sich selbst.« Die längst verloren geglaubte Paul-Cain-Story *Der Ausputzer* entschädigt mich dafür, hier nicht alle Autoren, die für die Thematik von Bedeutung wären, einbeziehen zu können. Bleiben wir also bei meinen persönlichen Favorites.

Der Eintreiber kommt nach dem Zahltag von Fletcher Flora (1914-1969) erschien ursprünglich im MANHUNT-Pulpmagazin, das die BLACK MASK Tradition fortsetzte. Floras präziser Erzählstil und seine Verliererfigur Frankie, die in einem desolaten Umfeld versucht, dem Augenblick etwas Kontrolle über das Geschehen abzutrotzen, heben ihn deutlich aus der Masse der Vielschreiber heraus, die sich oft mit größeren Themen auseinander setzten: Senator McCarthys Kommunistenhatz, nukleare Bedrohung, Jugendkriminalität und landesweit organisiertes Verbrechen. Die zu letzterem abgehaltenen Anhörungen vor Untersuchungsausschüssen wurden Anfang der Fünfziger in Rundfunk und Fernsehen übertragen und brachten kriminelle Verwicklungen bis hin zum netten Kommunalpolitiker von nebenan zu Tage.

Während Mickey Spillane der schockierten Öffentlichkeit als Antwort auf die aktuellen Verhältnisse seinen Privatdetektiv Mike Hammer schickte, der mit korrupten und kriminellen Elementen im wahrsten Sinne des Wortes kurzen Prozess machte, debütierte Charles Willeford (1919-1988) eher unspektakulär, dafür aber mit weitaus überzeugenderen Charakteren. Doch der lesende Durchschnittsbürger war anscheinend weniger an Willefords Exkursionen in die Psyche des fiesen Gebrauchtwagenhändler Russel interessiert, sondern wollte sich eher an Spillanes geschickter Überdosierung von Sex und Gewalt und Mike Hammers Selbstjustiz ergötzen. Der relativ kurze Willeford-Roman *High Priest of California,* der 1953 erschien, ging damals sang- und klanglos in der Masse der Pulps unter, während Spillane die Auflagen in Millionenhöhe trieb, ein paar Feministinnen erschreckte und unzählige Pulp-Kollegen beeinflusste, die sich fortan als Nachahmer versuchten. Willeford hingegen, der als Waisenkind buchstäblich auf der Straße aufwuchs und später seine Armeezeit als Panzerkommandant überstand, ließ sich dadurch nicht beirren, verfolgte optimistisch sein Konzept Nihilismus weiter. Trotz internationalen Durchbruchs in den Achtzigern mit den Hoke-Moseley-Romanen schaffte es *High Priest* nie in einen deutschen Verlag, obwohl es als erstes Buch von Willefords sogenannter San-Francisco-Trilogie immer noch Kult ist und mittlerweile bei RE/SEARCH schon die x-te Neuauflage erlebt hat. Lakonisch beschreibt Willeford die Wertvorstellungen des Hohepriesters Russel und setzt den amerikanischen Traum, irgendwo zwischen Selbstgefälligkeit und Machowahn, in ein furchtbar schäbiges Licht. Die vielgepriesene unbegrenzte Freiheit, Selbstbestimmung und Mobilität, müssen mit gesellschaftlichen Zwängen und der Selbstgerechtigkeit eines anderen Amerika, das intolerant und gewaltbereit ist, teuer bezahlt werden.

Anfang der Sechziger stellt der Berufszocker Dan J. Marlowe (1914-1987) in *The Name of the Game is Death* mit dem gewalttätigen Bankräuber Earl Drake einen Vertreter des Antiheros vor, der nun gänzlich auf der anderen Seite des Gesetzes steht. Marlowe beschreibt Gewaltverbrechen aus der Täterperspektive. Beeinflusst und beraten wurde Marlowe von seinem kriminellen

Freund Al Nussbaum, der es im wahren Leben bis auf die ›Ten Most Wanted List‹ des FBI schaffte, bis er 1962 verhaftet und in ein Bundesgefängnis in Illinois gesteckt wurde. Hinter Gittern nahm Nussbaum mit Marlowe Briefkontakt auf und versorgte ihn mit Insiderwissen über Alarmanlagen, Geldschränke und Waffen aller Art, sogar eine Dokumentarstory verfasste er mit ihm gemeinsam. Die Publikation wurde jedoch vom FBI unterbunden, das darin eine Art ›Handbuch für Bankräuber‹ sah und Nachahmung und Legendenbildung verhindern wollte. Marlowe, der mittlerweile in seinem Heimatort Harbour Beach als stellvertretender Bürgermeister in den City Council gewählt worden war, stand Nussbaum während der Haftzeit mit Rat und Tat zur Seite. So unterstützte er ihn bei seinem Bewährungsantrag und half bei ersten Gehversuchen als Schriftsteller. In *Der Spender* zeigt Marlowe, dass er sein Handwerk perfekt beherrscht und keine Worte verschwendet.

Der Brite Derek Raymond (1931-1994) setzt sich mit seiner äußerst unbequemen Prosa intensiv mit dem Phänomen des Serienkillers auseinander. »Bei meinem Interesse an Psychopathen geht es darum, inwieweit ein von diesem Geisteszustand Betroffener die Gesellschaft widerspiegelt, in der er aufgewachsen ist. Der tief greifende Schock, der seine Psyche in zwei Teile gespalten hat, war, wie und wo auch immer es sich ereignete, das Resultat eines Schadens, der dem Betroffenen von einem Mitglied der Gesellschaft zugefügt wurde, und die Schockwellen breiten sich aus wie die Wellen auf der Oberfläche eines Teiches, in den man einen Stein wirft, bis sie schließlich ein enormes Gebiet abdecken.«

Was für den Leser seines vielleicht wichtigsten Buches *Ich war Dora Suarez* (Bd. 9) einer Tortur gleichkommt, muss für Raymond beim Schreiben die Hölle gewesen sein. Gerade die an manchen Stellen zu beobachtende Gratwanderung, der Versuch, Weltschmerz und stringenten Plot miteinander zu vereinen, gibt den Blick auf das Wesen des Genres frei, den die Perfektion eines James Ellroy oder Thomas Harris häufig zu verstellen droht, so dass nur pure Unterhaltung und Spannung übrig zu bleiben drohen. Der Serienkiller John Reginald Christie, der Frauen eher still und sanft ermordete, inspirierte Raymond für *Die unvergängliche Susan*. Auch hier wieder schimmert die lebenslange Abneigung des Autors gegen das britische Klassensystem und dessen Verwaltungsapparat durch.

Die Themenpalette des Genres erweiterte sich in den Achtzigern erheblich, die zunehmende Präsenz von Drogen in allen Gesellschaftsschichten, AIDS, Obdachlosigkeit und sexueller Missbrauch, insbesondere von Kindern, bekamen immer mehr Gewicht. Joe R. Lansdale, der in Texas lebt und sich in verschiedenen Genres austobt (Horror, Western, Comics, Thriller), mischt diesem Albtraumcocktail zumeist einen Spritzer Rassismus bei. Seine kurze Geschichte über zwei Hitmen auf dem Weg zu ihrem Opfer spielt auf den Shrimpskrieg an der texanischen Golfküste 1979-81 an, bei dem sich vietnamesische Immigranten und einheimische Fischer im Kampf um Shrimps-Fanggründe ins Gehege kamen. Lansdales grafische Erzählweise und hautnahe Dialoge stechen wieder unverkennbar heraus. *Der Job* wurde 1997 von A.W. Feidler verfilmt.

Zuletzt treibt Buddy Giovinazzo mit einem grauenvollen Horrorpärchen die Mutation des Antiheros in sein vorerst letztes Stadium, zumindest was die letzte Dekade des vorigen Millenniums und diese Anthologie betrifft. Die Neunziger standen ohne Zweifel unter dem Einfluss von Quentin Tarantino, der die Plots alter Pulps und Filme plünderte, um sie für Filme und Drehbücher mit effektvoller Designer-Gewalt anzureichern und wieder Hollywood-kompatibel zusammenzusetzen. Filme wie *Natural Born Killers* oder *Love and a .45* folgten diesem neuen Konzept, versessen darauf zu beweisen, dass cineastische Gewalt Spaß machen kann und befreiend wirkt, ja sich problemlos immer weiter steigern lässt, sofern man die Charaktere zu Sinnbildern degradiert und entpersonifiziert. Mit noch weitgehenderer Überschreitung des guten Geschmacks und blankem Sarkasmus versucht Buddy Giovinazzo in *Ich töte nur für Catalaine* mit diesem Trend Schluß zu machen. Er behauptet immer noch, es handle sich hier um eine moderne Love-Story und ordnet in diese Kategorie auch seine Romane *Poesie der Hölle* und *Broken Street* (Bd. 5 und Bd. 8) ein. Zudem schwört er Stein und Bein, während er mein einjähriges Söhnchen auf seinem Schoß an seiner Armbanduhr spielen läßt, dass die Catalaine dieser Story wirklich existiere und als Producerin in L.A. arbeite. Catalaine sei im wirklichen Leben nicht minder durchgedreht, und die Idee sei aus E-mails entstanden, die sich beide zugeschickt und die sie gegenseitig ergänzt hätten. Übrigens hat diese Catalaine kürzlich den Hollywood-Regisseur Tony Scott (*True Romance, Crimson Tide*) überzeugt, die Option von Buddys neuem Roman *Potsdamer Platz* zu erwerben, und drängt nun darauf, das Ganze in Berlin zu verfilmen.

Hoffentlich geht Catalaine dabei nicht mit der vollen Bandbreite zur Sache, wie ihr Alter Ego in der Story. Auf jeden Fall ist es für alle Beteiligten eine kleine Weltpremiere, denn die Story erscheint hier weltweit zum ersten Mal.

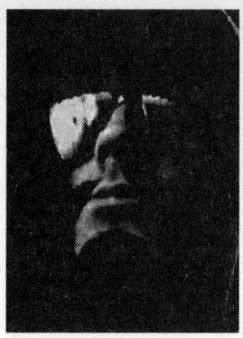

»Langweile mich nicht mit deiner sinnlosen Existenz,
denn meine wirst du nie verstehen.«
G.G. Allin

INHALTSVERZEICHNIS

DER AUSPUTZER
PAUL CAIN

Mae wohnte in den Mara Apartments in Rossmore. Es war ungefähr neun Uhr, als ich dort ankam, und die Party war noch nicht richtig im Gange. Damit will ich sagen, dass noch niemand umgefallen und keinem eine Flasche über den Schädel geschlagen worden war. Außer Mae und Tony waren sechs oder sieben Leute da – ich kannte keinen, was mir ganz recht war. Tony öffnete die Tür und führte mich herum, um mich vorzustellen. Mae kam aus der Küche und wir fielen uns in die Arme. Sie wurde immer so theatralisch, wenn sie eine halbe Flasche Gin unter der Haube hatte.

Tony machte mir einen Drink. Ich nahm ihn, denn es hatte keinen Sinn, über so etwas zu streiten. Die meiste Zeit trug ich ihn mit mir herum, und wenn mich jemand fragte, ob ich noch einen Drink wolle, konnte ich aufs volle Glas zeigen.

Tony war Italiener – aus Genua, glaube ich. Sehr dunkelhäutig und schlank, mit glänzendem, blauschwarzem Haar, feurigen schwarzen Augen und einem anziehenden Lächeln. Ich kannte ihn seit fünf oder sechs Jahren – aus New York, wo er versucht hatte, um das Grand Hotel herum einen Schnapsschwarzhandel aufzuziehen. Wir waren nie besonders eng befreundet, aber wir kamen miteinander aus. Als er in Kalifornien auftauchte, besorgte ich ihm einen Job als Schmiersteher bei Eddie

Garda. Ich stellte Tony Mae Jackman vor, als sie noch eine drittklassige Statistin war, noch dazu keine besonders erfolgreiche. Seit ungefähr einem Jahr lebten sie zusammen. Tony hatte inzwischen sein eigenes Geschäft und es lief gut genug, um im Mara wohnen zu können. Mae arbeitete noch gelegentlich beim Film und das half.

Sobald sich eine Gelegenheit bot, schob mich Mae in die Küche. Sie lehnte am Waschbecken, schlürfte eine Mischung aus Gin und Ginger Ale und flüsterte: »Wir müssen Tony loswerden.«

Betrunkene strapazieren meine Geduld. Ich hoffte, dass sie durch ihren Gin-Nebel meinen angewiderten Blick wahrnahm.

Schnell fügte sie mit theatralischem Flüstern hinzu: »Für den Augenblick, meine ich. Ich habe etwas, das ich dir zeigen möchte, und ich will nicht, dass er hereinplatzt.«

Sie trank ihr Glas aus und sagte dann mit bedeutungsschwangerem Unterton: »Warte«, und hastete zurück ins Wohnzimmer.

Ich goss meinen Gin ins Waschbecken und füllte das Glas mit Ginger Ale und Eis.

Eine Minute später kam sie zurück. »Ich habe ihn zu Cora geschickt, um Eis zu holen«, sagte sie. Cora war Maes Busenfreundin, sie wohnte oben.

Mae steuerte mich durch den kurzen Flur ins Schlafzimmer und schloss die Tür. Sie ging zur Kommode, wühlte eine Weile in der unteren Schublade herum, kam mit einem gelben, gefalteten Papier zurück und reichte es mir. Ich faltete es auseinander und hielt es unter das Licht am Kopfende des Bettes; es war ein von Louis L. Steinlen ausgestellter Scheck über zweitausendfünfhundert Dollar.

Steinlen war der Geschäftsführer der Astra Motion Picture Company.

Ich sagte: »Nicht schlecht, Mae.«

Ich gab ihr den Scheck zurück und sie hielt ihn ins Licht, schaute erst ihn an, dann mich.

»Ja, nicht schlecht«, meinte sie, »aber es wird noch besser.«

Sie lächelte und für einen Moment verlor ihr Gesicht den betrunkenen Ausdruck. Sie war ein sehr sehr hübsches Mädchen, und wenn sie lächelte, war sie beinahe schön.

Ich fragte: »Und?« nicht sonderlich begeistert davon, mit ihr in ihrem Schlafzimmer zu bleiben, denn Tony konnte früher als erwartet zurückkehren, und er war alles andere als nüchtern – ich wollte vermeiden, dass er auf irgendwelche vertrackten Ideen kam.

Mae lächelte immer noch.

Sie sagte: »Das ist die Summe« – sie wies mit dem Kopf auf den Scheck – »dein Anteil, wenn du mir hilfst, mit Steinlen ins Geschäft zu kommen.«

Ich hatte eine blasse Ahnung, worauf sie hinauswollte, aber das half mir nicht weiter. »Wovon, zum Teufel, redest du?«

Sie setzte sich auf die Bettkante. »Wir werden Steinlen seinen Scheck für fünfundzwanzigtausend verkaufen«, verkündete sie.

Ich erwiderte nichts. Ich wollte lachen, aber ich hielt mich zurück.

»Dieses kleine Stück Papier«, fuhr sie fort, »ist sein Gewicht in Radium wert.« Sie schaute verträumt auf den Scheck, dann sah sie wieder mich an. Nun lächelte sie nicht mehr. »Steinlen ist seit Monaten hinter mir her.

Letztes Wochenende war Tony geschäftlich in Frisco – ich fuhr mit Steinlen nach Arrowhead – ebenfalls geschäftlich.« Sie lächelte wieder, hielt den Scheck in einer Hand und rieb mit dem Zeigefinger ihrer anderen Hand darüber. »Das hier ist ein kleines Honorar für das Geschäft.«

»Das ist allerdings ein Honorar«, stellte ich fest.

In diesem Augenblick mochte ich Mae ungefähr neunzig Prozent weniger, als ich sie je gemocht hatte, und sie war nie die Art Mädchen gewesen, das ich meiner Familie vorgestellt hätte. Ich eröffnete ihr nicht, dass sie meiner Meinung nach außerordentlich überbezahlt sei – das war ziemlich offensichtlich. Ich wartete darauf, dass sie fortfuhr und mir erklärte, welche Rolle mir bei all dem zukam.

Sie erzählte mir lang und breit, was für ein Kinderspiel es sei, von Steinlen die fünfundzwanzig Riesen zu kriegen, dass es sich technisch gesehen nicht um Erpressung handele, weil sie einfach seinen Scheck – einen Scheck, den er seiner Frau verdammt schwer erklären könne – gegen Bargeld eintauschen werde, zehn Mal so viel Bargeld. Sie sagte, sie wolle mich bei dem Geschäft dabeihaben, weil ich einen Deal besser durchziehen könne als sie und weil der Scheck bis zur Übergabe des Bargeldes bei mir besser aufgehoben wäre.

Als sie fertig war, grinste ich sie kalt an und fragte: »Warum fragst du nicht Tony, ob er mitmacht?«

»Sei nicht so blöd, Red – wenn Tony Wind davon bekäme, würde er mir die Kehle durchschneiden.«

Dann klagte sie mir ihr Leid über Tony und erklärte, dass sie absolut genug von ihm habe, und zwar schon seit längerer Zeit, und dass sie sofort nach Europa abhauen werde, sobald sie den Zaster habe.

Als sie ordentlich Dampf abgelassen hatte, unterbrach ich sie und machte ihr klar, dass sie erstens total verrückt sei, aus Steinlen irgendetwas herausschlagen zu wollen, und dass ich mich zweitens niemals auf eine solche Transaktion einlassen würde, nicht mal für eine Million. Und dass ich auch auf legale Weise sehr gut zurechtkomme – und es drittens eine miese Tour sei, hinter Tonys Rücken herumzumachen. Sie riskierte damit aufzufliegen, bevor sie sich davon machen konnte. Schließlich erklärte ich ihr, dass es mein Job sei, Ärger von Leuten fern zu halten, statt sie hineinzuziehen.

Sie nahm es ziemlich leicht. Sagte, es tue ihr Leid, dass ich es nicht so sehe wie sie und dass sie jemand anderen finden müsse oder es selbst tun werde. Sie meinte, wie auch immer sie es mache, es müsse schnell passieren, weil Steinlens Frau, der Astra-Star Sheila Dale, morgen von einem Dreh zurückkomme – und Steinlen psychologisch reif sei für den Deal in Erwartung der Heimkehr seiner Frau. In mancher Hinsicht war Mae ein helles Köpfchen. Zu schade nur, dass sie so hinterhältig war – schlechte Gesellschaft, nehme ich an.

Wir gingen hinaus in die Küche. Sie machte sich einen Drink, wollte auch einen für mich in Angriff nehmen, woraufhin ich ihr mein volles Glas zeigte.

Sie sagte: »Ich nehme an, es ist überflüssig zu betonen, dass du alles für dich behältst ...«

Ich lächelte, schüttelte den Kopf und trank einen Schluck Ginger Ale als eine Art stillen Toast auf ihren Erfolg.

Dann versuchte ich noch einmal, ihr die Sache auszureden, doch es hatte keinen Sinn – sie war fest entschlossen. Ein paar Betrunkene schwankten in die Küche und Mae mixte ihnen Drinks.

Während sie noch in der Küche standen, erschien Tony. Zur rechten Zeit, denn so sah es nicht danach aus, als hätten Mae und ich während seiner Abwesenheit etwas ausgeheckt.

Er sagte: »Cora hat mich aufgehalten. Ich musste ein paar Drinks mit ihr nehmen. Sie ist sehr niedergeschlagen und wird nicht runterkommen.« Er erzählte mir, dass Coras Freund sie verlassen habe und was für ein Penner das sei und was er, Tony, mit ihm täte, würde er ihm begegnen. Tonys Stimme war sehr sanft und er sprach jedes Wort sehr ruhig aus, sehr genau, mit nur einer Spur von Akzent.

Während Tony mir in allen Details erklärte, was er Coras Freund antun würde, sah ich Mae an; sie genehmigte sich einen weiteren Drink.

Ich verschwand ziemlich früh, ging hinunter, nahm ein Taxi und fuhr ins *Derby*. Nach einer Weile trudelten ein paar Zuschauer des Boxkampfes ein und Franey, Broun und ein Buchmacher namens Connie Hartley erschienen auf der Bildfläche. Wir nahmen ein paar Drinks, saßen herum und erzählten uns Lügengeschichten. Seit Wochen hatte ich keinen Alkohol getrunken und verspürte keine Lust mehr auf Enthaltsamkeit – also genehmigte ich mir mehr als einen Drink. Hartley hatte ein paar Wettscheine für die Rennen dabei und Franey und ich pickten uns ein paar Verlierer für Samstag heraus.

Später suchten Franey, Hartley und ich noch den *Colony Club* auf. Dort arbeitete ein Freund von mir, ein sehr guter Pianist. Wir lauschten ihm und tranken noch mehr. Gegen vier kam ich nach Hause.

Ungefähr gegen elf Uhr wurde ich wach, stand aber nicht gleich auf. Ich führte ein paar Telefonate und versuchte danach wieder zu schlafen, aber das war vorbei. Schließlich rollte ich zur Bettkante hinüber und blickte auf die Extraausgabe, die unter der Tür durchgeschoben worden war. Als ich mich herumdrehte, konnte ich die Schlagzeile lesen:

Schauspielerin in Hollywood-Apartment erwürgt

Ich stand auf, holte die Zeitung, setzte mich wieder aufs Bett und las die Story. Mae Jackman war, so weit die Polizei ermitteln konnte, gegen drei Uhr dreißig in ihrem Apartment im Mara ermordet worden. Ein Zimmermädchen hatte die Leiche um acht Uhr dreißig entdeckt. Die Fahndung nach Tony Aricci lief.

Ich frühstückte in einem kleinen Laden ein paar Häuser vom Hotel entfernt. Als ich wieder nach Hause kam, stand ein Mann im Halbdunkel des Flurs, direkt vor meiner Tür. Es war Tony. Er trat dicht an mich heran und drückte mir eine Automatik in die Magengrube. Ich schloss auf und wir gingen in mein Zimmer.

Ich fragte: »Was soll das?«

Tony hatte einen Gesichtsausdruck, der sich mir immer vor die Augen schiebt, wenn ich zu viel Hummer und Kirschbrandy konsumiere. Seine dunkle Haut war aschfahl, sein Mund ein dunkelgrauer Schlitz und in seinen Augen stand der Wahnsinn.

Als er sprach, klang es, als würden die Worte aus einem tiefen Brunnen aufsteigen. Er sagte: »Du hast Mae umgebracht.« Ohne Betonung – die Worte trieben alle auf exakt der gleichen Höhe.

Ich fühlte mich nicht sonderlich wohl. Langsam bewegte ich mich weg von ihm, noch langsamer setzte ich mich in den Sessel am Fenster. Gleichzeitig rief ich: »Um Himmels Willen – Tony – wie kommst du bloß auf so eine absurde Idee?«

Er sagte: »Wenn du sie nicht umgebracht hast, weißt du zumindest, wer es war. Sie hat dich an drei Tagen angerufen. Du hast letzte Nacht allein mit ihr gesprochen, während ich bei Cora war – die ganze Zeit meiner Abwesenheit. Es gibt da etwas, was ich nicht weiß. Ich hab schon lange geahnt, dass es etwas gibt, von dem ich keine Ahnung habe – du musst mir sagen, was es ist. Wenn du's mir nicht sagst, lege ich dich um.«

Wenn ich auch nur im Ansatz die Gabe besitze, zu spüren, ob Leute die Wahrheit sagen – bei Tony spürte ich, er sagte die Wahrheit. Ich versuchte, Zeit zu schinden, zündete mir eine Zigarette an.

Ich sagte: »Setz dich, Tony.«

Er schüttelte heftig den Kopf.

Ich versuchte es nochmals. »Du bist auf der falschen Spur, Tony. Wenn diese Bande Betrunkener dir gesteckt hat, dass Mae und ich im Schlafzimmer waren, während du oben warst – sie hatte mich dahin gelotst, um mir die Standfotos ihres letzten Films zu zeigen. Wir haben über alte Zeiten geredet ...« Ich beugte mich vor, schüttelte sacht den Kopf. »Als ich es in der Zeitung gelesen habe, habe ich gedacht, du seiest es gewesen. Eine eurer Streitigkeiten und du wärst ein bisschen zu weit gegangen.«

Plötzlich sank er zusammen, fiel neben dem Bett auf die Knie. Die Automatik schepperte zu Boden. Er nahm den Kopf in beide Hände, ließ ihn aufs Bett sinken und wimmerte auf eine schrecklich trockene Weise wie ein verwundetes Tier. Er sprach abgehackt, seine Stimme, durch das Bett gedämpft, schien von sehr weit herzukommen: »Mein Gott, lieber Gott. Ich sie töten? – Ich soll die getötet haben, die ich mehr geliebt habe als irgendetwas sonst? Warum, lieber Gott, behaupten sie, ich hätte sie umgebracht? ...«

Es war peinlich anzusehen, wie ein Mann wie Tony derart zusammenbrach. Ich stand auf, nahm die Automatik, schob sie in die Tasche meines Mantels und klopfte Tony auf die Schulter. Ich wusste nicht, was ich sonst hätte tun sollen oder was ich hätte sagen können, also ging ich zurück zum Sessel, setzte mich und sah aus dem Fenster.

Überraschend schnell stand Tony wieder auf. Er sagte: »Letzte Nacht musste ich nach Long Beach. Ich verließ Mae gegen halb zwei, da war die ganze Bande bereits gegangen. Ich bin noch nicht lange zurück. Weil ich Mae nicht wecken wollte, hielt ich bei *Sardis,* um zu frühstücken – und da entdeckte ich die Zeitung.« Er räusperte sich. »Ich gehe zu Cora. Cora wird etwas wissen. Sie wird mir sagen, was los ist ... «

Ich sagte: »Nein, das tust du nicht. Du kannst nicht hier bleiben, denn wenn die Bullen herausfinden, dass ich letzte Nacht bei euch war, werden sie hierher kommen und mir eine Menge Fragen stellen. Ich bring dich zu einer Freundin, ein Stockwerk höher, bei der bleibst du, bis ich zurückkomme. Ich will sehen, ob ich die Sache für dich geradebiegen kann, wenn nicht, werden wir versuchen, dich aus der Stadt zu bringen.«

Er lächelte auf unangenehme Weise.

»Es ist mir egal, ob man mir unrecht tut. Ich hab kein Interesse daran, hier wegzukommen. Ich will den Kerl finden, der Mae umgebracht hat. Er soll dafür bezahlen.«

Ich nickte, als wollte ich das auch. Dann schob ich ihn aus dem Zimmer, und wir stiegen über die Hintertreppe in den achten Stock. Ich klopfte an Opal Cranes Tür. Sie lag noch im Bett und rief: »Wer ist da?« ich sagte es ihr, und eine Minute später kam sie zur Tür und öffnete. Sie rieb sich die Augen und gähnte. Als ich ihr Tony vorstellte und sie bat, ihn eine Weile bei sich aufzunehmen, sah sie nicht sehr begeistert aus.

Sie deutete mit dem Kopf auf Tony, der sich hingesetzt hatte und aus dem Fenster starrte, und fragte: »Heiß?«

Ich nickte.

Sie sah noch weniger begeistert aus. Ich sagte ihr, dass ich sie niemals um etwas bitten würde, wenn ich nicht sicher sei, dass es in Ordnung gehe. Sie schüttelte den Kopf, gähnte und verschwand im Bad.

»Ich bin so schnell wie möglich zurück oder rufe dich an«, versprach ich Tony.

Monoton nickte er mit dem Kopf, dann sagte er: »Gib mir meine Waffe.«

Ich sagte: »Nein. Du wirst sie nicht brauchen, ich vielleicht schon.«

Ich ließ ihn am Fenster sitzen, in den grauen Tag starren, ging leise hinaus und schloss die Tür.

Zurück in meinem Zimmer, rief ich Danny Scheyer an, einen Polizeireporter der *Post*. Ich bat ihn, so viel wie möglich über den Jackman-Mord herauszufinden, ob die Polizei tatsächlich Tony für den Täter hielt oder ob man noch anderen Spuren nachging. Insbesondere bat ich ihn herauszufinden, ob bei Mae oder im Apartment ein Scheck gefunden worden war, der mit dem Fall etwas zu tun haben könnte. Scheyer hatte einen Draht zum Polizeipräsidium, und ich wusste, dass er alle Informationen bekommen würde, die es da zu holen gab. Ich sagte ihm, dass ich ihn bald wieder anriefe.

Es war fast halb eins und ich vermutete Steinlen beim Lunch. Ich rief dennoch an. Er war tatsächlich zum Lunch und ich sprach mit seiner Sekretärin. Ich sagte ihr, dass ich einen Termin mit Steinlen benötige, so gegen halb zwei, und sie fragte, worum es gehe. Ich bat sie, ihm auszurichten, Mr. Black aus Arrowhead komme gegen halb zwei vorbei und sein Anliegen sei persönlicher Natur. Dann ging ich rüber zum *Derby* und trank einen Kaffee.

Aus dem *Derby* rief ich wieder Scheyer an. Er sagte, man habe nichts bei Mae oder im Apartment gefunden, was von Bedeutung sei. Es sehe nicht gut aus für Tony Aricci.

»Vielleicht doch«, widersprach ich.

Ich versicherte Scheyer, ihn als Erstes anzurufen, sollte ich etwas herausfinden, und dankte ihm.

Steinlen war jünger, als ich gedacht hatte – zwischen fünfunddreißig und vierzig. Ein dünner, nervöser Mann mit tief liegenden braunen Augen in einem langen, knochigen Gesicht. Seine Hände schienen nie zur Ruhe zu kommen. »Was kann ich für Sie tun, Mister Black?« empfing er mich.

Ich beugte mich vor und drückte meine Zigarette in dem Aschenbecher auf seinem Schreibtisch aus, dann lehnte ich mich zurück und machte es mir bequem. Ich sagte: »Sie können gar nichts für mich tun, ich aber kann verdammt viel für Sie tun.«

Er lächelte ein wenig und nickte. »Die Leute tun ständig etwas für mich«, meinte er. »Deswegen habe ich bereits so viele graue Haare.« Er kratzte sich die lange Nase, legte dann seine Hand zurück auf die Schreibtischplatte und trommelte mit den Fingern. »Was verkaufen Sie?«

»Ich verkaufe Seelenfrieden«, sagte ich. »Früher, an der Ostküste, nannten sie mich den Ausputzer. Ich bewahrte Leute vor Fettnäpfchen – und saßen sie bereits drin, holte ich sie wieder raus. Das war mein Job – nun ist es eine Art Hobby.«

Er lächelte immer noch. Er sagte: »Fahren Sie fort.«

Seine Eigenheit, die Hände in Bewegung zu halten, machte mich kribbelig. Ich hatte noch den Mantel an und lag buchstäblich im Stuhl, die Hand auf Tonys Waffe in der Manteltasche.

Ich sagte: »Sie haben Mae Jackman umgebracht.«

Sein Gesichtsausdruck blieb unverändert, aber er hörte auf, mit den Fingern zu trommeln und zeigte für etwa fünfzehn Sekunden keinerlei Regung. Dann sah er mich geradewegs an, und er lächelte immer noch. Mit einem Kopfschütteln sagte er: »Nein.«

Kürzlich hatte ich eine Bemerkung über die Gabe gemacht, spüren zu können, ob Leute die Wahrheit sagen. Fünfzehn Jahre intensives Studium unterschiedlichster Varianten von Draw- und Studpoker kultivieren diese Gabe. Will sagen, ich werde nicht so schnell ein Opfer der Täuschung, und – ich glaubte Steinlen.

Ich fragte: »Wer war es?«

Wieder schüttelte Steinlen langsam den Kopf. »Aricci, nehme ich an.«

In diesem Moment flatterten mir die Segel. Ich war so

sicher gewesen, dass Steinlen der Richtige war, und nun war ich überzeugt davon, dass er es nicht war – ich kam mir verarscht vor. Aber ich würde es nicht einfach auf mir sitzen lassen. Ich hatte den Eindruck, dass Steinlen die Wahrheit sagte, aber meine Intuition allein reichte mir nicht aus. Ich wollte es wissen.

»Aricci hat es nicht getan.« Ich sagte es so, als wäre ich sicher.

Steinlen lachte kurz. »Sie sind sehr überzeugt.«

Ich erklärte ihm, dass dem tatsächlich so sei und auch, warum. Hätte Aricci Mae umgebracht, dann nur wegen des Schecks. Aber hätte Aricci von dem Scheck gewusst, dann wäre er, Steinlen, ebenfalls nicht mehr am Leben.

Bei der Erwähnung des Schecks kam zum ersten Mal Bewegung in Steinlens Züge. Sein Gesichtsausdruck wurde beinahe eifrig. Er sagte: »Sind Sie sicher, dass die Polizei den Scheck nicht gefunden hat?«

Ich nickte.

Er fragte: »Wer außer Ihnen wusste davon?«

»Nur Sie«, antwortete ich – »und vermutlich derjenige, der ihn jetzt hat.«

Ich zündete eine Zigarette an und beobachtete Steinlens Gesicht. Ich sagte: »Solange dieser Scheck existiert, schwebt ein Damoklesschwert über Ihrem Kopf. Wenn die Polizei ihn in die Hände bekommt, wird man Sie mit dem Mord in Verbindung bringen. Wenn Aricci ihn bekommt oder etwas von seiner Existenz erfährt, wird er Sie umbringen, so wahr wir hier sitzen.«

Steinlen blickte ausdruckslos aus dem Fenster. Er nickte leicht.

»Am besten erzählen Sie mir alles, was Sie über die Sache wissen«, fuhr ich fort.

»Vielleicht finde ich einen Hinweis.«

Er schwenkte in seinem Drehstuhl herum, um mich anzusehen, er lächelte wieder. Er sagte: »Sind Sie hergekommen, um mich hochzunehmen?«

Ich schüttelte den Kopf. »Nicht unbedingt. Ich stoße niemanden ins Loch, solange es noch andere Möglichkeiten gibt. Ich bin hierhergekommen, weil ich dachte, dass Sie der Täter sind, und ich hatte vor, das zu Papier zu bringen und Ihnen dann ungefähr vierundzwanzig Stunden Vorsprung zu geben. Ich mochte Mae nicht besonders und ich hielt das mit dem Scheck für eine Schnapsidee, aber ich mag Tony, und ich weiß, dass er unschuldig ist. Ich will nicht, dass er für einen anderen ins Loch geht.«

»Und von meiner Unschuld sind Sie überzeugt?«

Ich lächelte leicht und sagte: »Ziemlich.«

Er fing wieder an, auf der Schreibtischplatte zu trommeln. »Mae rief mich heute Morgen gegen zwei Uhr an. Sie war sehr betrunken und erzählte mir, Tony sei ausgegangen, sie sei allein.«

Ich sagte: »Ja. Tony fuhr nach Long Beach. Um halb zwei verließ er das Apartment.«

Steinlen kratzte sich an der Nase. »Kann er kein Alibi nachweisen?«

»Bei den Leuten, mit denen er Geschäfte macht? Die wären als Alibi keinen Cent wert.«

Steinlen nickte, fuhr fort: »Mae eröffnete mir, was sie wolle – fünfundzwanzigtausend Dollar in bar. Sie sagte, wenn ich ihr das Geld nicht gäbe, gehe sie mit meinem Scheck zu Mrs. Steinlen und erzähle ihr, ich hätte sie verführt und dann versucht, ihr Schweigen für zweitausendfünfhundert zu erkaufen ...« Er lächelte schief. »Ihre

Idee war sehr klug – der Scheck war ein unwiderlegbarer Beweis. Filmproduzenten überreichen Statistinnen zum Geburtstag keine Schecks über zweitausendfünfhundert Dollar ...«

»Für jemanden wie Sie war das nicht gerade clever. Wie ist es dazu gekommen?«

Steinlen lachte kurz auf, bitter, schüttelte den Kopf. »Ich glaube, wir alle bilden uns was auf unsere Menschenkenntnis ein«, sagte er. »Ich dachte, sie hätte etwas mehr Niveau.«

Eines der Telefone auf seinem Schreibtisch klingelte, er nahm ab und bat seine Sekretärin, den Anrufer durchzustellen. Während die Verbindung hergestellt wurde, sagte er: »Verzeihung«, und dann: »Hallo, Sheila«. Er sprach mehrere Minuten mit ihr, fragte, wie es am Drehort gewesen sei und ob sie seinen letzten Brief erhalten habe. Jedes fünfte Wort war Darling oder Baby oder Honey. Schließlich fragte er, ob sie zum Studio komme und sagte, er wolle versuchen, so früh wie möglich zu Hause zu sein. Dann legte er auf.

»Das war Mrs. Steinlen – sie ist gerade von einem Dreh in Arizona zurückgekommen.«

Dann erzählte er weiter von Mae. Sie habe darauf bestanden, ihn an der Ecke Rosewood und Larchmont zu treffen – sie habe nicht gewollt, dass er ins Mara komme, weil jemand ihn hätte hereinkommen sehen können. Die Ecke Rosewood und Larchmont sei vom Mara nur ein paar Blocks entfernt. Er habe ihr erklärt, dass er das Geld mitten in der Nacht nicht auftreiben könne. Aber sie sei zu betrunken gewesen, habe gesagt, sie könne ihm nur raten, es gleich zu besorgen, und habe aufgelegt. Er habe sich entschlossen, sie zu treffen, vernünftig mit ihr zu sprechen und ihr das Ganze zumindest bis zum nächsten Morgen auszureden. So hätte er Zeit gewinnen können, sich eine Lösung zu überlegen. Er sei zur Ecke Rosewood und Larchmont gefahren und habe von zwei Uhr fünfunddreißig bis fast vier Uhr auf sie gewartet. Sie sei nicht gekommen. Deshalb habe er angenommen, dass Tony zurückgekommen sei und sie nicht weg könne. Er sei nach Hause gefahren und habe versucht zu schlafen. Von dem Mord habe er aus der Zeitung erfahren als er gegen zehn Uhr im Studio ankam.

Je mehr er redete, desto mehr verwirrte mich die ganze Geschichte. Es wäre Tony ein Leichtes gewesen, nach Long Beach aufzubrechen und sich dann zurückzuschleichen – er traute Mae sowieso nicht – und sie dabei zu erwischen, als sie ausging, um Steinlen zu treffen. Er hätte sie wahrscheinlich niedergeschlagen und durchsucht, dabei den Scheck gefunden, und das wäre es dann gewesen. Tony war ein ziemlich übler Bursche, wenn er außer sich geriet. Aber wenn es so gewesen wäre und Tony mir etwas vorgemacht hätte, damit ich ihm half – dann war Tony ein begnadeter Schauspieler und verschwendete seine Zeit mit Alkoholschmuggel. Doch nicht nur das, sondern ich wäre auch noch zum Schwachkopf mutiert und hätte mein Urteilsvermögen verloren.

Andererseits hatte Steinlen nicht einmal ein Alibi. Er sagte, er habe von zwei Uhr fünfunddreißig bis fast vier Uhr an der Ecke Rosewood und Larchmont gestanden. Mae war gegen halb vier umgebracht worden. Steinlen hätte es spielend schaffen können – nichts stützte seine Version, außer, dass ich ihm glaubte. Vielleicht war Steinlen ein begnadeter Schauspieler. Fest stand, dass Mae sich nicht selbst erwürgt haben konnte.

Ich erwog ernsthaft, die ganze Sache fallen zu lassen, schließlich ging sie mich gar nichts an – wenn ich nicht vorsichtig war, würde ich noch mit hineingezogen.

Plötzlich sagte Steinlen: »Für diesen Scheck zahle ich fünftausend Dollar.«

Damit ging es mich etwas an. Ich versprach Steinlen, ihn später anzurufen, und verließ das Studio.

Tony war weg. Opal erzählte mir, er habe ungefähr eine halbe Stunde aus dem Fenster gestarrt, dann sei er plötzlich aufgesprungen und gegangen.

Ich ging hinunter in mein Zimmer, legte mich aufs Bett und versuchte, meine Gedanken zu ordnen. Tony und Steinlen hatten gute Gründe, Mae kaltzumachen. Aber ich hätte schon verrückt sein müssen, um zu glauben, einer von beiden habe es getan.

Plötzlich wurde mir klar, ich hatte Cora übersehen. Vielleicht gab es Eifersüchteleien Tonys wegen, von denen ich nichts wusste. Mir fiel ein, wie lange er gestern Nacht bei ihr geblieben war und wie er sich über den Kerl ausgelassen hatte, der sie hatte sitzen lassen. Das mochte aber auch nur ein Trick gewesen sein, um etwas anderes zu verschleiern. Ziemlich weit hergeholt zwar, aber ich war bereits zu verstrickt in die ganze Angelegenheit, um nicht alle Möglichkeiten in Erwägung zu ziehen. Ich rief Cora an, doch sie war nicht da. Ich bat die Telefonistin, ihr auszurichten, sie möge mich zurückrufen. Ich legte mich wieder hin und schlief ein.

Als ich erwachte, war es zwanzig Minuten nach vier und das Telefon klingelte. Es war Bill Fraley; Dingo – das Pferd, auf das wir in der Nacht zuvor ziemlich viel Geld gewettet hatten, hatte es geschafft. Wir hatten jeder vierhundertdreißig Dollar gewonnen. Ich verabredete mich mit ihm im Tabakladen, wo Hartley seine Wetten annahm. Nachdem ich geduscht und mich rasiert hatte, verließ ich das Zimmer.

Als ich an der Rezeption Halt machte, um nach meiner Post zu fragen, traf ich Gleason, einen Kameraassistenten, den ich seit einem Jahr flüchtig kannte; er lehnte am Counter und unterhielt sich mit dem Angestellten. Wir begrüßten uns und ich erkundigte mich, wo er gesteckt hatte. Er erzählte mir, er sei gerade zurück aus Phoenix, von einem Dreh mit Sheila Dales Team, und wohne hier im Hotel. Es folgten die üblichen Floskeln, sich mal anzurufen und sich wirklich bald mal zu treffen. Dann steuerte ich den Tabakladen an, traf Bill und holte meinen Gewinn bei Hartley ab. Schließlich landeten Bill und ich im *Derby*, um etwas zu essen. Wieder rief ich Cora an, aber sie war nicht zu Hause.

Später dann meldete ich mich bei Steinlen. Statt der Sekretärin ging ein Mann ans Telefon. Als er mich nach meinem Namen fragte, hatte ich eine Eingebung und sagte, ich hieße Smith, und als er wissen wollte, warum ich Steinlen zu sprechen wünschte, antwortete ich, es gehe um eine überfällige Rechnung.

Der Mann sagte: »Mr. Steinlen hat vor einer halben Stunde Selbstmord begangen«, und legte auf.

Fraley sah mich an.

»Du siehst aus, als hättest du gerade ein Gespenst gesehen«, stellte er fest.

Ich erklärte ihm, dass dem genau so sei.

Steinlen gehörte nicht zu denen, die sich umbringen. Es deutete alles eher auf Tony.

Wer auch immer Mae ermordet hatte, er musste Tony

getroffen und ihm den Scheck präsentiert haben.

Möglich, dass der Mörder Tony aufgetischt hatte, er habe den Scheck nur in Verwahrung gehabt, weil Mae befürchtet habe, Tony könne ihn finden. In seinem Zustand hätte Tony das sogar geglaubt. Das stützte meine Cora-Theorie. Sie hatte Mae umgebracht. Von Opal war Tony zu ihr gegangen, sie hatte ihm den Scheck gezeigt und ihm erzählt, Steinlen sei genau darauf scharf gewesen, als er Mae umgebracht habe.

Ich rief Danny Scheyer an.

Er wollte wissen, was mit seiner Exklusivstory sei. Ich sagte ihm, er solle mir zunächst mal alle Einzelheiten über Steinlens Selbstmord nennen. Er erzählte, dass Steinlen sich gegen fünf Uhr in seinem Büro in den Astra-Studios erschossen habe. Mrs. Steinlen sei bei ihm gewesen und habe versucht, ihn daran zu hindern. Sie habe keinen Grund für Steinlens Tat nennen können und sei am Rande eines Nervenzusammenbruchs. Ich sagte Scheyer, dass ich ihn wieder anriefe.

Damit war Tony entlastet – und es sah sehr danach aus, als belastete es Steinlen, als habe er mit Mae kurzen Prozess gemacht, entgegen meiner Intuition. Vielleicht hatte er den Scheck nicht finden können und nun befürchtet, alles komme ans Licht. Oder seine Frau hatte etwas von der Affäre mit Mae erfahren und sich zusammengereimt, dass er der Mörder sei, und ihn damit konfrontiert.

Dann sagte Fraley: »Steinlen hat sich umgebracht?«
Ich nickte.

Fraley lächelte leicht, schüttelte den Kopf. Er sagte: »Es wundert mich, dass er das nicht schon vor langer Zeit getan hat – bei dieser Frau ...«

Ich begriff nicht und fragte: »Was meinst du damit?«

»Ich will damit sagen, sie ist der Prototyp der eifersüchtigen, rachsüchtigen Frau, alle anderen sind nur billiger Abklatsch. Sie gab ihm die Sporen, seit dem Tag ihrer Hochzeit.« Bill trank seinen Kaffee aus. »Sie war eine unsäglich schlechte Schauspielerin, in Chicago, als ich sie kennen lernte. In den letzten Jahren interessierte sie nur der Junk in ihrer Nase, – das hat sie noch dreimal schlechter gemacht ...«

»Heroin?«

Bill nickte.

Ich sagte: »Davon hab ich nichts gewusst ...«

Bill grinste: »Du scheinst nicht viel herumzukommen. Lies mal öfter die Klatsch-Presse.«

Ich hatte eine Idee. Wie sich herausstellen sollte, meine einzige gute Idee an diesem Tag. Ich ging zurück zum Hotel und rief von unten Gleason an, den Kameraassistenten. Ich fragte ihn, ob Sheila Dale mit dem Rest des Teams zurückgekommen sei.

Gleason sagte: »Na klar. Alle Szenen, in denen sie spielt, wurden gestern abgedreht. Sie ist bereits gestern Abend zurückgeflogen.«

Ich ging in mein Zimmer und holte Tonys Automatik. Als ich wieder herunterkam, war Fraley aus dem *Derby* herübergekommen und sprach nun mit dem Mädchen am Zigarrentresen. Ich fragte ihn, ob er eine Ahnung habe, von wem Sheila Dale ihren Stoff bezog, und er meinte, vermutlich sei es Mike Gorman oder zumindest wisse der etwas darüber. Ich suchte Steinlens Privatadresse im Telefonbuch, ging hinaus und nahm mir ein Taxi.

Auf dem Weg nach North Hollywood ließ ich den

Fahrer vor dem Apartmenthaus in der Highland Avenue halten, wo Gorman wohnte. Ein blondes Mädchen in grünem Kimono kam an die Tür und sagte, Mike schlafe. Ich erklärte ihr, es sei wichtig, und ging ins Schlafzimmer. Mike lag angezogen auf dem Bett. Er schien ziemlich betrunken.

Die Blonde war mir ins Schlafzimmer gefolgt; ich gab ihr zu verstehen, dass ich allein mit Mike sprechen wollte. Sie maulte zwar herum, verließ aber den Raum.

Ich setzte mich auf die Bettkante und fragte Mike, ob er Sheila Dale Stoff verkaufe. Er lachte, als wäre das völlig abwegig, schüttelte den Kopf und sagte: »Bestimmt nicht.«

Ich sagte: »Hör zu Mike – da fliegt bald 'ne große Sache auf und du steckst mit drin. Wenn du 'n bisschen aus der Schule plauderst, kann ich dir helfen.«

Er schüttelte wieder den Kopf und sagte: »Ich hab seit sechs Monaten keinen Stoff verkauft. Es ist zu riskant.«

Ich stand auf, sah auf ihn hinunter und sagte: »Okay, Mike – ich hab versucht, dir zu helfen.«

Als ich mich umdrehte, um zu gehen, mühte er sich hoch und setzte sich auf die Bettkante. Er sagte: »Wart mal.« Ich drehte mich wieder zu ihm um und er fragte: »Was hat das alles zu bedeuten?«

Ich setzte ihn unter Druck, quetschte ihn noch einmal nach Sheila Dale aus. Gorman druckste herum, und schließlich räumte er ein, zwar nicht Dales Lieferant zu sein, ihr aber manchmal ein bisschen Stoff verkauft zu haben. Er sagte, er habe nie mit Sheila Dale persönlich Geschäfte abgewickelt – es sei immer über ihr Dienstmädchen, eine Deutsche namens Boehme, gelaufen.

Ich versicherte Mike, dafür zu sorgen, dass sein Name

nicht mit dem in Verbindung gebracht werde, was ich geheimnisvoll den Fall nannte.

Zurück im Taxi ging es Richtung Cahuenga Pass. Ich bildete mir ein, verfolgt zu werden, aber konnte niemanden sehen, und meinem Instinkt vertraute ich derzeit ohnehin nicht.

Es war bereits dunkel. Die obere Etage des Hauses der Steinlens leuchtete wie ein Weihnachtsbaum. Ich bat den Fahrer zu warten, ging die Auffahrt hoch und um das Haus herum zur Hintertür. Eine dicke Schwarze öffnete.

Ich sagte: »Ich möchte Miss Boehme sprechen. Es ist sehr wichtig.«

Die Schwarze bedeutete mir zu warten, und kurz darauf erschien eine sehr dünne, farblose Frau mit stumpfem, schwarzen Haar und hellen, wässrigen Augen an der Tür. »Ich bin Miss Boehme. Was kann ich für Sie tun?«

Ich trat dicht an sie heran und sprach mit sehr leiser Stimme.

Ich gab mich als Freund von Gorman aus und sagte, Gorman sei festgenommen worden und die Polizei habe sein Adressbuch mit ihrem Namen als Kundin gefunden. Dann, dass Gorman mich beauftragt habe, alle seine Kunden zu warnen und ihnen zu sagen, sie sollten ihren Stoff verschwinden lassen.

Für einen Augenblick gab sie die Ahnungslose, aber ich ließ nicht locker und schließlich sagte sie okay und dankte mir.

Dann eröffnete ich ihr, dass ich eine Idee hätte, wie sie aus der ganzen Geschichte herauskommen könne, und dass ich gern das Telefon benutzen würde. Schnell schlüpfte ich an ihr vorbei in die Küche, um ihr keine Gelegenheit zu geben, zu reagieren. Ich wollte ins Haus.

Bei Licht besehen wirkte sie ziemlich verängstigt. Sie führte mich durch die Küche in einen dunklen Flur und dann in ein kleines Zimmer, eine Art Bibliothek. Ich fragte sie nach Dienstboten im Haus, die an einem Nebenapparat mithören könnten. Sie sagte, da seien nur die Köchin – die Schwarze – und Mrs. Steinlen, die sich oben hingelegt habe.

Das Telefon stand auf einem Tischchen in der Nähe eines der Fenster. Ich setzte mich in den großen Sessel daneben und nahm den Hörer ab. Im Zimmer war es ziemlich dunkel. Da waren zwei große, schwere Stehlampen und eine kleine Tischlampe auf einem Schreibtisch in der Ecke. Dennoch war es hell genug, um das Gesicht der Boehme zu beobachten.

Ich wählte eine Nummer, drückte anschließend mit meinem Ellenbogen die Gabel, damit der Anruf nicht hinausging. Meine Position im Sessel gestattete mir einen Blick auf die Boehme. Sie hatte von dem Manöver nichts bemerkt, stand mitten im Zimmer und starrte mich ziemlich verängstigt an.

Nach einer angemessenen Wartezeit schnarrte ich in die Sprechmuschel: »Hallo, Boss. Hier ist Red. Ich bin draußen bei den Steinlens und alles ist so gelaufen, wie wir es uns vorgestellt haben ... Ja. Mrs. Steinlen ist letzte Nacht aus Phoenix zurückgekommen. Sie hat wohl geahnt, dass Steinlen sie betrügt. Deswegen hat sie ihn nicht informiert, dass sie früher zurückkommt – sie hoffte, ihn auf frischer Tat zu ertappen. So war's dann auch – sie platzte in das Telefonat mit Mae Jackman und hörte von einem Nebenapparat mit. Dadurch kam sie an Maes

Adresse, schlich sich wieder aus dem Haus, sprang in den Wagen und fuhr zu Mae ... Sicher – sie hat Mae umgebracht ... «

Reine Spekulation meinerseits. Ich beobachtete Miss Boehme, ihr Gesicht hatte einen netten Grünton angenommen; sie lehnte am Tisch und ihre Augen sahen aus, als wäre sie blind.

Ich redete weiter ins Telefon: »Steinlen hatte keine Ahnung – er fuhr zu der Verabredung mit Mae und wartete an der Ecke Rosewood und Larchmont auf sie. Doch sie erschien nicht, also fuhr er gegen vier nach Hause. Mrs. Steinlen hielt sich irgendwo versteckt – wahrscheinlich bei einem Freund oder in einem Stundenhotel, wo niemand sie erkennen würde. Steinlen wusste bis zum Nachmittag nicht einmal, dass sie vom Drehort zurück war. Dann ging sie ins Studio. Entweder hat sie Steinlen in diese Selbstmord-Nummer getrieben oder ihn selbst umgebracht und es nach Selbstmord aussehen lassen – und ich wette einen halben Schein, dass sie es war ... na klar – ein nettes, braves Mädchen ... «

Bewegung kam in Miss Boehme, sie wollte Richtung Tür. Ich hielt den Hörer etwas weg und sagte: »Einen Augenblick, Baby«, nahm Tonys Waffe aus der Manteltasche und platzierte sie in meinem Schoß.

Miss Boehme blieb stehen, drehte sich um und starrte ausdruckslos auf die Waffe. Ein leichtes Schwanken, und sie fiel auf die Knie, die Hände auf den Boden gestützt. Ich legte den Hörer auf, erhob mich und machte einige Schritte auf sie zu.

»Was sind Sie nur für ein kluges Kerlchen.«

Die Stimme einer Frau, sehr sanft, mit leicht metallischem Unterton, als würde dünne Seide reißen.

Miss Boehme fiel zur Seite und blieb liegen.

Ich drehte langsam den Kopf nach links zum Türrahmen. Im Halbdunkel des Flurs stand eine Frau. Als ich sie ansah, kam sie näher. Eine sehr schöne Frau, goldblondes Haar, im Nacken zu einem dicken Knoten aufgesteckt, große, mit viel Lidschatten betonte Augen, ein sehr roter Mund mit einem strengen, herben Zug. Sie trug ein hellblaues Negligé und hielt einen schweren, nickelüberzogenen Revolver in ihrer rechten Hand. Seine Mündung zielte direkt auf meinen Magen.

Ich ließ Tonys Automatik sinken, wusste nicht, ob Mrs. Steinlen sie gesehen hatte. Bis sie mit dieser freundlichen, ruhigen Stimme sagte: »Legen Sie die Waffe auf den Tisch.«

Sie bewegte sich langsam auf mich zu, uns trennten kaum mehr als zwei Meter. Reglos starrte ich sie an, unschlüssig, ob ich schießen oder die Waffe auf den Tisch legen sollte. Jetzt, im vollen Schein einer der Stehlampen, sah ich den Ausdruck in ihren Augen – das harte Glitzern von Eis –, und mir dämmerte, dass ich nur der Verlierer sein konnte.

Ich machte zwei Schritte zum Tisch, legte aber die Automatik nicht dorthin, vielmehr fixierte ich Mrs. Steinlen und versuchte, meine Chancen einzuschätzen.

Sie sagte: »Zu schade, dass ein so kluger Mann sterben muss.«

Sie machte einen Bogen und stand auf der anderen Seite des Tisches.

Wir sahen einander an.

Plötzlich schälte sich ein Schatten aus dem Halbdunkel des Flures hinter ihr. Tony bewegte sich langsam auf sie zu, wie ein Schlafwandler, mit ausgestreckten Armen;

seine Augen waren glasig, leer und ausdruckslos auf ihren Hinterkopf gerichtet.

Langsam hob Sie den Revolver höher und ich sah, wie die Muskeln ihrer Hand sich leicht spannten. Möglich, dass sie spürte, dass jemand hinter ihr stand, aber sie ihrem Gefühl nicht vertraute; sie hob den Revolver noch höher und starrte mich mit diesem kalten Glitzern in den Augen an.

Plötzlich schlang Tony einen Arm um ihre weiße Kehle, der andere glitt schnell, aber vorsichtig ihren Arm entlang, und dann griff Tony nach ihrer Hand mit dem Revolver. Sie bewegten sich, als wären sie eins, eine komplexe, erschreckend effiziente, tödliche Maschine. Tony drehte ihren Arm langsam nach hinten, dabei verstärkte er den Druck auf ihren Hals. Ihre Augen weiteten sich, die transparente, weiße Haut ihres Gesichtes wurde dunkel.

Plötzlich sah ich die Mündung des Revolvers an ihrer Schläfe und Tonys Finger am Abzug. Ich lief so schnell wie möglich um den Tisch herum. Ein kurzer, scharfer Knall und ich blieb abrupt stehen. Tony ließ sie los und sie fiel mit dem Oberkörper auf den Tisch und glitt dann vom Tisch zu Boden. Der Revolver in ihrer verkrampften Hand schlug gegen das Tischbein.

Für einen Augenblick war ich wie gelähmt und starrte Tony an. Er stand da, schaute unverwandt ins Weltall, auf einen Ort, der Lichtjahre entfernt liegen musste. Dann kam wieder Leben in seine Augen, ein neugieriger, fast zärtlicher Blick. Er sah auf die Frau zu seinen Füßen und lächelte leicht. Sie lag auf dem Rücken und die Blutlache unter ihrem Kopf wurde langsam größer.

Tony sagte sanft: »Das war für Mae, schöne Lady.«

Im Nu war ich bei ihm und fragte: »Wie, zum Teufel, bist du hier herausgekommen?«

Er antwortete nicht, stand nur da, lächelte und betrachtete die tote Frau. Ich schüttelte ihn an der Schulter. Er lächelte mich an und sagte: »Ich bin dir den ganzen Tag gefolgt. Durch das Fenster in Opals Zimmer hab ich beobachtet, wie du ins *Derby* gegangen bist. Ich bin abgehauen, in meinen Wagen gestiegen und hab gewartet, bis du herausgekommen bist, und bin dir zum Studio gefolgt. Ich war dir den ganzen Nachmittag auf den Fersen – wusste, am Ende würdest du mich zu Maes Mörder führen ... «

Ich deutete mit dem Kopf in Richtung Küche: »Hat dich die Schwarze hereinkommen sehen?«

Er schüttelte den Kopf. »Kurz nachdem du hineingegangen bist, kam eine Frau heraus und ging die Treppe über der Garage hoch. Vielleicht war sie's – vielleicht wohnt sie da.«

Ich drückte ihm rasch seine Automatik in die Hand und sagte: »Raus hier – schnell.«

Er schüttelte den Kopf, zuckte die Achseln, wies mit einer Hand auf die Frau am Boden.

Ich wiederholte: »Raus hier – schnell.« Ich packte ihn an den Schultern und schob ihn Richtung Flur.

Er drehte den Kopf und starrte mich verwirrt an. Ihm fiel die Kinnlade herunter. Dann zuckte er wieder die Achseln, ging langsam hinaus in den Flur und verschwand in der Dunkelheit.

Ich setzte mich hin und rief die *Post* an. Ungefähr eine Minute später hatte ich Scheyer dran. Ich sagte: »Hier ist deine Exklusivstory. Sheila Dale hat Mae Jackman umgebracht. Ich glaube, sie hat auch Steinlen umgebracht, zumindest hat sie ihn so weit gebracht, es selbst zu tun – wir können das überprüfen. Vor ungefähr zwei Minuten hat sie sich erschossen – ziemlich tot. Ich war dabei, konnte es aber nicht verhindern. Sag deinem Boss, er soll die Rotationspresse für eine Extraausgabe anhalten, hol einen Haufen Bullen und komm raus zu den Steinlens. Ich erzähl dir die Einzelheiten, wenn du da bist.«

Ich legte auf, ging hinüber und untersuchte Mrs. Steinlen sehr genau auf Spuren am Hals, außerdem überprüfte ich, ob Tonys Fingerabdrücke auf ihrem Revolver waren. Dann ging ich in die Küche und holte ein Glas Wasser, um Miss Boehme wieder in die Welt zurückzuholen.

Als ich das Wasser holte, lief mir die schwarze Köchin über den Weg. Ihre Augen waren so groß wie Banjos. Sie sagte: »Hab ich nicht 'nen Schuss gehört, Mister?«

Ich sagte ihr, da liege sie richtig. Mrs. Steinlen habe sich erschossen.

Ihre Augen wurden noch größer: »Tooot?«

Ich sagte: »Tooot.«

Ich ging zurück in die Bibliothek und widmete mich Miss Boehme. Nach einer Weile kam sie zu sich, starrte auf Mrs. Steinlen und den Revolver in deren verkrampfter Hand. Sie schlug die Hände vors Gesicht und fing an zu wimmern.

Ich befahl ihr aufzuhören, und fragte, ob sie wisse, wo der Scheck sei. Sie tat, als habe sie keine Ahnung, wovon ich sprach. Ich machte ihr klar, dass, sofern sie sich kooperativ verhalte, ich die Sache mit dem Rauschgift vergessen werde – ihre Tätigkeit als Kurier, die ihr sofort eine Anklage wegen Drogenvergehens einbringen könnte.

Als ich das erwähnte, schaute sie schon wesentlich intelligenter drein, und als ich nochmals den Scheck ansprach, meinte sie, sie könne ihn wohl finden.

Ich hatte keine Zigaretten mehr, aber ich fand welche in einer Dose auf dem Schreibtisch. In einem der Regale entdeckte ich eine alte Ausgabe von Stoddards Reiselektüre. Ich setzte mich, machte es mir bequem, informierte mich über Konstantinopel und wartete.

DER EINTREIBER KOMMT NACH DEM ZAHLTAG
FLETCHER FLORA

Frankie musste eine Menge Bars abklappern, bevor er seinen alten Herrn fand. Er saß mit einer Schnalle, die Frankie nicht kannte, in der Sitznische einer Kaschemme an der unteren Market Street. Frankie sah sofort, dass ihre Oberschenkel aneinanderklebten wie Tesafilm.

»Komm schon, Paps«, sagte Frankie. »Komm mit nach Hause.«

Die Frau blickte auf und ihre Lippen verformten sich zu einem scharlachroten, höhnischen Grinsen. Das Rot war verschmiert als hätte sie die ganze Zeit rumgeknutscht; die Lippen wirkten gequetscht und geschwollen, als wären diese Küsse ziemlich ekstatisch gewesen.

»Fahr zur Hölle, Kleiner«, sagte sie.

Sie nahm ihr Martini-Glas und setzte es an die Lippen. An seinem Alten vorbei langte Frankie über den Tisch und schlug ihr das Glas aus der Hand. Mit einem dünnen Klirren flog es gegen die Wand. Gin und Wermut spritzten zwischen die vollen Brüste, die halb aus dem Dekolletee hingen. Die Olive fiel auf den Tisch und rollte davon.

Die Frau stand auf, so weit es die schmale Nische zuließ, ihre Augen loderten vor Zorn und vom Gin.

»Du kleiner Hurensohn!« sagte sie leise.

Frankie packte sie mit einer Hand am Handgelenk und setzte mit der anderen zum Nesselgriff an.

»Lass Paps in Ruhe«, sagte er. »Hör auf, dich wie eine Schlampe aufzuführen und lass ihn in Ruhe.«

Dann landete die schwielige Handkante des Alten auf Frankies Arm. Es war wie ein Schlag mit einem stumpfen Beil. Frankies Finger wurden taub, lösten sich vom Handgelenk. Mit der Linken holte er aus und schwang ins Gesicht des Alten. Doch der fing die Faust mit offener Hand ab und stieß Frankie grob nach hinten.

»Hau ab, Kleiner«, sagte er.

Für einen nicht mehr ganz jungen Mann war er ziemlich tough drauf. Seine Augen waren zwei gelbe Achate und sein Mund war eine schmale, gemeine Falle unter einer kühnen Nase. Die Bewegungen seines Körpers zeigten deutlich, dass seine Muskeln immer in Schuss waren. Sein Körper war drahtig, ausbalanciert wie der eines austrainierten Kämpfers.

Frankie nahm all das durch eine Art rosafarben wabernden Nebel wahr. Mit geballten Fäusten zog er sich aus der Nische zurück, doch anstelle sich auf eine Gegenstrategie zu besinnen, quollen ihm Tränen der Wut und Frustration aus den Augen.

»Du kommst verdammt noch mal hier raus«, sagte er. »Schäm dich, hier so zu saufen und herumzumachen.«

Schnell wie eine Schlange schlüpfte der Alte aus der Nische und schlug Frankie mit einer kurzen Rechten, die ankam wie ein Kolben, auf den Mund. Frankie ging zu Boden, rollte rückwärts und spuckte einen blutigen Zahn aus. Er war wie von Sinnen, stand auf, stolperte auf den alten Mann zu, fluchte und schluchzte, schlug um sich wie ein kleines Mädchen.

Dieses Mal stoppte der Alte ihn mit der Linken und schickte mit der Rechten einen Kracher hinterher. Frankie fiel wie ein Pfosten, sein Kopf schlug mit einem dumpfen Geräusch auf.

Niemand kümmerte sich um ihn. Ein paar Leute lachten. Vom Boden aus konnte er das Gelächter anschwellen, abebben und wieder anschwellen hören. Es war die endgültige Degradierung eines Mannes, dem nie viel Würde zuteil wurde. Während er auf dem Boden herumrollte, sich auf Hände und Knie kämpfte, befiel ihn eine heftige Übelkeit. Sein Magen krampfte. Nach einer langen Weile schaffte er es, mit quälend langsamen Bewegungen auf die Füße zu kommen. Sein Kinn und das Hemd waren mit Blut und Speichel verschmiert.

In der Sitznische präsentierten sich sein Alter und die Frau in einer heißen Umarmung. Die Münder aneinander festgesaugt, ignorierten sie ihn. Die lüsterne Hand des alten Mannes war beschäftigt, und Frankie nahm durch den Schleier seines ganz privaten roten Nebels das Beben eines sich in Erregung straffenden Frauenkörpers wahr. Er drehte sich weg und wankte hinaus. Der Boden schien unter seinen Füssen anzusteigen und plötzlich abzufallen. Um ihn herum konnte er dreckiges Gelächter hören.

* * *

Seinen alten Plymouth hatte er sechs Blocks weiter abgestellt. Er ging langsam die mit Abfall übersäte, enge Straße entlang und musste sich immer wieder abstützen. Die Nachtluft drang wie ein Messer in seine Lungen. Hin und wieder hielt er an, um sich gegen eine Mauer zu lehnen, bis das unberechenbar schaukelnde Straßenpflaster sich wieder ebnete und er weitergehen konnte.

An der Einmündung einer Seitenstraße wurde ihm wieder speiübel, eine bittere Flüssigkeit kam ihm hoch.

Er brauchte fast eine Stunde für den Weg zu seinem schäbigen Apartment, für seine Verhältnisse das Beste, was ein Unglücksrabe ergattern konnte. Im Badezimmer spritzte er sich kaltes Wasser ins Gesicht, die Schmerzen raubten ihm fast den Atem. Der halbblinde Spiegel über dem Waschbecken verzerrte sein Gesicht, übertrieb die Hässlichkeit der zerschlagenen, geschwollenen Lippen und des blutigen Zahnfleischs. Er tupfte sein Gesicht mit einem Handtuch trocken und goss sich im Wohnzimmer einen Doppelten ein. An den wunden Lippen vorbei kippte er den Whiskey gleich in den Rachen. Die feurige Spülung löste einen Husten- und Würgereiz aus.

Er fiel in einen Sessel und versuchte nachzudenken. In keine bestimmte Richtung. Sein Kopf funktionierte, führte nun alles zu einem schlimmen Ende, in einer irgendwie tauben Abgeklärtheit. Auf einmal war er merkwürdig gleichgültig. Schließlich war nichts passiert, was von einem chronischen Pechvogel nicht vorauszusehen gewesen wäre.

Dieser Zustand war seltsam, er war über nichts mehr sonderlich beunruhigt. Wie er da saß, in dem düsteren Wohnzimmer, durch die absolute Erniedrigung völlig erhaben gegen jegliches Schamgefühl, bemerkte er, wie seine Gedanken sich zufällig in die vergangenen Zeiten mit seinem alten Herrn zurückarbeiteten. Zurück zu den Tagen, als seine Mutter, eine geprügelte Nullnummer, noch lebte. Kein liebenswerter Charakter, sein Alter. Nicht leicht für Frau und Kind. Mit einem unerbittlichen Maß an Disziplin. Ein Meister der verzögerten Bestrafungstechnik. Früher, als Frankie ein Kind war, wurde ein

Fehlverhalten nie sofort abgestraft und dann vergessen. Der alte Mann hatte sich immer alles gemerkt. Später, oft nachdem Frankie seine jugendliche Übeltat bereits vollkommen vergessen hatte, gab es immer etwas, was er wirklich gern tun wollte. Dann schaute sein Alter ihn mit milchigen Achat-Augen an und sagte: »Nein. Hast du deine Frechheit etwa schon vergessen? Du hast dafür noch nicht bezahlt. Deswegen darfst du das nicht machen.«

Warten, bis es richtig wehtat. Das war die Art seines alten Herrn.

Bei der Erinnerung lachte Frankie leise, ohne einen Anflug von Humor. Luft zischte durch die Lücke, in der eben noch sein Zahn war. Kein Glück. Niemals nur das geringste Glück. Er war sogar ein Verlierer, wenn er gegen den Alten kämpfte – einen Bastard mit dem Gedächtnis eines Elefanten und verdrehten Wertvorstellungen.

Seine aufgerissenen Lippen schmerzten beim Lachen, also ließ Frankie es sein, saß zusammengesunken im Sessel, die Augen mit leerem Blick auf den Boden gerichtet. Was er fühlte, war wirklich sehr befremdlich. Nicht Müdigkeit. Nicht Erschöpfung. Nicht viel von irgendwas. Er war am Ende mit den Nerven, verspürte aber gleichzeitig eine Art Erleichterung.

Um drei Uhr morgens, als der Alte heimkam, saß er immer noch dort. Der alte Mann war vollkommen besoffen, und seine sonst so markanten Gesichtszüge hatten sich verwischt. Seine Augen waren blutunterlaufen, und auf seinen Lippen klebten Überreste des billigen Lippenstifts, die ihn wie einen Clown aussehen ließen. Er blieb schwankend stehen, fast hilflos, mit weit gespreizten

Beinen, die Hände trotzig in den Hüften, und Frankie blickte aus dem Sessel zu ihm hoch. Es machte ihn krank, den alten Mann so abstoßend zu sehen, Übersättigung in seinem schlaffen Gesicht und das Brechreiz erregende Parfüm aus Wacholderbeeren wie ein Nebel um ihn herum.

Der alte Mann spuckte aus und lachte heiser. Der Speichel landete auf Frankies Schuhspitze, ein milchiger Klecks. Ohne sich zu bewegen, sah Frankie zu, wie der alte Mann ins Schlafzimmer torkelte.

Frankie blieb noch vielleicht fünf Minuten im Sessel sitzen, dann seufzte er, stand auf und ging dem alten Mann ins Schlafzimmer nach. Der Alte stand in Unterwäsche mitten im Zimmer. Seine Beine waren mit geschwollenen blauen Venen überzogen, die die schuppige Haut ausbeulten. Auf dem rechten Oberschenkel saß ein roter Fleck, der wahrscheinlich blau werden würde. Als er merkte, dass Frankie ihn beobachtete, brannten seine blutunterlaufenen Augen vor Verachtung.

»Mein Sohn«, sagte er. »Mein toller Sohn Frankie.«

Frankie antwortete nicht. Als er sich langsam auf den alten Mann zubewegte, mit einem schwachen Lächeln, war der Schmerz dieses Lächelns auf seinen aufgerissenen Lippen nur ein Abklatsch des dumpfen Schmerzes in seinem Herzen. Frankie hatte die Entfernung zwischen ihnen fast überwunden, bevor das Gin durchtränkte Hirn des Alten begriff, dass er ihn umbringen würde. Doch der Alte war zu betrunken, um sich zu verteidigen, nicht einmal gegen Frankie.

Die Verachtung verschwand aus seinen Augen und Entsetzen flutete hinein, kaltes und ungläubiges Entsetzen.

»Nein, Frankie«, flüsterte er, »um Himmels Willen, nein.«

Frankie schwieg und der alte Mann versuchte, zurück zu weichen. Aber dazu war es nun zu spät, und Frankies Daumen vergruben sich in seiner Gurgel. Die Zunge trat heraus, seine Beine rotierten wie irregewordene Dreschflegel, er schlug Frankie mit seinen Fäusten in panischer Furcht ins Gesicht. Aber es half ihm nichts, weil Frankie sich sehr stark fühlte. Er fühlte sich so stark wie noch nie in seinem Leben. Und gut. Ein kraftvoll aufwallendes Wohlgefühl. Ein wildes, singendes Erfülltsein, das im gleichen Maß stärker wurde wie der Druck seines Griffes.

* * *

Der alte Mann war schon mehrere Minuten tot, als Frankie ihn endlich losließ. Er glitt auf den Boden, ein schlaffer Haufen Fleisch, und Frankie stand da und schaute auf ihn herab. Die narkotisierende Lust war aus ihm gewichen, und stattdessen hatte er wieder dieses seltsame Gefühl von Abgeklärtheit.

Natürlich war ihm klar, dass das Ende des alten Mannes auch sein Ende war. Ihm fiel der .38er Revolver im Schrank ein und für einen Moment dachte er an Selbstmord, aber nicht sehr ernsthaft.

Nicht, dass er vor dem Gedanken an Tod zurückschreckte, er hatte einfach nur nicht den Mumm.

Er nahm an, dass er jetzt die Polizei rufen sollte, und er war bereits drauf und dran ins Wohnzimmer zum Telefon zu gehen. Doch dann kam ihm ein Einfall, der ihn völlig in Beschlag nahm, und er hielt abrupt inne.

Er sah sich mit der Leiche des alten Mannes in den Armen ins Polizeirevier spazieren. Er hörte sich ruhig sagen: »Das ist mein Vater. Ich habe ihn gerade umgebracht.« Langweiliger kleiner Frankie, Pechvogel-Frankie, kommt am Ende doch noch zu seinem dramatischen Auftritt. Das war eine Aussicht, die einen alten, tiefen Hunger seiner Seele stillte, und er drehte sich um, blickte auf die Leiche am Boden. Ein verträumtes Lächeln auf den Lippen, fühlte er, wie sein Hochgefühl erneut einsetzte.

Im letzten Moment verspürte er einen schrecklichen Ekel, der es ihm unmöglich machte, das nackte, tote Fleisch zu berühren. Also zog er die Leiche an, kämpfte mit den dabei nicht gerade hilfreichen Armen und Beinen. Danach war es so einfach. Es war so wahnsinnig einfach. Wenn es ihm nicht so vollkommen egal gewesen wäre, wenn er wirklich ernsthaft versucht hätte, davonzukommen, hätte er es in einer Million Jahre nicht zustande gebracht.

Mit dem toten alten Mann in seinen Armen verließ er das Apartment, ging die Treppen hinunter und über die Straße zum Plymouth. Er öffnete die Vordertür, setzte ihn auf den Beifahrersitz und schloss sie wieder. Dann stand er neben dem Wagen und schaute sich um. So weit er es beurteilen konnte, hatte keine Menschenseele ihn gesehen.

Er begriff allmählich das ganze Ausmaß der Geschichte und begann zu kichern, Hysterie mischte sich in das anschwellende Gelächter. Ausgerechnet Pechvogel-Frankie macht so ein Ding. Pechvogel-Frankie höchstpersönlich spaziert aus seinem Apartmenthaus mit einer Leiche in den Armen und keine verfluchte Menschenseele kriegt es mit. Das Leben konnte nicht verrückter sein. Er lachte weiter, packte mit einer Hand den Griff der Wagentür, sein Körper schüttelte sich, seine Lippen rissen wieder auf und ein dünner, roter Faden bahnte sich seinen Weg das Kinn hinunter.

Nach einer Weile würgte er das Lachen ab, eine Reihe kleiner, kehliger, keuchender Laute zerrte schmerzhaft an seinem Hals. Er zündete sich eine Zigarette an, ging um den Wagen herum und nahm auf dem Fahrersitz Platz, den alten Mann neben sich.

Er fuhr ziemlich langsam, kostete genüsslich die Fahrt zu seinem großen Auftritt aus. Nun, da er es aufführen durfte, gefiel ihm das Drama immer besser. Es gab ihm eine Befriedigung, die er nie gekannt hatte.

Er fuhr Richtung Osten auf der Mason Street. Die Seitenstraßen gingen in einem Winkel von fünfundvierzig Grad von den Kreuzungen ab. Er hatte Vorfahrt und überfuhr die Kreuzungen, ohne auf den Verkehr zu achten. Deshalb bemerkte er den Transporter erst, als es bereits zu spät war. Er hörte das schrille Kreischen der Bremsen und blickte gerade rechtzeitig auf, um das ungeheure Stahlmonster auf sich zu donnern zu sehen.

Sein Schrei überschnitt sich mit dem Jammern der riesigen Reifen und reflexartig warf er sich zur Seite, streifte die Tür mit der Schulter und packte den Griff. Die Tür ging genau im Moment des Aufpralls auf und er wurde wie eine Puppe durch die Luft katapultiert. Er schlug aufs Pflaster und rollte sich ab, schützte instinktiv seinen Kopf mit den Armen. Den überwältigenden Krach, mit dem der Plymouth unter dem Transporter zermalmt wurde, nahm er nur benommen war.

Er lag still auf dem Rücken und vernahm leise Geräusche – Schreie, trampelnde Füße, entsetzte Stimmen und nach einer Weile das weit entfernte Wimmern von Sirenen, das stetig wuchs, und näher und lauter wurde.

Jemand kniete neben ihm, fühlte seinen Puls, sagte völlig fassungslos: »Der Kerl hat kaum Kratzer. Das ist ein gottverdammtes Wunder.«

Eine andere Stimme schraubte sich in hysterische Höhen: »Mein Gott! Dafür ist der hier nur noch Hackfleisch. Nur noch Hackfleisch.«

Und er lag weiter da im nächtlichen Lärm, das Gelächter kam zurück und das blaue Wunder wuchs und gedieh. Was war das? Was in Gottes Namen war das? Ein Typ, der mit einem mürrischen Bastard von einem alten Herrn begonnen und geendet hat, und der dazwischen nie auch nur ein kleines bisschen Glück kannte. Ein Kerl, der so richtig in die Scheiße gegriffen hatte und das nicht zu knapp. So einer erlebte plötzlich zwei phantastische Wendungen, die keiner für möglich gehalten hätte. Spazierte einfach aus dem Haus mit einer Leiche im Arm und kam ungeschoren davon. Überlebte mit nicht mehr als ein paar Platzwunden einen schweren Autounfall, der ihn für immer schlimm hätte zurichten können. Vielleicht war das so, weil ihm alles egal war. Vielleicht wendet sich das Blatt, wenn man nicht länger was darauf gibt.

Dann erst, in einer plötzlichen Eingebung, wurde ihm die ganze Bedeutung der Situation klar.

Hackfleisch hatte jemand gesagt. Nur noch Hackfleisch. Dank der verrückten Zuarbeit der Götter und eines Lastwagenfahrers war er den Alten auf unverdächtige Weise losgeworden.

Er lag auf dem Asphalt und das blaue Wunder wurde

größer und größer, und seine Eingeweide vibrierten vor rasendem, verhaltenen Gelächter.

***

Kurz darauf wurde er auf einer Trage in den Rettungswagen gebracht, der ihn ins Krankenhaus fuhr. Er schlief wie ein Kind in antiseptischer Reinheit zwischen kühlen Laken, und am Morgen wurden Aufnahmen von seinem Kopf gemacht. Vierundzwanzig Stunden später teilte man ihm mit, dass keine Gehirnerschütterung vorliege und entließ ihn. Mit freundlicher Unterstützung der Behörden holte er seinen alten Herrn aus dem Leichenschauhaus und brachte ihn ins Krematorium.

Als er das Krematorium verließ, trug er den Alten in einer Urne bei sich. Im Apartment stellte er die Urne auf einen Tisch im Wohnzimmer und sah auf sie herab. Seit dem Unfall hatte er eine warme Zuneigung zu dem Alten entwickelt. In seinem Herzen war kein Hass, keine nachtragende Feindseligkeit. Im jetzigen Zustand, als eine Hand voll Asche, fand er seinen Vater liebenswerter als je zuvor. Außerdem hatte er Frankie Glück gebracht. Am Ende, in Schande, Gewalt und Blut, hatte er ihm das Glück gebracht, das er nie gehabt hatte.

Er räumte den alten Mann weg, verfrachtete ihn auf den Schrank, überprüfte seine Finanzen und stellte fest, dass er genau vierzig Dollar besaß. Er befingerte das grüne Papier und dachte über seine Möglichkeiten nach. Das Bestreben, sein Glück zu versuchen, war zwanghaft geworden. Mit diesem Ziel verließ er das Apartment und ging hinüber zu Nick Loemke's Bar auf der Market Street.

Bei Nick war gerade Flaute, er polierte Gläser hinter dem Mahagonitresen. Nick betrachtete ihn schläfrig und wischte mit dem Handtuch über den Tresen.

»Wonach steht dir der Sinn, Frankie?«

»Nach einem doppelten Whiskey«, sagte Frankie.

Seine Lippen und das Zahnfleisch waren immer noch etwas wund, also war er vorsichtig mit dem Whiskey, kippte ihn in kleinen Portionen auf die Zunge.

»Wo ist Joe Tonty diese Woche vor Anker gegangen?« fragte er.

»Verdammt, was geht dich das an, Frankie? Du kannst es dir nicht leisten, in dieser Klasse mitzuspielen.«

»Kann man nie wissen. Man weiß es nie, bevor man es nicht versucht.«

Frankie trank seinen Whiskey aus und ließ das Glas mit Schwung über den Tresen rutschen. Es traf auf eine Metallkante und hüpfte in die Luft. Nick musste schnell danach greifen, damit es nicht auf den Boden fiel. Er starrte Frankie an und tauchte das Glas in das Spülwasser hinterm Tresen.

»Was zum Teufel ist los mit dir, Frankie? Hast du deinen Verstand verloren?«

»Okay, okay«, sagte Frankie. »Ich bitte um eine Auskunft und du machst einen dummen Spruch. Rück schon raus, wo ist Tony?«

Nick zuckte mit den Schultern. »Na gut, du Wichser. Es ist deine Kohle. Drüben in der Third Street. Erster Stock, über der alten Bonfile Werkstatt.«

Frankie warf einen Dollar auf den Tresen und ging hinaus. Zwischen der Third und der Fourth Street steuerte er in eine schmale Gasse, die zum Hinterausgang der Bonfile Werkstatt führte, und kletterte eine eiserne

Feuerleiter hoch zu einer Brettertür, die verschlossen war. Mit der Faust klopfte er dagegen und erhielt Antwort aus einem Türspalt.

Eine Stimme sagte: »Hallo, Frankie. Was zum Teufel willst du hier?«

»Ist Tony hier?«

»Kann sein.«

»Komm schon, verdammt, was glaubst du, was ich hier mache? Möchtest du, dass ich's dir schriftlich gebe?«

Der Spalt wurde größer, enthüllte ein flaches Gesicht mit zwei großen Ohren, das sich durch ein Grinsen teilte. »Meine Güte. Heute fahren wir die ganz große Nummer, was?«

»Wollt ihr mein Geld oder nicht?«

Der Spalt öffnete sich immer weiter und der grinsende Gorilla trat zurück. »Sicher, Frankie, sicher. Jedes kleine bisschen hilft.«

Frankie ging hinter dem Gorilla hinein und folgte ihm durch den Flur über den Betonboden entlang zum Craps-Tisch. Es war noch früh und das große Spiel noch nicht im Gange. Genau richtig für vierzig Kröten. Oder besser für neununddreißig, wenn man den doppelten Whiskey abzog.

Frankie lehnte mit der Hüfte gegen den Spieltisch und legte eine schnelle Wette, dass der Mann mit dem Würfel das Spiel machen würde.

Es funktionierte.

Eilig legte Frankie drei weitere Wetten, setzte den Gewinn immer gleich wieder mit ein und spielte mal mit den Würfeln und mal dagegen, ohne nachzudenken.

Die Punkte kamen oder nicht, genau so wie Frankie gewettet hatte.

Als die Würfel zu ihm weitergereicht wurden, hatte er bereits die Taschen voll und setzte das ganze Bündel. Er warf eine Sieben, machte dann zwei Mal seinen Punkt und warf dann noch eine Sieben, die das Bündel ordentlich wachsen ließ. Als er ohne groß nachzudenken ein Spiel verlor, hatte er bereits rechtzeitig das meiste seines Gewinns vom Tisch genommen.

Er stieg aus und reichte die Würfel weiter.

Joe Tontys Gesicht auf der gegenüberliegenden Seite des Craps-Tischs war eine Platte aus grauem Fels. Seine Augen musterten Frankie, doch der zuckte nur mit den Achseln.

»Deine Glückssträhne hält an, Frankie. Du solltest weiter machen.«

»Klar«, sagte Frankie. »Was denkst du denn.«

So ging es zwei Stunden weiter und Frankie schwamm auf der Welle des Glücks weiter. Als er schließlich ein flaues Gefühl verspürte, eine Art Kollaps, stieg er aus. Nicht, dass er annahm, sein Glück sei zu Ende. Nur ausruhen. Nur einmal ausatmen. Er stieg die Treppe hinab in die Seitenstraße und überquerte die Market, um noch einen Absacker bei Nick zu nehmen. Ein wenig später, im Wohnzimmer seines Apartments, zählte er acht Riesen. Es war kaum zu glauben, Klein-Frankie macht acht Riesen auf einmal. Sogar steuerfrei.

Wieder wurde er von dem Freudentaumel geschüttelt, der allmählich zum festen Bestandteil seiner Stimmung geworden war. Er ging zum Schrank, öffnete die Tür und sah auf den alten Mann in der Urne hoch.

»Danke, Paps«, sagte er. »Danke.«

Er schlief fest und stand gegen Mittag auf. Nach einem ausgiebigen Lunch ging er mit den acht Riesen in der

Tasche auf die Rennbahn. Er kam gerade richtig zum zweiten Rennen und sah sich die Aufstellung der Starter an. Aber er fühlte nichts, also ließ er es sein.

Als er das Starterfeld des dritten Rennens überprüfte, spürte er immer noch keinen Ruck. Etwas schien im Weg zu stehen, zwischen ihn und das Glück geraten zu sein. Vielleicht, erkannte er plötzlich, war es dieser warme Druck den er am Rücken verspürte.

Er wandte sich um, blickte in ein braunes Augenpaar, so warm wie die Berührung. Darunter strahlte reines Weiß von roten Lippen umrandet und darüber glänzte eine blassgelbe Frisur, von fast weißen Strähnen durchzogen. Zuerst dachte Frankie, sie hätte einfach schlampig gefärbt, aber dann sah er, dass der Zwei-Ton-Effekt natürlich wirkte.

»Ganz schön viele Leute hier, nicht?« sagte sie.

Frankie grinste. »Ich mag viele Leute.«

Er dachte noch darüber nach, an was ihn dieses Haar erinnerte, als er seine Eingebung hatte. Sein Blick sprang auf das Programm in der Hand und zurück zu der Frau. Innerlich war er atemlos und angespannt, wie ein Typ es eben wird, wenn er vor etwas Großem steht.

»Wie heißt du, Baby?«

Das rotweiße Lächeln blitzte wieder auf. »Nenn mich Taffy. Wegen der Strähnen.«

Alles klar, das sah man. Er sah verdammt viel mehr, als sie dachte. Er sah die Nummer vier im dritten Rennen und der Name war Taffy Candy. Würde Taffy gewinnen, gäbe es den zehnfachen Einsatz, und auch wenn Frankie keine Intelligenzbestie war, konnte er eine Null an achttausend ranhängen und das Ergebnis entziffern.

Man durfte nicht Nachdenken, das war der Trick. Fängt

man an nachzudenken, beginnt man auch, sich Chancen und Folgen auszumalen, und dann ist es vorbei. Er stand auf und schlug das Programm gegen seine Beine.

»Halt mir den Platz frei, Baby. Wenn ich auf dem richtigen Weg bin, wird dies ein großer Tag für dich und mich und ein Pferd.«

Er erreichte den Schalter kurz vor Annahmeschluss und wettete die acht Riesen auf den Gaul Taffy. Am Zaun der Rennbahn sah er die Pferde vorbeilaufen und war nicht mal überrascht, nicht mal aufgeregt, als Taffy im Kampf um eine knappe Nasenlänge gewann. Es war erstaunlich, wie schnell er sich ans Glück gewöhnte. Er erwartete die Glücksfälle nun, als ob er sie gepachtet hätte. Als hätte er selbstverständlich Anspruch darauf.

Wie das Mädchen auf der Tribüne zum Beispiel. Das Mädchen, das sich Taffy nannte.

Wie er da am Zaun stand, stieg sein Hormonspiegel steil an, als er an ihre warme Berührung, das bezaubernd getönte Haar, die braunen Augen und die scharlachroten Lippen dachte. Wenige Tage vorher hätte er sich bei einer solchen Frau nie Chancen ausgemalt. Es wäre jenseits seiner Vorstellungskraft gewesen. Aber jetzt war das anders. Glück und ein paar Riesen machten einen verdammten Unterschied.

Den Unterschied zwischen Denken und Handeln.

Mit zehn Mal achttausend in seiner Tasche kehrte er zurück zur Haupttribüne. Während er hochstieg, fiel sein Blick auf ihre Seidenstrümpfe.

Er grinste und sagte: »Wir sind alle eingelaufen, du und ich und das Pferd. Lass uns hier abhauen.«

Unter ihren geschminkten Lidern lauerte ein spöttischer Blick.

»Honey, ich habe schon eine Verabredung. Ich soll hier einen Typen treffen.«

»Zur Hölle mit ihm.«

Ihre gezupften Augenbrauen krümmten sich und ein geübter frecher Blick zeigte sich durch die Wimpern. »Wie kommst du darauf, dass ich einfach mit dir davonspaziere, Mister?«

Frankie grub in seiner Tasche nach einem Bündel von Scheinen, um Eindruck zu schinden. Sie knisterten frisch wie der junge Lenz. Als er sie mit dem Daumennagel durchblätterte, gaben sie kleine, feine Geräusche von sich.

»Vielleicht das«, sagte er.

Sie betrachtete die Argumente von allen Seiten und erhob sich dann. »Richtig gedacht, Honey«, sagte sie.

* * *

Nach einer langen Zeit und einer Menge Ortswechsel erwachte Frankie in dem fahlen Licht, das in sein schäbiges Apartment fiel. Es war deprimierend, dachte er, in einem solchen Loch aufzuwachen. Das musste anders werden.

»Hör zu, Baby«, sagte er. »Heute suchen wir eine neue Wohnung. Ein großes Apartment uptown. Teppiche bis zu den Knien, weiche Polstermöbel. Wie klingt das, Baby?«

Taffy rutschte näher, ihre Lippen bewegten sich mit dem zufriedenen Schnurren einer verschlafenen Katze über seine nackte Schulter.

Am selben Tag mieteten sie uptown eine Wohnung und zogen ein.

Und ein paar Monate später kaufte Frankie den *Circle Club*.

Der Club war ein hübscher kleiner Treffpunkt in einem unauffälligen Block, aber nur einen Katzensprung entfernt vom Vergnügungsviertel. Wenn der richtige Typ es in die Hand nahm, war es ein guter Ort für ein fettes Geschäft. Der Eigentümer stand unter Druck, weil er Schulden bei Leuten hatte, die das Warten nicht mochten. Frankie kaufte ihm den Laden für ein Butterbrot ab.

Es war ein Glücksfall. Nur einer von vielen. Frankie möbelte den Laden auf und buchte eine Combo, die richtig loslegen konnte. Bei der Combo trällerte ein flotter Kanarienvogel mit, der Augen und Ohren etwas zu bieten hatte. Essen und Drinks waren anständig. Was wollte man mehr? Und bis Linda Lee auftauchte, lief das Geschäft sehr ordentlich.

Nach Linda Lees Ankunft lief das Geschäft mehr als ordentlich. Es boomte. Wenn ein Mädchen wie Linda irgendwo auftaucht, spricht sich das immer sofort herum. Die Kerle kommen mit ihren Mädels herein, und nachdem sie sich satt gegafft und genug konsumiert haben, gehen sie irgend woanders hin, drehen das Licht aus und stellen sich vor, ihr Mädchen wäre Linda.

Linda Lee war natürlich nicht ihr wirklicher Name, aber er passte zu ihrem Aussehen und ihrem Geschäft. Das Vortanzen war nur scheinbar ihr Metier. Tatsächlich ging es darum, dass sie sich auszog. Das reichte vollkommen. In puncto Aussehen hatte Linda einiges zu bieten. Dunkle Haut und schmale Augen. Schwarze Haare mit blauem Schimmer, weich und glänzend, fielen ihr über die Schultern und in die Stirn, über perfekte Brauen. Sie hatte einen beweglichen, stets vibrierenden

Körper, der bei einem Mann sofort eine gewisse Wirkung erzielte, so dass er beim ersten Mal seinen Augen nicht traute und wiederkommen musste, um sie noch einmal anzusehen und sich zu vergewissern.

Sie machte Frankie wahnsinnig. An dem Tag, an dem sie ins Büro des *Circle Club* kam, um sich für einen Job zu bewerben, hatte er zunächst nichts gesehen, außer einer Schönheit in einer Stadt, die von Schönheiten übersät war. Das war, als sie ihre Kleider noch anhatte.

Er rückte in seinem Stuhl zurück und starrte über den Schreibtisch durch den dünnen Rauch seiner Zigarette.

»Sie sagen, Sie sind Tänzerin.«

»Ja.«

»Eine gute?«

»Nicht besonders.«

Das überraschte Frankie.

Er nahm die Zigarette aus dem Mund und ließ seine Augen über ihre interessantesten Stellen schweifen.

»Nein? Was haben Sie sonst, für das ein Mann zahlen würde?«

Sie zeigte ihm, was sie hatte. Frankie saß da und schaute ihr zu, wie sie sich langsam aus den Kleidern schälte und das kleine Büro wurde so eng, dass er glaubte, zu ersticken. Frankies gestrickte Krawatte war aus Hanf, nicht aus Seide, und der Henkersknoten schnitt ihm in den Hals. Er atmete schwer. Von den Handflächen tropfte salzig das Wasser. Sein ganzer Körper war schweißnass.

Als er wieder in der Lage war zu sprechen, sagte er: »Verdammt, wen interessiert der Tanz? Können Sie heute Abend anfangen?«

Sie konnte. Auch Frankie hätte gern gekonnt. Doch

für einen Typen mit stark erhöhter Temperatur blieb er
zunächst ziemlich cool. Er ließ zwar nicht locker, aber
er versuchte nicht, etwas zu erzwingen. Nicht, dass er
sich dafür zu schade gewesen wäre. Es hatte einfach keinen Sinn. Die Angst, gefeuert zu werden, bedeutete nicht
viel für ein Mädchen, dem ein Dutzend anderer Läden
offen stand. Als Frankie schließlich verzweifelt genug
war, ihr zu drohen, musste er ihre Gage sogar noch jede
zweite Woche erhöhen, damit sie blieb.

Sie mochte ihn dennoch. Er wusste verdammt genau,
dass sie ihn mochte. Er konnte das an dem Feuer sehen,
das in ihren schmalen Augen loderte, wenn sie ihn
ansah. Er konnte das an der Art feststellen, wie ihre
Hände manchmal nach ihm griffen, ihn leicht berühr-
ten, sich einen Moment vergaßen.

Aber sie war wie Quecksilber.

Er bekam sie nicht zu fassen.

* * *

An dem Abend, an dem er sich entschloss, es mit einem
Nerz zu versuchen, kam er spät in den Club, genau in
dem Moment, als Linda sich in einem blauen Schein-
werferspot auf die kleine Bühne begab. Einen Augenblick lehnte er an der Wand, hielt die längliche Papp-
schachtel unter dem Arm, beobachtete den sich langsam
enthüllenden dunklen Körper. Sein Puls schlug mit dem
tropischen Tempo des Schlagzeugs in der Dunkelheit.
Bevor der Auftritt vorbei war, drückte er sich am Büh-
nenrand vorbei nach hinten zu Lindas Garderobe.

Drinnen legte er die Schachtel auf den Ankleidetisch
und setzte sich. Während er wartete, konnte er das Cres-

cendo des Schlagzeugs und des gedämpften Basses hören, die Lindas Abgang ankündigten. Der Klang ihrer Schritte im Flur verlor sich im Tosen des Beifalls, der noch lange anhielt, nachdem sie die Bühne verlassen hatte.

Sie schloss die Tür hinter sich und lehnte sich dagegen, den Kopf zurückgeworfen, die Augen glänzend. Ihre Brüste hoben und senkten sich in einem tiefen, rhythmischen Atmen. Licht und Schatten betonten ihre Kurven.

»Hallo, Frankie«, sagte sie. »Nette Überraschung.«

Er erhob sich, sein Puls raste. »Netter, als du glaubst, Baby. Ich habe dir etwas mitgebracht.«

Sie entdeckte die Schachtel hinter ihm auf dem Ankleidetisch und bewegte sich darauf zu, flache Muskeln tanzten geschmeidig unter der dunklen Haut. Ihr Aufschrei war der eines erfreuten Kindes.

»Sag mir, was es ist.«

»Mach es auf, Baby.«

Ihre Finger öffneten geschickt den Knoten und nahmen den Deckel der Schachtel ab. Ohne zu sprechen, packte sie den luxuriösen Pelzmantel aus, schlüpfte hinein und schlang ihn um ihren Körper. Sie stand entzückt da mit dem Rücken zu Frankie, und betrachtete ihr Bild in den Tiefen des Spiegels.

Er näherte sich ihr von hinten und berührte ihre Schultern. Sie hielt seine Hände fest, zog sie um ihren Körper, unter den Mantel. Ihr Kopf glitt leicht nach hinten auf seine Schulter. Sie hauchte ihren Atem durch halbgeöffnete Lippen. Er spürte ihren zitternden Körper in seinen Händen.

Sie sagte leise: »Du bist ein süßer Kerl, Frankie. Ein

echtes Glückskind. Du wirst es noch weit bringen. Zu schade, dass ich nicht mit von der Partie sein kann.«

»Warum nicht, Baby? Warum bleibst du nicht bei mir?«

Sie lehnte den Kopf an seine Schulter, ihre Lippen verbrannten ihm den Nacken. »Schau Frankie. Wenn ich mich auf etwas einlasse, dann nur erster Klasse. Keine billige Touristen-Klasse für Linda.«

»Ich verstehe dich nicht, Baby. Du meinst ein Nerz sei billig?«

»Es geht nicht um den Nerz. Es geht darum, die Zweite zu sein. Es ist der Gedanke, nur das zu kriegen, was andere übrig lassen.«

»Du meinst Taffy?«

Sie schloss ihre Augen und schwieg, und Frankie lachte sanft. »Taffy ist entbehrlich. Ganz und gar entbehrlich.«

»Meinst du, das ist so einfach? Vielleicht hat sie was dagegen, entbehrlich zu sein?«

»Was sollte sie dagegen tun?«

»Sie ist deine Frau. Das hilft immer.«

»Verheiratet? Du denkst, Taffy und ich sind verheiratet?« Er lachte wieder, hob die Schultern. »Taffy und ich sind vorübergehend zusammen. Auf was anderes hätte ich mich nie eingelassen. Keine Papiere. Alles ohne Protokoll. Wir sind genau so lange zusammen, wie ich es will.«

Sie drehte sich um, ihre Arme umschlangen seinen Nacken, er spürte ihren Atem an seinem Mund.

»Wie lange, Frankie. Wie lange willst du noch?«

Seine Hand bewegte sich die sanfte Biegung ihrer Wirbelsäule hinab, zog sie an sich. Er sagte heiser: »So weit es Taffy betrifft, wollte ich sie schon nicht mehr, als ich dich sah. Heute Abend mache ich es offiziell.«

Sie presste ihre Lippen auf seine und er fühlte ihre heiße, wilde Zunge. Dann schob sie ihn schroff zurück. Der Nerz glitt an ihren Schultern hinunter.

»Später, Frankie«, flüsterte sie. »Später.«

Er stand dort blind, alles hatte sich in schimmernden Hitzewogen aufgelöst. Als er schließlich wieder sehen konnte, lachte er schallend und ging zur Tür. Er drehte sich zu ihr um, die Hand am Knauf.

»Wie du willst, Baby – später.«

* * *

Er trat hinaus in den Flur und durch die Hintertür auf die Straße. Hier hinten gab es einen kleinen Platz, wo er sein Cadillac Cabrio abgestellt hatte. Lang, schnittig, eisblau, mit glänzendem Chrom. Was anderes als der alte Plymouth. Die große Maschine sang, als er sie durch die Straßen lenkte. Er fühlte einen unglaublichen Auftrieb, wie ein Mann, der sich unausweichlich auf den Höhepunkt einer Krise zubewegte, von der er wußte, daß er als Gewinner hervorging. Seine Gefühle waren im Einklang mit der gebändigten Kraft des wummernden Cadillac-Motors. Seine neue Persönlichkeit konnte sich kaum an den alten Frankie erinnern. Es war nicht zu glauben, dass er vor gar nicht langer Zeit so von Scham und Frust getrieben war, dass er sich den Tod wünschte. Das Leben war gut. Alles, was man brauchte, war Glück und ein bißchen Mumm. Mit Glück und Mumm konnte ein Mann alles erreichen. Auch das ewige Leben.

Uptown im Apartmenthaus ließ er sich vom leise säuselnden Fahrstuhl nach oben bringen und schloss die Tür zur Wohnung auf. Im Wohnzimmer war es dunkel, aber durch die halb offene Tür des Schlafzimmers fiel ein Lichtstreifen. Leise ging er über den Teppich, der nun doch nicht bis zu seinen Knien reichte, und schob die Schlafzimmertür auf.

Taffy lag im Bett und las. Ihr durchsichtiges Nylon-Nachthemd ließ nichts verborgen. Aber was es zeigte, kannte Frankie schon und er war dessen müde. Einen Moment blieb er stehen, betrachtete sie und fragte sich, wie er es am Besten anfange. Er entschied sich für den direkten Weg. Auf die Brutale. Mach es kurz und zur Hölle damit.

Vom Bett aus sagte Taffy: »Hi, Honey. Du bist früh heute Abend.«

Ohne zu antworten, ging Frankie hinüber zum Wandschrank und schob eine Schiebetür auf. Er zog eine Reisetasche vom Regal und trug sie zum Bett. Er ließ die Schlösser aufschnappen und öffnete die Tasche.

Taffy lehnte aufrecht in ihrem Seidenkissen, zwei hektische rote Flecken erschienen auf ihren Wangen.

»Was ist los, Frankie? Mußt du weg?«

Er ging zu einer Kommode und kehrte mit einem Pyjama und einem sauberen Hemd zurück. »Wie du siehst. Ich ziehe ins Hotel.«

»Warum, Frankie? Was ist los?«

Er sah sie mit finsterer Miene an und fühlte die starke emotionale Bewegung. »Dahinter steckt, dass wir fertig sind miteinander, Baby. Vorbei. Ich ziehe aus.«

Ihr Atem pfiff, als sie nach Luft schnappte und sich aus dem Bett schwang. Sie klammerte sich an ihn.

»Nein, Frankie! Nicht so. Nicht nach all dem Glück, das ich dir gebracht habe.«

Er lachte arrogant, erinnerte sich an den Alten. »Nicht

du hast mir Glück gebracht, Baby. Das war jemand anderes. Das ist etwas, von dem du nie etwas erfahren wirst.«

Er wandte sich um, steuerte wieder auf die Kommode zu, als sie seinen Arm packte. Dadurch zum Stehenbleiben gezwungen, drehte er sich um, schlug ihr mit der flachen Hand ins Gesicht. Sie stolperte zurück, und stieß gegen das Bett. Sie brauchte ein paar Sekunden, um die Balance wiederzufinden. Ein heller Blutstropfen formte sich auf ihrer Unterlippe und tropfte auf ihr Kinn. Ein schmerzliches Wimmern kroch aus ihrer Kehle.

»Warum, Frankie? Sag mir warum.«

Er zuckte die Achseln. »Ein Mann muß wachsen. Er muß weiter, zu etwas Besserem. So ist es nun mal, Baby.«

»Da steckt doch mehr dahinter. Es ist schlimmer. Du denkst, ich hätte dich betrogen, Frankie?«

Wieder lachte er überheblich.

»Mich betrogen? Ich werde dir was sagen, Baby. Ich würde einen Scheiß darauf geben, wenn du mit jedem Penner dieser Stadt schlafen würdest. So viel kümmert mich das.« Er hielt inne, kostete die Situation mit sadistischer Freude aus. »Du willst ehrlich wissen, was los ist, Baby? Es ist einfach nur so, dass du mich krank machst. Bei deinem Anblick wird mir kotzübel. Ist das deutlich genug?«

Sie kam auf ihn zu, hob ihre Arme wie eine Bettlerin. Er wartete, bis sie nahe genug war, dann schlug er ihr wieder ins Gesicht.

Er wandte ihr den Rücken zu, ging zur Kommode und holte den Rest. Nur das Nötigste. Genug für eine Nacht und morgen. Am Morgen würde er jemanden vorbeischicken, der den übrigen Kram abholen würde.

Er warf die Klamotten in die Reisetasche und ließ die Schlösser zuschnappen.

Über die Schulter sagte er: »Die Miete ist bis Ende des Monats bezahlt. Danach suchst du dir besser eine andere Bleibe.«

Sie antwortete nicht, und als ihm die Zahnbürste einfiel, ging er ins Badezimmer, um sie zu holen. Als er herauskam, stand sie da, mit einer .38er in der Hand. Es war die gleiche .38er, mit der er einmal erwogen hatte, sich selbst zu töten. Aber das war natürlich der alte Frankie gewesen.

Nicht der neue Frankie. Der Tod kam im Leben des neuen Frankie nicht mehr vor.

»Du dreckiger Hurensohn«, sagte sie.

Er lachte laut, trat einen Schritt auf sie zu und konnte es nicht fassen, als die Kugel sein Schulterblatt durchbohrte.

Er sah verwundert auf die Stelle, wo es rot zu fließen begann, und seine ungläubigen Augen bekamen noch rechtzeitig mit, wie sich die zweite Kugel genau zwischen sie bohrte.

Und es war wie in der Nacht, als der alte Mann starb – es war witzig. In der letzten Sekunde seines Lebens war es nicht Taffy, die dort mit der Waffe stand. Es war sein alter Herr.

Der Alte mit dem Gedächtnis eines Elefanten.

Der Alte, der immer gewartet hatte, bis es richtig wehtat.

Der Hohepriester
CHARLES WILLEFORD

Kapitel 1

Ich schob einen Dollar durch den Spalt und eine Kassiererin mit Schmollmund fragte mich nach einem Penny.

»Wechselgeld ist Ihr Job«, erinnerte ich sie.

Sie reichte mir ein Ticket und vier Pennies, und ich stieg die Treppe hinauf. Der Türsteher versuchte, meine Hand mit einem blauen Stempel zu versehen, aber ich wich aus. Es war eine dieser Tanzhallen, in die Männer kommen, um etwas aufzureißen, und Frauen, um aufgerissen zu werden. Ich war hier, weil ich mich langweilte. Ich sah mich um.

Es waren doppelt so viele Frauen wie Männer hier. Die meisten Frauen waren nicht attraktiv, es waren die, die wartend herumsaßen. Aber auf der Tanzfläche gab es auch ein paar leidlich Hübsche. Ich drängte mich durch die Menge bis zur Seilabsperrung und beobachtete die Tänzer. Die Band (drei Saxophone, eine Trompete, Klavier und Schlagzeug) spielte viel zu laut. Die Decke war niedrig und durch den zurückgeworfenen Schall klang die Musik ein zweites Mal nach. Ich suchte nach der Bar und fand sie, aber dort gab es nur Bier. Ich bestellte eins und setzte mich dann an einen Tisch, von dem aus ich die Tanzfläche sehen konnte.

Die Halle war voller Lärm, heiß, roch nach Schweiß,

und das Bier war nicht kalt. Ich wollte schon gehen. Dann sah ich diese Frau im roten Kostüm.

Es war kein schlichtes rotes Kostüm, es war elegant. Die Frau wurde ihm gerecht. Sie war groß, mit schulterlangem, in der Mitte gescheiteltem Haar und wirkte in dieser verrauchten Umgebung so fehl am Platz, wie ich in einem Salatpflücker-Camp in Salinas. Sie trug Gelassenheit zur Schau, war aber interessiert an dem, was um sie herum vorging. Ich erhob mich und klopfte ihr auf die Schulter.

»Tanzen?« Ich wies mit dem Kopf auf die Tanzfläche.

»Oh ja!« antwortete sie und nickte mehrmals, als handelte es sich um den besten Vorschlag aller Zeiten.

Ich nahm sie beim Ellenbogen und führte sie durch die Menge zur Tanzfläche. Wir begannen, uns zu bewegen. Sie war eine schreckliche Tänzerin und so schwierig herumzuschieben wie ein widerwilliger Bernhardiner.

»Warum entspannen Sie sich nicht?« fragte ich.

»Was?« Sie sah mich mit großen, braunen, erregten Augen an und auf ihren Wangen leuchteten dunkelrote Flecke.

»Entspannen.«

»Ich habe lange nicht mehr getanzt und Angst, einen Fehler zu machen.«

»Keine Angst. Ich habe einen gemacht.«

»Das ist mir nicht aufgefallen.«

»Weil Sie lange nicht getanzt haben. Kommen Sie. Holen wir uns ein Bier.«

In der Nähe der Bar waren alle Tische besetzt, aber an einem saß ein junges Pärchen ohne Getränke. Ich sah sie streng an. Sie standen auf und verschwanden.

»Setzen Sie sich, Miss – ?«

»Alyce. Alyce Vitale.«

»Setzen Sie sich, Alyce, und ich werde uns zwei Bier besorgen.«

Ich kämpfte mich zum Tresen durch, fing den Blick des Barkeepers auf, kaufte zwei Flaschen Bier und nahm einen Pappbecher für Alyce mit. Zurück am Tisch, goss ich das Bier ein und setzte mich.

»Ein Mann hat versucht, Ihren Platz zu besetzen«, sagte sie, »aber ich habe ihm gesagt, er sei schon besetzt.«

»Danke.« Ich trank mein Bier und nahm Alyce genauer in Augenschein. Ihre Augen wirkten intelligent, aber undurchsichtig. In entspanntem Zustand hatte ihr Gesicht einen wehmütig-tragischen Ausdruck, aber wenn sie lächelte, verwandelte sie das in eine strahlende Schönheit. Sie sah interessant aus. Ich sandte ihr ein Lächeln zurück, mein charmantes, entwaffnendes Lächeln.

»Auf Sie, Alyce«, sagte ich. Sie nahm einen Schluck aus dem Pappbecher und verzog das Gesicht.

»Das ist bitter.«

»Nur beim ersten Schluck. Das ist doch nicht Ihr erstes Bier?«

»Ich hatte schon mal Selbstgebrautes, aber es schmeckte nie so bitter wie dieses.«

»Selbstgebrautes? Das verrät etwas über Ihr Alter.«

»Stimmt, es ist schon eine Weile her. Arbeiten Sie hier, Mister —?«

»Nein, ich arbeite nicht hier!« Die Frage hatte mich überrascht.

»Ich bin zum Tanzen hergekommen, genau wie Sie.«

»Oh.« Sie war überrascht, aber nicht verlegen. »Es tut mir Leid, aber als Sie mich gefragt haben, ob ich tanzen wolle, dachte ich ... «

»Hören Sie, Alyce. Sie sind eine gut aussehende Frau. Und eine Menge Männer hier werden Sie fragen, ob Sie tanzen möchten. Wenigstens einmal.«

Das hatte sie überhaupt nicht verstanden, und ich entschied, es dabei zu belassen. Ich ziehe es vor, meinen Sarkasmus nicht zu verschwenden. Nebenbei – dieser Typ Frau war mir neu. Sie musste um die dreißig sein, aber sie redete und benahm sich wie ein naives junges Ding.

»Sie müssen das Bier nicht trinken«, sagte ich, »wenn Sie wollen, hole ich Ihnen eine Cola.«

»Danke, ich möchte nichts. Ich werde eine Zigarette rauchen.«

Ich bot ihr mein Päckchen an und wir rauchten schweigend ein oder zwei Minuten lang.

»Was hat Sie hierher geführt?« fragte ich sie.

»Ich saß allein in meiner Wohnung und folgte einer plötzlichen Eingebung. Fühlen Sie so was auch manchmal? Als wenn Sie nichts aus ihrem Leben machen?« Ihre Stimme war eindringlich.

»Nein.«

»Das ist das erste Mal in meinem Leben, dass ich eine öffentliche Tanzhalle betrete, aber ich habe einfach beschlossen, ein bisschen Spaß zu haben, etwas zu unternehmen. Kennen Sie das Gefühl?«

»Nein.«

»Jedenfalls ist das der Grund, warum ich hier bin.« Sie lächelte. Auf ihrem Gesicht wirkte das Lächeln Wunder.

»Haben Sie Spaß?«

»Oh, ja!«

»Hier drin?«

Sie nickte energisch. Ich schüttelte den Kopf. Das hier

war San Francisco. Hier gab es eine Million Orte, an denen man sich vergnügen konnte. Es war nicht nachvollziehbar. Sie tat mir Leid, wenn sie in den *Sampson Dance Palace* kommen musste, um Spaß zu haben.

»Kommen Sie«, sagte ich. »Lassen Sie uns hier verschwinden. Wir werden irgendwo anders hingehen.«

»Okay.«

Sie holte ihren Mantel von der Garderobe und ich wartete an der Tür. Nach der voll gestopften Tanzhalle war die kühle Nachtluft eine Erleichterung. Ich hatte an der Straße geparkt und bedauerte, auf dem Gebrauchtwagenplatz keinen besseren Wagen ausgesucht zu haben als den Ford. Ich hätte einen Buick nehmen sollen. Der wäre wesentlich beeindruckender gewesen.

Ohne zu fragen, wohin ich sie bringen würde, stieg Alyce in den Wagen. Sie schien nicht neugierig zu sein.

»Haben Sie schon zu Abend gegessen, Alyce?« Es war nach neun, aber ich hatte seit fünf nichts mehr zu mir genommen und war hungrig.

»Ich esse abends nichts, mittags auch nicht.«

»Nicht?«

»Nur Frühstück. Ich bin immer hungrig, aber wenn ich etwas esse, nehme ich zu. Da bleibe ich lieber hungrig.«

»Brechen Sie die Regel und gehen Sie mit mir essen.«

»Wenn Sie darauf bestehen, Mister ...?«

»Haxby. Ich bestehe darauf, dass Sie Russell zu mir sagen. Nicht Russ, aber Russell, auf keinen Fall Mr. Haxby.« Ich fuhr die Market entlang. Links abbiegen war verboten und deshalb musste ich rechts abbiegen und einmal um den Block fahren. Der Ford schaffte es ohne Probleme den Hügel hinauf, und ich parkte in der Gasse hinter *Antonio's*.

Antonio macht keine Werbung. Er hat es nicht nötig. Er serviert gutes Essen und die Leute kommen wieder, wenn sie es sich leisten können. Antonio und ich schüttelten uns die Hände.

»Mr. Haxby. Wie geht es Ihnen?«

»Wir sind etwas hungrig. Das ist Miss Vitale.«

Er sprach Alyce in schnellem Italienisch an und sie schüttelte den Kopf.

»Ich spreche kein Italienisch«, sagte sie. Antonio zuckte bedauernd die Achseln und führte uns an einen Tisch. Es war unnötig, eine Bestellung aufzugeben. Er nahm die Sache in die Hand.

Ich unterhielt mich mit Alyce.

»Sie sind keine Italienerin?«

»Nein. Natürlich nicht. Wie kommen Sie darauf?«

»Vitale ist nun mal ein italienischer Name.«

»Aber ich bin nun mal keine Italienerin.« Sie wurde rot.

Mir war das ziemlich egal. Wenn sie lügen wollte – bitte sehr. Auf dem Tisch stand eine Flasche Chianti. Ich nahm mein Messer heraus, klappte die Klinge aus und öffnete die Flasche.

»Ist es nicht illegal, ein Messer mit so einer langen Klinge bei sich zu tragen?«

»Ich lese keine Gesetze.« Ich zuckte mit den Achseln und schob das Messer zurück in meine Tasche.

Wir hatten gebratene Kalbsschnitzel in Knoblauchsoße, dazu in Scheiben geschnittene, in feinem Olivenöl ausgebackene Tomaten, Spumoni und Kaffee. Danach trank ich einen B&B. Alyce wollte keinen Drink. Ich bezahlte und wir gingen.

Keiner von uns sprach viel während des Essens. Alyce

schien vollauf glücklich damit zu sein, sich nach den anderen Leuten umzusehen und sich auf den Geiger zu konzentrieren. Der Geiger war eine Attraktion bei *Antonio's,* die mir mißfiel. Es gibt kaum etwas, das schlimmer klingt als eine Geige. Fünf, vielleicht sogar nur drei sind okay, aber eine einzige ist wirklich erbärmlich.

Im Auto schlug ich vor, zum *Top of the Mark* zu fahren. Es war eine klare Nacht und der Blick würde jede Mühe wert sein. Glücklicherweise fand ich einen Parkplatz am Hotel. In der Lobby warteten wir in einer Schlange auf den Lift. Jeder Fremde, der San Francisco besucht, muss den Blick vom *Top of the Mark* erlebt haben, und es gab eine Menge Touristen in der Lobby. Man erkennt sie sofort.

Kurz darauf standen wir vor der dicken Glasscheibe und blickten über die Stadt.

»Man kann sogar sehen, wo ich arbeite«, sagte Alyce.

»Wo?«

Sie zeigte es mir. Miller's Autowerkstatt. Ich wusste, wo das war. Der Gebrauchtwagenhändler, für den ich arbeitete, lag hinter einem der Hügel verborgen.

»Als was arbeiten Sie, Alyce?«

»Kassiererin. Das ist der beste Job, den ich je hatte. Sechs Tage die Woche von zehn bis halbacht. Aber ich verdiene – nach Abzug der Steuern – fünfundachtzig, und das ist gut für eine Frau, auch in San Francisco.«

»Verdammt gut.«

Wir nahmen einen Drink, Alyce trank Scotch mit Soda und ich einen Stinger. Offensichtlich kannte sie nichts anderes, das sie hätte bestellen können. Ich schloss es aus ihrem Zögern. Niemand, der etwas anderes kennt, würde Scotch trinken. Er schmeckt nach Holzrauch und

Unkraut. Ich begann, Alyce auszufragen.

Sie war in San Francisco geboren und aufgewachsen. Nach dem Highschool-Abschluss war sie zu Hause geblieben, bis ihr Vater starb. Um ihre Mutter zu unterstützen, war sie dann gezwungen gewesen zu arbeiten. Nun war ihre Mutter tot und sie teilte sich eine Wohnung mit ihrer Cousine Ruthie. Ruthie war Anfang vierzig und arbeitete als Krankenschwester, ein Beruf, durch den sie nicht oft zu Hause war.

Das, dachte ich, trifft sich ja gut.

Ich erzählte ihr, dass ich für Tad Tate arbeitete. Sie hatte von ihm gehört und begann zu singen:

> Am I crazy?
> You're right, you're right!
> Will I buy your car?
> You're right, you're right!

»Diese Werbespots höre ich andauernd. Wer schreibt die eigentlich? Ich finde sie furchtbar komisch.«

»Er beschäftigt eine Werbeagentur«, erzählte ich ihr.

Ich fand die Werbespots gar nicht lustig. Sie waren ziemlich erbärmlich. Das Konzept eines Radiospots besteht darin, die gleiche Sache ständig zu wiederholen. So bleibt die Pointe lange hängen. Wenn jemand einen Gebrauchtwagen kaufen will, tut er das in einem Laden, der ihm bekannt ist, und wenn er den Namen oft genug gehört hat, kauft er ihn auch da. Ich belästigte Alyce nicht mit meiner Theorie.

»Sind Sie fertig mit Ihrem Scotch & Soda?«

Sie trank ihn aus.

»Möchten Sie noch einen?«

Sie schüttelte den Kopf. Ich half ihr in den Mantel und wir nahmen den Fahrstuhl nach unten.

»San Francisco«, gab der Fahrstuhlführer bekannt, als wir die Lobby erreichten. Zwei Touristen lachten. Als wir hinaustraten, stand ein Mann im Overall neben dem Ford.

»Ist das Ihr Wagen«, fragte er, als ich die Tür aufschloss.

»Ja. Was ist damit?«

»Sie dürfen hier nicht parken.«

»Schon gut. Ich fahre ihn weg.«

»Und parken Sie hier bloß nicht noch einmal.« Er zog ab. Ich öffnete die Tür für Alyce und bat sie einzusteigen. Dann schloss ich die Tür und holte den Mann im Overall ein. Ich bedeutete ihm, mir zwischen zwei andere Wagen zu folgen.

»Ich habe etwas für Sie«, sagte ich. Niemand konnte uns zwischen den Autos sehen. Ich stieß ihm mein Knie in die Eier, und als er vornüberklappte, legte ich meine Hände zusammen und schlug ihm in den Nacken. Er stöhnte und fiel mit dem Gesicht auf den Kies. Ich stieg in den Ford und fuhr den Hügel hinunter. Alyce hatte nichts gesehen.

»Haben Sie ihm ein Trinkgeld gegeben?«

»Yeah.«

Ich steuerte den Marina District an und spürte, wie Alyce in ihrem Sitz unruhig wurde. Ich sah in ihre Richtung.

»Russell«, sagte sie. »Ich muss nach Hause. Ich weiß, es ist noch früh, aber ich habe Ruthie nicht gesagt, dass ich ausgehe, und fürchte, sie wird sich Sorgen machen.«

»Wo müssen Sie hin?«

Sie nannte mir die Adresse. Ohne etwas zu sagen, machte ich einen U-Turn und fuhr die Hügel wieder hoch. Sie lebte in einem zweistöckigen Doppelhaus auf beinahe derselben Höhe wie der Bürgersteig. Ich stellte den Motor ab und küsste sie.

Sie reagierte negativ. Ihre Lippen waren fest geschlossen.

»Können Sie eine Minute warten?« fragte sie. »Ich geh kurz rauf und werde Sie dann wissen lassen, ob Sie nachkommen können.«

»Klar.«

»Nur eine Minute.« Sie stieg aus dem Wagen, und nach ein paar Sekunden schimmerte Licht durch ein Fenster im Obergeschoss. Ich zündete mir eine Zigarette an. Sie stand an der Tür und winkte mich herein. Ich stieg aus und schloss den Wagen ab.

Das würde ein Kinderspiel werden.

Kapitel 2

Ich folgte Alyce die Stufen hinauf. In der Wohnung hing ein Geruch, wie man ihn sonst aus dem Zoo kennt. Ich mochte ihn nicht.

»Alyce, warum machst du kein Fenster auf? Die Wohnung stinkt wie die Pest.«

Wir befanden uns im Wohnzimmer, einem Raum, der knapp über der Straße lag und ein großes Panoramafenster hatte.

»Der Geruch kommt von den Katzen«, antwortete sie. »Ich werde dich vorstellen.« Sie verließ das Zimmer.

Es war ein gut geschnittenes Wohnzimmer. Jede Menge

Bücher. Ein flüchtiger Blick auf ein paar Titel sagte mir, dass sie Mitglied eines Buchclubs war. Mehrere Aschenbecher und eine sonderbar geformte Vase bekundeten, dass Alyce oder ein Freund von ihr Keramikliebhaber war. Niemand sonst würde derart klägliche Exemplare kaufen. An der Wand hing ein ganz guter Druck von Van Goghs Zugbrücke, aber er litt unter dem Bild, das daneben hing: ein Wolf im Schnee, der den Mond an-heulte. Es gab einen Fernseher mittlerer Preislage, einen Plattenspieler mit drei Geschwindigkeitsstufen und ein Radio. Eine gute Marke. Ich sah aus dem Fenster. Für den Blick auf die Golden Gate Bridge zahlte sie bei der Monatsmiete wahrscheinlich fünfundzwanzig Dollar drauf. Man konnte Teile der Bucht und ein paar Piers sehen. Insgesamt war es ein hübsches Zimmer, mal abgesehen von dem Bild mit dem Wolf und dem viktorianischen Sessel mit nur einer Armlehne, der vor dem Fernseher stand.

Alyce kam zurück, auf dem Arm eine große grau gestreifte Katze.

»Das ist Ferdie«, sagte sie. Sie verschwand, um gleich darauf mit einer gelb gestreiften Katze wiederzukommen. »Das ist Alvin.«

»Alvin?«

Sie nickte, verließ das Zimmer und kam mit der dritten Katze zurück, einem fiesen, dreckig grauen Tier.

»Sind das alle?« fragte ich.

»Das sind alle Katzen. Ich habe noch einen Hund, Spike. Aber der schläft.«

Die Katzen erklärten den Geruch. Ich nahm an, dass sie ihn gewöhnt war, aber mich störte er. Ich hatte nicht vor, länger zu bleiben. Diese Frau war zu sonderbar für mich. Ich sah die Katzen an. Die fiese dreckig graue rieb sich an meinem Bein und ich trat nach ihr. Sie wich aus und stolzierte würdevoll zur anderen Seite des Zimmers.

»Er mag dich«, sagte Alyce.

»Tja, ich ihn nicht. Wie wär's mit einem Drink?«

Alyce hob zwei der Katzen auf und brachte sie aus dem Zimmer, die dreckig graue blieb. Ich versuchte, sie noch einmal zu treten, verfehlte sie aber. Alyce kehrte mit einer kleinen Flasche Wodka zurück, gab sie mir und brachte auch die letzte Katze fort. Ich nahm einen kräftigen Schluck aus der Flasche. Als Alyce wiederkam, hatte sie ein Glas und eine Flasche Orangenlimonade dabei.

»Ich hab nachgesehen«, sagte sie, »aber wir haben keine Eiswürfel. Ruthie muss sie aufgebraucht haben.«

»Du trinkst nichts?«

Sie schüttelte den Kopf.

Ich mischte einen steifen Wodka mit Orangenlimonade. Es schmeckte furchtbar.

»Lieber trinke ich Kaffee als dieses Gebräu.«

»Es ist noch welcher in der Kanne. Ich muss ihn nur warm machen.« Sie eilte aus dem Zimmer. Ich sah ihre Platten durch. Populärer Kram, meistens mit Gesang. Ich legte vier Instrumental-Platten auf den Plattenwechsler und schaltete ihn ein. Als Alyce zurückkam spielte Wayne King.

»Der Kaffee ist in einer Minute fertig. Mach bitte nicht zu laut, Russell. Ruthie schläft.«

Ich drehte die Lautstärke etwas herunter, nahm Alyce in meine Arme und versuchte, in dem offenen Platz zwischen Couchtisch und Wand ein bisschen mit ihr zu tanzen.

Sie war zu steif. Ich setzte mich.

»Sag mal, Alyce, diese Katzen sind alle männlich, stimmt's?«

»Hmmm.«

»Wie kommt's, dass sie keine Freundinnen haben?«

»Ich hatte eine, Henrietta, aber sie hatte andauernd Junge. Es war so schwer, ein Zuhause für sie zu finden, so dass ich ein neues Zuhause für Henrietta finden musste. Nun lebt sie bei einem pensionierten Lehrer, und es geht ihr gut. Manchmal gehe ich vorbei und besuche sie.«

»Ich wette, sie freut sich, dich zu sehen. Aber weshalb sind all diese Kater an einem Samstagabend zu Hause?«

»Ich lasse sie nie nach draußen. Wenn ich nicht zu Hause bin, kommen sie in einen Käfig in der Küche. Möchtest du ihn sehen?«

»Nein.« Ich begann, sie zu küssen, und sie drehte sich sanft weg.

»Der Kaffee ist fertig.«

Ich nahm einen Schluck Wodka pur. Ohne Orangenlimonade schmeckte er halbwegs anständig. Alyce brachte ein Tablett mit einer Kaffeekanne und zwei Tassen ins Zimmer. Ich goss uns ein. Für aufgewärmten Kaffee war er ganz in Ordnung. Ich trug meine Tasse zu dem viktorianischen Sessel und setzte mich. Der Geruch war eindeutig. In diesem Sessel hatte vor kurzem jemand gesessen, der stark nach Schweiß stank. Männerschweiß. Männern ist ein bestimmter Geruch eigen, ein kräftiger, beißender Geruch, den man sofort bemerkt, wenn man das YMCA betritt, eine Kaserne oder eine Männertoilette. Das zu riechen stört einen Mann nicht, und er gewöhnt sich bald daran, aber es war merkwürdig, diesen Geruch am Sessel in der Wohnung einer jungen Frau wahrzunehmen.

»Hältst du außer den Tieren auch noch Männer in der Wohnung?«

Alyce sah überrascht aus.

»Männer?«

»Ja, Männer.«

»Aber nein. Möchtest du noch etwas Kaffee?« Als sie mir nachgoss, hörte ich Geräusche in der Küche. Geräte wurden hin und her geschoben. »Das ist Ruthie. Wir müssen sie geweckt haben.«

»Hast du die Kaffeekanne mitgenommen?« Es war eine Männerstimme.

»Ruthie hat einen netten Bass.« Ich sagte es so locker ich konnte.

»Das ist nur Stanley«, sagte Alyce. »Ich hab sie, Stanley!« rief sie.

Stanley trat ein. Er war um die fünfzig, vielleicht älter, mit einem Wust grauer, zerzauster Haare und grauen Bartstoppeln. Ein altmodischer, bunter Bademantel verhüllte seinen Körper, gab aber ein Paar dünner, drahtiger Beine dem Blick frei.

»Ruthie und ich wollen auch eine Tasse«, sagte er genervt. »Das hättest du dir doch denken können.«

»Dann musst du eben noch welchen machen. Wir haben uns gerade den Rest genommen. Oh, Stanley, das ist Mister Haxby. Russell, Mister Sinkiewicz.«

»Sehr erfreut«, sagte ich.

»Nett, Sie kennen zu lernen, Sir.« Er nahm die Kanne und wackelte aus dem Zimmer.

Ich konnte hören, wie er in der Küche Wasser laufen ließ.

»Wer ist er?« fragte ich.

Eine berechtigte Frage.

»Stanley? Oh, er ist ein Freund von Ruthie.« Alyce war verlegen. »Ich kann es dir auch genauso gut erzählen. Ich glaube nicht, dass Ruthie etwas dagegen hätte. Also, er ist verheiratet, aber seine Frau ist behindert. Ruthie betreute sie als Krankenschwester, eine lange Zeit, und so wurden sie ziemlich gute Freunde. Nun hat er ein Verhältnis mit Ruthie. So ist das.«

»Was ist mit seiner Frau?«

»Sie ist behindert. Gelähmt. Aber sie hat Geld, und wenn Stanley sich scheiden ließe, würde er keinen Cent bekommen. Also... nehme ich an, warten Ruthie und er.«

»Es kommt mir nicht so vor, als warteten sie.«

»Manchmal übernachtet er hier.« Sie wurde rot. »Dann steht er früh auf und geht nach Hause. Seine Frau weiß nichts von Ruthie.«

»Stanley hat es sich ganz nett eingerichtet, nicht wahr?«

»Mir gefällt das nicht und Ruthie auch nicht, das weiß ich, aber ... « Sie drehte sich weg. Ich konnte sehen, dass sie nicht darüber reden wollte. Ich stand auf und drehte sie herum. Zärtlich legte ich meine Arme um sie, zog sie an mich. Ich küsste sie, aber es hatte keinen Sinn. Sie hielt die Lippen fest geschlossen und ihr Körper blieb steif. Es war, als küsste ich eine Bronzestatue. Ich ließ sie los, nahm meinen Hut und setzte ihn auf.

»Tja, Alyce«, sagte ich. »Wir sehen uns.«

»Du musst doch nicht schon gehen, oder?«

»Doch. Morgen ist Sonntag und ich will lange schlafen.«

»Wie lange?«

»Bis ich wach werde.«

»Warum kommst du dann nicht morgen Nachmittag vorbei? Auf einen Drink.« Sie bemerkte meinen Blick zur Orangenlimonade, die auf dem Couchtisch stand. »Ich kaufe Gin und Wermut und mach uns Martinis.«

»Um wie viel Uhr?« Nicht, dass mich das wirklich interessiert hätte, denn ich beabsichtigte nicht, wiederzukommen.

»Zwei? Halb drei? Wie wäre das?«

»Okay«, sagte ich. »Halb drei ist gut. Jetzt lass mich noch einen Kußversuch starten.«

Sie schloss die Augen, erstarrte und ballte die Fäuste. Ich küsste sie, und obwohl ihr das offensichtlich nicht gefiel, machte sie keine Anstalten, mich daran zu hindern. Das war merkwürdig. Als ich sie losließ, drehte sie das Flurlicht an und ich ging die Treppe hinunter.

»Gute Nacht, Alyce.«

»Gute Nacht, Russell. Und vielen Dank für den wunderbaren Abend. Halb drei. Vergiss es nicht.«

Unten angekommen, zog ich die Haustür ins Schloss und stieg in den Ford. Diese Alyce war ein neuer Typ. Ich wußte nicht, hinter was sie her war oder ob sie überhaupt hinter etwas her war. Die Frau sah gut aus, aber ihre Persönlichkeit war flach. Trotzdem, mit einer solchen Figur sollte doch mehr zu machen sein. Vielleicht würde ich morgen vorbeischauen. Ich wollte es davon abhängig machen, wie ich mich fühlte.

Ich fuhr quer durch die Stadt zu meiner Wohnung. Sie liegt in einem Apartmenthaus hinter einem alten Gebäude auf Telegraph Hill. Von meiner Wohnung aus kann man nichts sehen, nur die Rückseite des alten Gebäudes davor. Und wenn man nicht wusste, wo die Wohnung sich befand, konnte man sie nicht finden. Das Gebäude war vermutlich mal eine Unterkunft für Dienstboten gewesen, aber jetzt ist es saniert. Allein der

Innenausstatter hatte mich einen Tausender gekostet, aber das war es wert. Nur ein Wohnzimmer, Schlafzimmer und eine Kochnische, aber es war die Art von Zuhause, die ich mir mein ganzes Leben lang gewünscht hatte. Und jetzt hatte ich's.

Ich zog mein Jackett aus und hängte es in den Schrank. Ich liebe es, die Tür meines Schrankes zurückzuschieben. Zwanzig Anzüge. Es machte mich glücklich, ein einfacher Gebrauchtwagenverkäufer zu sein und mir zwanzig Anzüge leisten zu können.

Ich war nicht müde, also machte ich mir ein Sandwich mit Salami und Zwiebeln, einen Gin mit Bitter Lemon und ließ mich mit meiner zerfledderten Kafka-Anthologie nieder. Ich las noch einmal die Kurzgeschichte *In der Strafkolonie*. Die beste, die je geschrieben wurde. Kafka war ein Autor mit Sinn für Humor.

Nachdem ich das Sandwich gegessen und den Drink geleert hatte, ging ich zu Bett. Beim Einschlafen ließ ich den Abend in meinem Kopf Revue passieren, und kurz bevor ich wegtrat, stellte ich den Wecker auf ein Uhr.

Ich schlief ein.

Kapitel 3

Der Wecker klingelte, und ich sah verschlafen auf die Uhr, überrascht, dass er an einem Sonntag klingelte. Dann erinnerte ich mich an Alyce. Ich stellte den Wecker ab. Ich duschte und rasierte mich. Das war ein echtes Zugeständnis, weil ich mich sonntags nie rasiere. In der Küche machte ich mir ein Sardinenomelett und eine Kanne Kaffee. Während ich aß, las ich die Sonntagszeitung, räumte dann den Tisch ab und stellte das Geschirr zu dem Stapel in der Spüle.

Ich zog mich sorgfältig an, wählte eine rote Krawatte mit Paisleymuster zu einem hellblauen Anzug. Blau steht mir, es bringt mein Haar gut zur Geltung. Ich steuerte den Ford rückwärts aus der schmalen Ausfahrt auf die Straße, fuhr zur Arbeit und stellte ihn dort ab. Im Büro suchte ich mir die Schlüssel für das einzige Buick Cabrio, das wir auf dem Platz hatten, prüfte den Benzinstand und fuhr zu Alyces Wohnung. Es war Viertel nach zwei.

Ich drückte auf die Klingel.

Alyce öffnete die Tür. Sie sah scharf aus in ihrem schwarzen Kostüm und der doppelreihigen Kunstperlenkette.

»Oh!« sagte Alyce.

»Was ist los, hast du mich nicht erwartet?«

»Es war wegen des Wagens. Als der Wagen hielt, sah ich aus dem Fenster, und es war ein Buick. Deswegen habe ich nicht damit gerechnet, dass du das bist.«

Ich lachte. Wir gingen die Treppe hinauf, Alyce voran. Sie war jemand, dem man gern von hinten beim Treppensteigen zusah. Im Wohnzimmer setzte ich mich.

»Vielleicht sollte ich das besser erklären. Ich habe dir schon erzählt, dass ich Gebrauchtwagen verkaufe. Nun, der Platz steht voll davon. Ich habe die Wahl, und deswegen nehme ich jeden Wagen, der mir gefällt.«

»Hast du kein eigenes Auto?«

»Warum sollte ich?«

»Wahrscheinlich hast du Recht. Ich habe Martinis gemixt. Würdest du jetzt gern einen haben oder lieber auf Ruthie warten?«

»Lass uns einen trinken, während wir warten. Wo ist Ruthie?«

»Sie zieht sich an.«

Alyce goss uns einen Cocktail ein, und ich nippte an meinem. Er war nicht sehr gut. Zu viel Wermut. Sie hatte sie wohl halb und halb gemischt. Ich trank ihn dennoch. Über den Rand meines Glases sah ich Alyce an. Ihre Augen strahlten und ihre Wangen waren gerötet. Aufregung stand ihr gut. Sie schien mir sogar noch besser auszusehen als letzte Nacht. Ich mag gut gewachsene Frauen und Alyce hatte die Figur eines Showgirls.

»Alyce!« Das war Ruthie. »Kannst du kurz hereinkommen?«

Alyce stellte ihr Glas ab und stand auf.

»Das ist Ruthie. Entschuldige mich bitte. Gieß dir noch einen Martini ein.« Sie verließ das Zimmer.

Ich nahm an, dass Ruthie fertig angezogen war und nun Alyces Bestätigung brauchte, bevor sie erschien. Ich sah mich im Zimmer um. Die beiden Vasen voller Schnittblumen waren letzte Nacht nicht da gewesen, und der Raum war sorgfältig aufgeräumt und abgestaubt worden. Wenn das eine Dreizimmerwohnung war, musste sie mindestens hundertfünfundzwanzig Dollar Miete kosten. Das war eine gepfefferte Summe für zwei Frauen allein. Die Möbel waren teuer, nicht besonders einfallsreich, aber respektabel und solide. Allerdings, die Wohnung roch immer noch nach Katzen.

Alyce und Ruthie kamen herein. Ruthie war um die vierzig, aber ihr rot gefärbtes Haar ließ sie älter erscheinen. Ihr Mund war üppig und voll und sah aus, als zöge sie mit der Oberlippe einen Schmollmund. Sie trug eine schmale, goldumrandete Brille an einer Kette, deren

Verschluss an ihrem lila Kleid befestigt war. Ziemlich viel Fett wabbelte um einen schweren Körper, und ihre geschwollenen Finger waren mit verschiedenen billigen Ringen verziert. Ich mochte sie sofort.

»Sie sind also der Russell Haxby, von dem Alyce den ganzen Morgen geredet hat?«

»Das hoffe ich«, gab ich zurück, »aber es hängt davon ab, was sie über mich gesagt hat.«

»Da müssen Sie sich keine Sorgen machen. Gießen Sie mir mal einen ein, Russell.«

Ich goss ihr einen Drink ein und reichte ihn ihr. Sie inhalierte ihn förmlich und hielt mir das Glas zum Nachfüllen hin. »Das hab ich gebraucht. Sonntage sind elende Tage.«

Alyce saß auf einem Stuhl, sehr aufrecht und sich ihrer Haltung voll bewusst. Ich lächelte. Sie lächelte zurück, ein sehr süßes Lächeln.

»Alyce hat erzählt, Sie seien ein Gebrauchtwagenverkäufer«, sagte Ruthie.

»Täglich außer sonntags.«

»Ich habe kein Auto und mein Freund auch nicht. Deswegen sitzt Alyce am Sonntag gewöhnlich fest. Wir borgen uns immer ihren.«

»In Kalifornien sollte jeder einen Wagen haben«, sagte ich.

»Ich habe nichts dagegen, wenn ihr, Stanley und du, meinen Wagen benutzt«, sagte Alyce.

»Ich weiß, ich weiß. Es ist nur so unbequem.«

»Du weißt doch, dass ich jeden Sonntag zum Friedhof gehe.«

Ruthie lächelte mich an. Ihr Mund war sehr groß, die Lippen prall. Das Lächeln gab ihr einen vulgären Touch.

»Ich weiß alles über Kerle wie Sie, Russell. Sie sind einer dieser kalifornischen Hohepriester. Das ist nicht von mir. Es stand in einem Artikel im *Life-Magazine* über die Gebrauchtwagenhändler Kaliforniens. Haben Sie ihn gelesen?«

Ich schüttelte den Kopf. »Leider nicht, aber es klingt gut.«

»Und passt.« Sie wandte sich an Alyce. »Baby, füll den Shaker auf, würdest du so nett sein? Stanley wird gleich hier sein.«

»Und Alyce«, fügte ich hinzu, »ein Fünftel Wermut, vier Fünftel Gin.«

»Ich dachte, halb und halb ... «

»Nein«, sagte ich. Alyce nahm den Shaker und verließ das Zimmer. »Also, Ruthie, nach was für einem Wagen steht Ihnen der Sinn?«

»Sie sind ein kluger Bursche.«

»Nicht doch.«

Ruthie beugte sich vor, legte eine feuchte, fette Hand auf meine und senkte ihre Stimme. »Ich weiß nicht, was Alyce Ihnen über Stanley und mich erzählt hat, und es kümmert mich auch nicht, aber er hat kein Geld. Darauf achtet seine Frau genau. Als ich zehn war, hatte ich größere Summen zu meiner Verfügung.«

»Er könnte es ja mal mit Arbeit versuchen.«

»Nein«, sagte sie ernst. »Seine Frau und ich würden das nicht mögen, und ich weiß verdammt gut, dass es ihm genauso geht. Er ist ein kleines, stolzes Arschloch. Haben Sie ihn schon kennen gelernt?«

»Letzte Nacht. Kurz.«

»Hier.« Sie nahm eine Rolle Geldscheine aus ihrer Umhängetasche und überreichte sie mir. Ich zählte sie. Genau einhundert. »Ich möchte ein Auto und es soll Stanley gehören. Er kann sich selber nur ein Auto für hundert Dollar leisten, aber ich will einen besseren Wagen. Sorgen Sie dafür, dass er statt einer Gurke ein einigermaßen anständiges Auto bekommt.«

»Kein Problem.«

Ich steckte das Geld ein.

»So weit, so gut, Russell. Verkaufen Sie Stanley einfach ein Auto und behalten Sie das hier für sich.«

»Selbstverständlich.«

Alyce kehrte mit dem Shaker zurück. Wir läuteten eine zweite Runde ein. Ungefähr um diese Zeit tauchte Stanley auf. Er öffnete die Haustür mit seinem Schlüssel und kam die Treppe herauf. Ich hob meine Augenbrauen in Alyces Richtung und sie errötete. Stanley trat ein. Er hatte sich rasiert und sah etwas besser aus, aber sein Anzug war zerknittert, das Hemd unsauber. Er lächelte das zurückhaltende Lächeln eines alten Mannes und zeigte dabei einige stark ruinierte Zähne.

»Ihr feiert wohl eine kleine Party«, kommentierte er trocken.

Ich goss ihm einen Drink ein und reichte ihm das Glas.

Er stürzte den Drink hinunter, schüttelte sich und fuhr Ruthie scharf an.

»Hast du die Autoschlüssel?«

»Wo sind sie, Alyce?« fragte Ruthie.

»Auf dem Telefontisch im Flur.«

»Wir sollten uns auf den Weg machen«, sagte Stanley. Als Ruthie das Zimmer verlassen hatte, gab ich Stanley eine meiner Visitenkarten.

»Ruthie hat mir erzählt, Sie seien auf der Suche nach

einem Gebrauchtwagen, Mister Sinkiewicz. Kommen Sie nächste Woche vorbei oder rufen Sie an. In der Zwischenzeit sehe ich mich für Sie um. Wir werden schon etwas Anständiges finden.«

»Teure Autos kann ich mir nicht leisten.«

»Überlassen Sie das mir.«

Ruthie kehrte im Mantel zurück und sie gingen. Alyce und ich waren allein, aber glücklich sah sie nicht aus.

»Was ist los, Alyce?«

»Es ist nur die Gedankenlosigkeit von Ruthie und Stanley. Sie wissen beide, dass ich jeden Sonntag zum Friedhof gehe, und nur weil du da bist, nehmen sie einfach meinen Wagen und verschwinden, in der Annahme, dass du mich schon hinfahren wirst.«

»Ich habe nichts dagegen. Es ist ein schöner Tag.«

»Du musst mich nicht bringen.«

»Wie würdest du sonst hinkommen?«

»Keine Ahnung. Ich würde wahrscheinlich einen Bus nehmen.«

»Geh schon, hol deinen Mantel.« Ich verlor langsam die Geduld.

Ich schob das Verdeck des Buick zurück und Alyce nannte mir den Namen des Friedhofs. Sie nahm einen Schal aus der Manteltasche und band ihn sich um den Kopf. Der Wind war eisig, aber ich mochte es, die Sonne auf meinem Gesicht zu fühlen, und ließ das Verdeck offen.

»Wen besuchst du jeden Sonntag auf dem Friedhof?« fragte ich.

»Das Grab meiner Mutter. Seit sie gestorben ist, sind vierzehn Monate vergangen, und ich habe keinen Sonntag ausgelassen.«

»Warum gehst du jede Woche hin?«

»Ich achte meine Mutter, deswegen.« Die Frage überraschte sie. »Und ich liebe sie sehr.«

»Findest du nicht, dass das ein bisschen übertrieben ist?«

»Die eigene Mutter zu achten?« Sie schüttelte den Kopf. »Nein, das glaube ich nicht.«

»Könntest du sie nicht genauso gut achten, ohne jeden deiner Sonntage zu ruinieren?«

»Ich vergesse nicht so leicht. Und solange ich in San Francisco wohne, werde ich ihr Grab jede Woche besuchen.«

Damit war für sie der Fall erledigt. Ich schaltete das Radio ein und erwischte glücklicherweise noch das Ende von Beethovens Neunter. Alyce schloss ihre Augen und lauschte, und wir fuhren schweigend zum Friedhof. Wir hielten in der Nähe des Eingangs und Alyce kaufte Blumen. Ich steuerte durch das reich verzierte Einfahrtstor, folgte Alyces Anweisungen und hielt, als sie mir ein Zeichen gab. Wir stiegen aus, und ich trug die Blumen bis zum Grab ihrer Mutter und legte sie ins Gras. Während sie ihrer Mutter gedachte, die Blumen der letzten Woche wegwarf und Wasser für den neuen Strauß holte, wanderte ich umher und betrachtete die Grabsteine.

Ich war ziemlich überrascht, den einfachen Stein von Tom Mooney zu finden. Ich hatte ihn vergessen. Nebenan, auf einem anderen Grab, standen frische Blumen. Ich nahm sie weg und legte sie auf Mooneys Grabstein. Dieser Tag war nicht ganz verloren. Dann gesellte ich mich wieder zu Alyce.

Ich nahm ihren Arm. Wir spazierten über den Rasen zum Wagen. Sie war redselig, zeigte auf Steine und frische Blumen, erzählte mir von Leuten, die am Sonntag auf den Friedhof kamen, und was sie ihr über die verschiedenen Toten erzählt hatten.

»Das ist der kleine Jackie«, sagte sie. »Siehst du die frischen dunklen Rosen? Er war erst drei Jahre alt, als der Herr ihn zu sich nahm. Seine Mutter kommt jeden Tag. Die Trauer über den Tod des armen, geliebten Jungen zerfrisst ihr langsam das Herz.«

Sie lächelte mich an. Ich war nicht sicher, aber es schien, als wäre Alyce glücklich darüber. Ich hatte Lust auf einen Drink.

Wir stiegen ins Auto und ich fuhr in die Stadt zurück. Der nahezu volle Shaker mit Martinis, der im Wohnzimmer wartete, beherrschte meine Gedanken während der Fahrt.

Zwei Blocks von ihrer Wohnung entfernt griff sie nach meinem Arm.

»Halt hier an«, befahl sie. Ich trat auf die Bremsen.

»Warum hier?«

»Ich gehe den Rest zu Fuß.« Sie stieg aus, schloss die Tür. »Es war sehr lieb von dir, mich zum Friedhof zu begleiten, Russell. Ich weiß, es war dir unangenehm, deswegen schätze ich es doppelt. Du bist ein sehr freundlicher Mensch.« Sie ging fort, ich hielt sie nicht zurück. Dann, plötzlich sehr wütend, stieg ich aus und lief ihr nach. Ich nahm sie am Arm.

»Alyce, was ist los mit dir? Worum geht's?«

»Nichts.« Sie sah mir in die Augen. Ich kühlte ab.

»Hab ich deine Gefühle verletzt? Ist es das?«

»Nein. Ich merke, dass du mich nicht magst, Russell, also könnten wir es nun dabei belassen.«

»Wie kommst du darauf, dass ich dich nicht mag?«

»Warum solltest du. Ich bin eine sehr langweilige Frau.«

Ich wollte gerade sagen, »Nein, das bist du nicht«, als ich begriff, wie dumm das klingen würde, also klopfte ich ihr stattdessen auf die Schulter.

»Sonntage sind schreckliche Tage, Alyce. Morgen Abend komme ich vorbei und wir gehen essen. Wie wäre das?«

»Nicht zu Hause. Hol mich nach der Arbeit ab. Miller's. Weißt du, wo das ist?«

Ich nickte. »Okay.«

»Du musst mich nicht treffen, wenn du nicht willst.«

»Ich will.«

»Danke nochmals.« Sie wandte sich ab und ging rasch fort. Ich starrte ihr nach. Eine seltsame Frau, mit der ich mich abgab, aber ich wollte das Rätsel lösen, und das hielt mein Interesse wach.

Ich fragte mich, ob sie wirklich geheimnisvoll sei oder einfach nur blöd.

Kapitel 4

Als am Montagmorgen der Wecker schrillte, schaltete ich ihn ab und sah aus dem Fenster. Nebel. Zum Frühstück pochierte ich ein halbes Dutzend Eier und toastete ein paar englische Muffins. Danach fuhr ich zur Arbeit und stellte den Buick ab. Es war noch früh. Die farbigen Fahnen und Wimpel an den Drähten baumelten schlaff im Morgendunst. Es war windstill und der Nebel war so dick, dass man kaum von einem Ende des Platzes zum anderen sehen konnte. Ich überquerte die Van Ness und trank im Laden an der Ecke eine Tasse Kaffee.

Als ich zum Platz zurückkehrte, war Tad Tate da. Tad ist ein echter Geschäftsmann und ein Typ, mit dem man vorzüglich arbeiten kann. Er hat eine riesige Wampe und trägt immer Anzug und Weste. Normalerweise hat er eine kalte, gut zerkaute Zigarre im Mund und ein kleines, schwarzes Notizbuch in der Hand. Ich mag Tad. Wir verstehen uns.

»Also, Russell«, sagte er, »wir sollten uns ein paar Soldaten aus dem Presidio holen, damit die bei uns Wache schieben. Heute kann man Autos stehlen, ohne dass wir das auch nur bemerken.«

»Naja, sonst kriegt man sie ja auch fast umsonst, nicht wahr?«

»Darum geht's ja. Versuch doch mal, ob du heute nicht den 1938er LaSalle loswirst. Ich kann ihn nicht mehr sehen.«

»Wenn du mit dem Preis runtergehst, schaff ich's.«

»Hol raus, was du kannst. Ihn jeden Tag anzusehen macht mich krank.«

»Okay. Ist Madeleine schon da?«

»Sie ist im Büro. Ich werde nicht vor elf zurück sein. Wenn du mich brauchst – egal. Ich bin um elf zurück.«

Er quetschte den Bauch hinters Lenkrad seines MGs und donnerte über den Kies des Platzes in den Nebel. Ich ging ins Büro. Madeleine hämmerte bereits auf der Schreibmaschine herum. Bei jedem Autoverkauf müssen wir zwölf verschiedene Formulare ausfüllen. Sie tippte dieses Zeug Tag für Tag und kannte jede Zeile in- und auswendig. Ich habe sie nie angemacht, weil sich das in diesem Geschäft nicht auszahlt. Eines Tages werde ich das aber nachholen. Sie ist eine hübsche Frau und so gesund und drall, dass sie praktisch aus allen Nähten platzt. Wenn ich in ihrer Nähe bin, muss ich mich einfach auf andere Dinge konzentrieren.

»Guten Morgen«, sagte ich.

»Wie ich sehe, hast du den Weg durch den Nebel gefunden.«

»Du hast noch nie erlebt, dass ich einen Tag gefehlt habe, oder?«

»Was machst du nur mit all deinem Geld, Russell?«

»Ich gebe es aus. Wo ist Andy?«

»Ist er nicht draußen?«

»Hab ihn nicht gesehen.«

»Er ist aber schon da. Wahrscheinlich holt er sich einen Kaffee.«

»Okay.« Ich ging hinaus.

Andy war unser schwarzer Mechaniker. Er arbeitete schon seit fünfzehn Jahren für Tad. Ich sah mich auf dem Platz um und fand ihn, als er einen Scheinwerfer von einem Buick Super abmontierte.

»Andy«, rief ich, »wenn du Zeit hast, mach den alten Essex in der vierten Reihe fertig.«

»Wer kauft den denn?«

»Ich habe ihn gestern verkauft.«

»Was soll ich dran machen?«

»Das Bestmögliche. Der Motor ist gut und mit ein bisschen Glück hält er zwei, drei Jahre.«

»Ich werd tun, was ich kann, aber viel wird's nicht sein.«

»Und Andy, kratz die fünfundsiebzig Dollar ab, die er kosten soll, und schreib zweihundertfünfzig drauf.«

»Zweihundertundfünfzig Dollar?«

»Du hast richtig verstanden.«

»Mr. Haxby, manchmal bezweifle ich, dass Sie ein Gewissen haben.«

Er nahm den Scheinwerfer und verschwand in seiner Werkstatt neben dem Büro. Ich schlenderte zur Auffahrt und beobachtete den Verkehr, der sich die Van Ness hinaufquälte. Es war schön was los. Der Nebel zwang zum Langsamfahren. Hin und wieder gab es einen Idioten, der rechts an allen Leuten vorbei den Hügel hinaufraste. Zwei schwarze Soldaten in einem braunen Dodge fuhren im Schrittempo am Bordstein entlang. Sie wollten halten, zögerten aber, weil die Bordsteinkante rot gestrichen war.

»Einfach drauffahren«, rief ich und winkte ihnen zu. Als sie den Wagen abgestellt hatten, stiegen sie aus und kamen zu mir herüber.

»Wir wollten uns nur mal umsehen«, sagte der eine.

»Na klar.«

»Haben Sie Caddys?« fragte der andere.

»Natürlich. Wo seid ihr stationiert?«

»Draußen in Camp Stoneman. Sind gerade aus Japan zurück.«

Ich drehte ihnen einen Cadillac an. Es war ganz einfach. Sie fuhren einen geliehenen Wagen, aber sie hatten genug Geld für eine Anzahlung, und mehr interessierte mich nicht. Tad hat ein idiotensicheres System. Wenn wir ein Drittel des Preises als Anzahlung erhalten haben, schicken wir den Käufer zur AAA Acme Finance Company. Sie geben dem Käufer Kredit, und wir kriegen sofort unser Geld. AAA muss sich dann darum kümmern, die restlichen Zweidrittel zurückzukriegen. Und sie kriegen sie immer.

Diese beiden Soldaten gehörten zu der Art von Leuten, mit der ich gern zu tun hatte. Gerade zurück aus Japan, mit viel Geld in den Taschen, gerieten sie bei jedem Wagen in Verzückung. Nachdem sie zwei oder drei Jahre außerhalb der USA gewesen waren, sah das Modell, das neu gewesen war, als sie das Land verlassen hatten, für sie immer noch wie ein Neuwagen aus. In einer Viertelstunde hatte ich zweihundert Dollar verdient. Schwarze Soldaten kauften meistens Cadillacs.

Nachdem ich meinen Teil der Büroarbeit erledigt hatte, übergab ich den Stapel Papiere Madeleine, verließ das Büro und ging zu *Thrifty's*, schräg gegenüber. Im Büro gibt es ein Telefon, aber ich führe meine Gespräche lieber anderswo.

Ich rief Miller's Autowerkstatt an und fragte nach Miss Vitale. Als sie sich meldete, erkannte ich ihre Stimme kaum. Es war die Stimme eines kleinen Mädchens.

»Alyce, bist du das?«

»Wer spricht da bitte?«

»Russell, Russell Haxby.«

»Oh! Russell! Wie nett von dir, dass du mich anrufst. Gerade hab ich an dich gedacht.«

»Ich hab gedacht, ich meld mich mal und bestätige unsere Verabredung heute Abend. Du schienst gestern etwas aufgebracht.«

»Tut mir Leid. Wenn du möchtest, kann ich etwas eher gehen als halb acht.«

»Nein, das passt schon.«

»In Ordnung.« Schweigen.

Ich brach es. »Halb acht.«

»Ich werde warten.« Wieder zögerten wir beide, dann legten wir gleichzeitig die Hörer auf. Ich dachte den Rest des Tages an Alyce.

Den LaSalle verkaufte ich am Nachmittag einem Kriegsveteranen. Er hatte einen Dividendenscheck von seiner Versicherung über 147,40 Dollar dabei. Ich sagte nur: »Abgemacht.« Er unterschrieb die Verträge, löste den Scheck ein und fuhr mit dem LaSalle vom Platz.

Um halb fünf meldete ich mich ab und fuhr heim. Der Nebel war genauso dick wie am Morgen. Wenn ich den Cadillac nicht verkauft hätte, wäre es ein schlechter Tag für mich gewesen. Ich fuhr einen Ford Victoria mit einem intakten Radio und parkte rückwärts in meine Ausfahrt. Bald würde es dunkel werden, und ich hatte keine Lust, am Abend rückwärts aus der Ausfahrt zu fahren. Ich mixte einen Gin mit Cherry Brandy und duschte. Beim Ankleiden ließ ich mir Zeit und nahm einen zweiten Drink, bevor ich das Haus verließ. Über meinen Tweedanzug zog ich einen leichten Trenchcoat. Als ich vor Miller's Autowerkstatt hielt, war es genau sieben Uhr dreißig. Alyce wartete auf mich.

Ich hupte und sie stieg ein.

»Wo möchtest du essen?« fragte ich sie.

»Ich esse nichts. Erinnerst du dich?«

»In diesem Fall fahren wir zur Fisherman's Wharf. Da kannst du mir zusehen, wie ich Shrimps und Pommes frites verdrücke.«

»Du bringst mich um«, sagte sie. Alyce war gut gelaunt und erzählte mir, wie ihr Tag gelaufen war. Einiges davon war lustig, das meiste allerdings langweilig. Nachdem wir in einem Wharf-Restaurant Platz genommen hatten, wechselte ich das Thema.

»Weißt du eigentlich, dass ein Shrimpssalat nicht dick macht?« Damit überraschte ich sie.

»Shrimps?«

»Genau. Versuch mal einen.«

»Was ist mit dem Dressing?«

»Das macht dick, aber die Shrimps nicht. Tu einfach Zitronensaft drauf.«

Während ich mein Essen verschlang, aß sie einen Shrimpssalat. Wir saßen da, tranken Kaffee und rauchten. Es war eine Freude, sie über den Tisch hinweg anzuschauen. Ich geriet in eine redselige Stimmung und erzählte ihr von dem verkauften Cadillac heute Morgen. Sie war beeindruckt.

»Russell, du meinst, du hast bei dem Verkauf zweihundert Dollar verdient?«

»Das stimmt.«

»Was verdienst du dann in der Woche?«

»Das bewegt sich im Durchschnitt zwischen zweihundertfünfzig und dreihundert. Diese Woche wird es mehr sein.«

»Das ist viel Geld.«

»Geht so.«

»Wofür gibst du es aus?«

»Etwas davon für dich.«

Wir gingen, und obwohl es noch früh war, führte ich sie ins *Commodore*, um die Combo zu sehen, die dort spielte. Das Klavier war gut. Das Dinner, der Drink und Alyces Hand zu halten hoben meine Stimmung. Ich war ziemlich glücklich und rauchte eine nach der anderen.

»Woran denkst du, Russell?«

»An dich.«

»Was genau?«

»Das will ich ja gerade herausfinden.«

Sie schüttelte den Kopf und lächelte traurig. »Ich hoffe, du wirst es nie herausfinden.«

»Keine Sorge. Ich werde.«

Der Raum war verraucht, deshalb gingen wir hinaus und schlenderten Hand in Hand die Geary Street entlang. Ich zog Alyce in einen Ladeneingang und küsste sie. Sie zog sich zusammen und reagierte in keiner Weise.

»Warum erstarrst du, Alyce?«

»Ich kann es nicht ändern.«

»Du hast doch nicht etwa Angst vor mir, oder?«

»Nein. Natürlich nicht.«

»Wie alt bist du?«

»Neunundzwanzig.«

»Dann bist du keine Jungfrau mehr«, behauptete ich.

»Ich war sieben Jahre lang verheiratet. Nein. Ich bin keine Jungfrau mehr.«

Mein Fehler. Ich ging zu schnell ran. Es gab keinen Grund zur Eile. Ich konnte warten. Ich hatte den Verdacht, dass sie es wert war. Wir gingen zurück zum Wagen. Ich startete, schaltete die Heizung ein und wir saßen da und redeten. Sie erzählte mir, dass ihr Mann vor drei Jahren starb und ich der erste Mann sei, mit dem sie seitdem ausgegangen war. Ich glaubte ihr.

»Was machst du dann in deiner freien Zeit? Du musst doch manchmal ausgehen?«

»Das mache ich«, sagte sie. »Manchmal gehe ich mit meiner Freundin ins Kino. Aber ich habe wirklich nicht viel Zeit für mich. Ich arbeite von zehn bis halb acht, und wenn ich heimkomme, muss ich mich um die Tiere kümmern und die Wohnung sauber machen. Danach ist es Zeit, zu Bett zu gehen. Ich stehe um halb zehn auf und schaffe es immer gerade noch rechtzeitig zur Arbeit. Das füllt dann schon sechs Tage aus, oder? Am Sonntag gehe ich dann auf den Friedhof und abends ins Kino.«

Es war ein entsetzlich langweiliges Leben, das sie beschrieb.

»Magst du deine Arbeit?«

»Oh, ja!«

»Arbeitest du im Stehen oder Sitzen?«

»Ich stehe, aber das macht mir nichts aus, ich hab so viel zu tun.«

»Aha. Naja, Alyce, vielleicht kann ich dein Leben etwas interessanter gestalten.«

»Genau das befürchte ich.«

Im schwachen Licht der Laternen konnte ich ihr Gesicht sehen. Sie lächelte nicht. Die Linien von den Nasenflügeln zu ihren Mundwinkeln waren tief und hatten etwas Tragisches.

»Meine Mutter sagte mir immer, ich solle viel ausgehen. Aber wenn sie zu Hause war, konnte ich sie nicht wirklich allein lassen. Sie war krank und hielt es allein nicht lange aus. Seit ihrem Tod hat mein Leben nicht mehr viel Sinn.«

»Alyce, du bist eine junge Frau. Du solltest nicht über solche Sachen nachdenken. Vor dir liegen noch viele Jahre.«

»Das weiß ich und ich hasse das. Ich fühle mich nicht besonders, Russell. Würdest du mich nach Hause bringen?«

»Gut«, sagte ich. Ich fuhr zu ihrer Wohnung. Wir unterhielten uns nicht weiter. Sie sah aus dem Fenster, in das verschwommene Neonlicht, das durch den Nebel schimmerte. Wieder bat sie mich, zwei Blocks von ihrem Haus entfernt zu halten.

»Den Rest gehe ich zu Fuß«, sagte sie.

»Weshalb?«

»Es war nett von dir, mit mir auszugehen, Russell, und ich hab es genossen. Aber ich will dich nicht wiedersehen.«

»Warum?«

»Ich glaube, es ist besser so.«

»Das seh ich anders. Und ich habe vor, morgen Abend wieder mit dir auszugehen.« Sie überlegte kurz.

»Bitte nicht.« Sie schlug die Hände vors Gesicht und fing an zu weinen.

»Warum, zum Teufel, weinst du? Ich hab dir doch nichts getan.«

»Es geht darum, was ich dir angetan habe.« Sie weinte weiter.

»Du hast mir gar nichts getan. Du fühlst dich nur einfach nicht gut, das ist alles. Dein Magen ist wahrscheinlich verstimmt wegen der vielen Shrimps.«

»Nein, das ist es nicht.« Sie putzte sich die Nase und tupfte sich die Augen mit einem ungefähr briefmarkengroßen Taschentuch. Ich gab ihr meines.

»Wir reden morgen darüber«, sagte ich.

»Gut, in Ordnung.« Sie wollte aus dem Wagen steigen.

»Ich fahre dich das letzte Stück.«

»Nein, ich gehe zu Fuß. Gute Nacht, Russell.« Ich sah ihr nach, als sie den Hügel hinunterging.

Sie hatte eine wunderbare Haltung.

Ich blieb noch ein paar Minuten, um eine Zigarette zu rauchen. Nachdem ich die Kippe aus dem Fenster geschnippt hatte, fuhr ich in die City. Ich parkte, betrat eine Bar und bestellte einen strammen Gin mit ein paar Spritzern Bitter Lemon. Während ich an ihm nippte, beobachtete ich die Gäste. Der Mann neben mir hatte meine Größe. Ich stellte meinen Drink ab, hob meinen

Ellenbogen bis zur Schulter und drehte mich auf den Hacken. Mein Ellenbogen traf ihn genau unter dem Auge. Er hob eine Bierflasche über den Kopf, aber meine Faust erwischte ihn direkt am Kinn. Er ging zu Boden und blieb liegen. Ich warf einen halben Dollar auf den Tresen und ging. Als ich die Tür hinter mir schloss, sah mir niemand nach.

Ich fühlte mich besser, aber noch nicht gut. Ich fuhr nach Hause und grub mich durch meine LPs, bis ich die Ouvertüre zu Romeo und Julia fand. An den Wänden meines Wohnzimmers hängen drei Lautsprecher, und als ich die Musik auf volle Lautstärke drehte, füllte sie den Raum, als wäre das Orchester anwesend. Ich genehmigte mir ein Glas Gin und hörte die Ouvertüre mehrere Male. Nach diesem emotionalen Bad fühlte ich mich wunderbar. Ich ging ins Bett und schlief die ganze Nacht friedlich. Wie ein Kind.

Kapitel 5

Gegen neun Uhr am anderen Morgen entschied die Sonne, sich einen Weg durch die Wolken zu bahnen und den Blick auf San Francisco freizugeben. Ich zog mein Jackett aus, schob meine Manschettenknöpfe in die Tasche und krempelte die Ärmel hoch. Das Geschäft lief deutlich besser.

Zwar verkaufte ich an diesem Morgen kein einziges Auto, aber Laufkundschaft kam und ging und ich redete und redete. Wenn es mir gut geht, rede ich gern mit jedem über alles, und ich fühlte mich großartig mitten in der Sonne und unter den bereitwilligen Zuhörern, die sich auf dem Platz drängten. Als ich mich gegen halb zwölf zum Lunch im Büro abmeldete und Madeleine erblickte, die ihren prallen Hintern herumschwenkte, war ich so guter Laune, dass ich sie einlud. Sie ergriff die Gelegenheit sofort.

Ich führte sie in *Kang's Eastern House*. Während sie gerade mal die Hälfte ihres Chicken Fried Rice aß, vertilgte ich Chicken Chow Mein und Egg Foo Young. Frauen essen nicht viel. Ziemlich dämlich. Ich bin überzeugt, ein Mensch sollte sich von allem nehmen, was ihm Vergnügen bereitet. Wenn man sich vorstellt, dass dieser Fels, auf dem wir leben, sich jeden Tag um sich selbst dreht, 365 Umdrehungen im Jahr, und dass man mit jedem Tag älter wird, was, zum Teufel, bedeuten dann ein oder zwei Zentimeter mehr um die Taille? Eben nur ein, zwei Zentimeter mehr.

Madeleine war hübsch. Ihr blondiertes Haar war kurzgeschnitten. Das Kostüm, das sie trug, war elegant, und sie aß mit Handschuhen. Ich erinnerte sie nicht daran, sie auszuziehen, weil ich annahm, sie habe sich Tinte über die Hand gegossen oder das Farbband der Schreibmaschine ausgewechselt.

Ich lächelte sie milde an.

»Hallo!« sagte ich.

»Bist du endlich aufgetaucht, um Luft zu holen?« Sie lachte.

»Ich war hungrig.« Ich zündete eine Zigarette an. »Das müssen wir wiederholen, Madge.«

»Ich esse auch nicht gern allein.« Sie nahm eine meiner Zigaretten, und ich warf ihr das Streichholzheftchen zu, das ich in der Hand hatte. Sie war bereit. Auf jeden Fall. Ich öffnete den Mund, um sie um eine Verabre-

dung für den Abend zu bitten und genauso plötzlich
dachte ich an Alyce. Ich überlegte es mir anders. Es
wäre vielleicht besser, mit Alyce weiterzumachen. Da
gab es etwas, vielleicht etwas Unerreichbares, aber Inter-
essantes.

»Wenn du mit dem Zählen der Reiskörner auf deinem
Teller fertig bist, lass uns wieder an die Arbeit gehen«,
sagte ich.

Wir gingen zurück auf den Platz. An diesem Nachmittag machte ich Nägel mit Köpfen und verkaufte Gebrauchtwagen. Ein Kerl in abgewetztem Overall tauchte
auf und zahlte für einen Chevy 1.300 Dollar in bar. Bevor
ich Madeleine das Bündel hinwarf, nahm ich mir meine
Kommission. Angesichts des Geldbündels schüttelte sie
überrascht den Kopf.

An zwei Highschool-Kids verkaufte ich einen Jalopy
für achtzig, der fünfundzwanzig Dollar wert war, und
gab zwanzig davon an Tad Tate weiter. Was er nicht
weiß, macht ihn nicht heiß.

Um vier Uhr kam ein Mann vorbei, dem ich eine
Woche lang hinterher telefoniert hatte. Ich brachte es fer-
tig, ihn davon zu überzeugen, dass der einzig richtige
Wagen für ihn ein Pontiac Cabrio war. Es war ein guter
Tag. Ich meldete mich ab und fuhr in einem Studebaker
Champion nach Hause.

Die Wohnung sah schlimm aus. Staubflocken, groß
wie ein Kinderkopf, rollten über den Boden. Das Spülbecken stand voll mit dreckigem Geschirr. Ich hatte
keine sauberen Handtücher mehr, die Aschenbecher
quollen über. Ich nahm den Hörer ab und rief Mrs.
Wren an. Seit zwei Jahren putzt sie für mich und macht
das wirklich gut. Ich will nicht, dass sie regelmäßig

kommt, aber ich rufe sie einfach an, wenn ich sie brauche und zufällig merke, wie lausig alles aussieht. Sie sagte, sie werde am nächsten Tag vorbeikommen. Also schob ich einen Zwanziger in einen Umschlag, schrieb ihren Namen darauf und legte ihn unter ein Tintenglas auf den Schreibtisch.

Ich suchte meine dreckige Wäsche in der ganzen Wohnung zusammen, und legte sie auf das Bett, zog das Bettlaken ab und verknotete alle vier Ecken um die Wäsche. Dann rief ich den Chinamann an. Er klopfte fünf Minuten später an meine Tür.

»Hallo, Tommy«, sagte ich. »Kannst du mir das Zeug morgen früh zurückbringen?«

»Klare Sache, Mr. Haxby.«

»Fein. Schreib es auf meine Rechnung.«

»Klare Sache, Mr. Haxby.«

Nach all dieser Sklavenarbeit war ich hungrig, also ging ich in die Küche. Es gab keine sauberen Teller mehr. Ich öffnete eine Dose Bohnen und schüttete sie in eine Pfanne, zerschnitt ein paar Wiener Würstchen und schob die Pfanne unter den Grill. Dazu kochte ich Kaffee und bestrich Roggenbrot mit Butter. Die Bohnen und Würstchen waren gleichzeitig mit dem Kaffee fertig. Ich aß alles auf und warf die Pfanne auf den Stapel schmutzigen Geschirrs. Als ich den Creme de Cacao fand, goss ich ein Marmeladenglas halb voll, füllte den Rest mit Dosenmilch auf und gab ein halbes Dutzend Kirschen dazu. Während ich die Nachrichten hörte, vertilgte ich das Gebräu. Nichts Neues. T.S. Eliots Gesammelte Gedichte sprangen mir ins Auge.

Ich nahm das Buch vom Regal und blätterte die Seiten durch bis zu *Burnt Norton*. Ich legte Bartóks Ballett-

Suite *Der wunderbare Mandarin* auf und deklamierte *Burnt Norton.* Ein wirklich esoterischer Kick. Die Untergangsstimmung in diesem langen Gedicht, kombiniert mit Bartóks begeisternder Musik, ist so erregend, dass es einem das Blut direkt in die Füße zieht und das Herz animiert, wie ein chinesischer Gong zu schlagen. Als ich mit dem Gedicht fertig war, schaltete ich den Plattenspieler ab. Ich brauchte einige Minuten Ruhe, damit das Blut in meine Wangen zurückkehrte.

Ich duschte und zog mich an, wählte einen blauen Anzug, eine gelbe Strickkrawatte und stopfte ein gelbes Seidentuch in die Brusttasche. Das erzielte immer die gewünschte Wirkung. Bevor ich die Wohnung verließ, trank ich einen Brandy.

Es war schon nach acht. Zwecklos, Alyce bei Miller's abholen zu wollen. Ich fuhr in die Innenstadt. Wegen des Streiks fuhren die Straßenbahnen in dieser Woche nicht, und so parkte ich mitten auf der Market Street. Der Bürgersteig war voller Menschen. Es war lange her, seit ich mich unter die Schaufensterbummler der Market Street gemischt hatte. Ich ging in eine Bar. Es war laut dort, voller Soldaten und Kneipengestalten und Zigarettenrauch. Ich schob mich zwischen zwei Kerlen zur Bar und bestellte einen Gin pur. Bevor der Barkeeper den Griff um das Glas lockern wollte, musste ich den Drink bezahlen. Ich mochte den Lärm hier. Die Musikbox spielte eine Hillbilly-Nummer und auf dem Fernsehschirm kämpften Wrestler. Ein junger Soldat neben mir trug ein blaues Band als Zeichen, dass er in Korea gedient hatte. Ich spendierte ihm einen Drink, trank den Gin aus und ging.

Ein paar Häuser weiter betrat ich einen Spirituosenladen und kaufte eine kleine Flasche Gin und eine kleine Flasche Wermut. Dann entdeckte ich eine seltsam geformte Flasche mit Pfirsichlikör und erstand auch diese. Ich öffnete sie und nahm einen Schluck. Es war ein süßlich-ekliger Geschmack.

»Hey«, rief der Mann, als er es bemerkte. »Sie können das hier nicht trinken. Wollen Sie, dass ich meine Lizenz verliere?« Er war um die dreißig, litt bereits unter Haarausfall und erinnerte an ein Frettchen.

»Kann ich nicht?«

»So ist das Gesetz. Ich hab's nicht gemacht.« Was für ein Klugscheißer.

Ich warf die Flasche nach ihm. Erschrocken duckte er sich und die Flasche zerbrach auf dem Fußboden. Gelbes, klebriges Zeug ergoss sich auf einem Quadratmeter.

»Hoppla«, sagte ich.

Sein Gesichtsausdruck war die elf Dollar wert gewesen.

Ich stieg in den Wagen und fuhr zu Alyces Wohnung. Vor dem Haus war kein Parkplatz frei, aber ich sah, dass Licht bei ihr brannte. Im selben Augenblick zog sich mein Magen zu einem Knoten zusammen. Eine Vorahnung. Ich habe so etwas häufig. Eine Gänsehaut lief mir über den Rücken, ein Gefühl, als hinge ein Zehennagel in einer Wolldecke fest. Ich parkte an der Straße weiter oben und ging zu Fuß zu Alyces Wohnung, drückte die Klingel und wartete.

Als Alyce die Tür öffnete, sah ich die Angst in ihren Augen.

Diese Augen waren ohnehin schon groß und braun, aber nun waren sie extrem geweitet, mit funkelnden hellen Flecken. Sie versuchte, die Tür zuzuschlagen, aber ich war schneller und hielt die Tür fest.

Ich trat ein.

»Du scheinst nicht sehr glücklich zu sein, mich zu sehen«, sagte ich.

»Russell«, flüsterte sie. »Du kannst nicht hereinkommen!«

»Ich bin schon drin.«

»Ich hab dir gesagt, dass du nicht herkommen, sondern mich bei Miller's treffen sollst.«

»Ich musste länger arbeiten«, log ich.

»Bitte geh.« Sie versuchte, mich wegzuschieben, aber ich rührte mich nicht vom Fleck. »Hol mich morgen von der Arbeit ab, und ich erkläre dir alles.«

»Ich würde gern die Tür zumachen. Wir stehen im Zug.« Ich schloss die Tür hinter mir und stieg die Treppe hinauf. Alyce ging mir nach und zog an meinem Mantel. Die erste Tür rechts war die Küche. Ich ging zum Spülbecken und nahm den Gin und den Wermut aus der Tüte. Alyce schloss die Tür. Sie war den Tränen nahe.

»Bitte, bitte, bitte, Russell. Du kannst nicht bleiben!«

»Reg dich nicht auf, Alyce. Es tut mir Leid, dass ich ein bisschen zu spät bin. Aber jetzt bin ich hier, nicht wahr? Lass uns was trinken und über alles reden. Alles wird gut.«

Ich mischte zwei Martinis und reichte Alyce einen, aber sie nahm ihn nicht.

»Nein«, sagte sie. »Trink deinen aus und dann geh bitte. Kannst du nicht verstehen, dass ich dich heute Abend hier nicht haben will?«

»Warum?«

»Ich erklär's dir morgen. Jetzt geht's nicht.«

»Auf dich, Alyce. Du geheimnisvolle Frau.« Ich leerte mein Glas, nahm Alyces Drink, schob sie von der Tür weg und ging den Flur entlang ins Wohnzimmer.

In dem viktorianischen Sessel saß ein barfüßiger Mann vor dem Fernseher und sah zu, wie Cowboys über den Bildschirm galoppierten.

Er trug einen Frotteebademantel, der einmal weiß gewesen sein musste. Sein Haar war von grauen Strähnen durchsetzt, sein Bart erinnerte an eine Mischung aus verschüttetem Pfeffer und Salz. Er wandte den Blick nicht vom Bildschirm ab. Etwas stimmte nicht mit ihm. Im ersten Augenblick kam ich nicht drauf, dann traf es mich wie ein Stich ins Herz. Er hatte nicht mehr alle Tassen im Schrank. Das brauchte mir niemand zu sagen. So etwas spürt man.

Doch vielleicht irrte ich mich. Ich drehte mich um und schaute Alyce an.

Ihr Lächeln war eine schmerzlich verzogene Grimasse, ähnlich dem eines Angeklagten, der seinen Richter anlächelt, wenn dieser fragt, ob er vor dem Urteilsspruch noch etwas zu sagen habe. Sie stand etwas von der Tür entfernt und hielt ihr Kinn eine Idee zu hoch.

»Mr. Haxby«, sagte sie. »Darf ich Sie meinem Ehemann vorstellen, Mr. Salvatore Vitale. Salvatore, Mr. Haxby.«

Salvatore zerrte seine tief liegenden Augen vom Bildschirm weg und sah in mein Gesicht, nicht aber in meine Augen.

Ich wusste, er war verrückt.

Kapitel 6

Ich war verwirrt. Das war die Art von Deal, mit dem Männer Frauen abziehen – nicht Frauen Männer. Alyce hatte sich sehr klug verhalten. Ich hob mein Glas in Mr. Vitales Richtung.

»Wie geht's Ihnen?« Ich grinste und schüttete mir den Drink runter.

»Mr. Haxby ist Gebrauchtwagenverkäufer«, sagte Alyce.

»Ich sehe fern«, gab Salvatore zurück.

»Wie schön«, sagte ich.

»Salvatore liebt Fernsehen«, erklärte Alyce.

»Wie schön«, sagte ich.

»Hopp, Hopp, Hoppalong Cassidy«, Salvatore zeigte auf den Bildschirm.

»Ja«, sagte ich. Salvatore wandte seine Aufmerksamkeit wieder der Mattscheibe zu. Ich sah Alyce an, hob meine Augenbrauen. Sie wich meinem Blick aus und verließ das Zimmer.

Ich folgte ihr in die Küche und schloss die Tür hinter uns.

»Wie lange hast du gedacht, kommst du damit durch, Alyce?«

»Ich weiß nicht.« Sie war den Tränen nahe. Ich wollte sie fließen sehen.

»So wie du mich behandelst, Alyce, würde ich keinen räudigen Hund behandeln. Eine verheiratete Person hat einen heiligen Schwur getan. Mit einem aufrechten Kerl ausgehen, der die besten Absichten hat, und aus seiner Unwissenheit einen Vorteil zu schlagen ist ein dreckiger, mieser Trick.«

»Es tut mir Leid«, sagte sie. Sie war zerknirscht und hielt die Hände vors Gesicht.

»Ich nehme an, dass das alles ungeschehen machen soll. Es tut dir Leid.«

»Du verstehst es einfach nicht, das ist alles.«

»Ich verstehe zumindest, dass es tödlich sein kann, mit einer verheirateten Frau auszugehen. Vor allem, wenn man nichts davon weiß und daher auch nicht auf der Hut ist. Also, Alyce. Auf Nimmerwiedersehen...« Ich schraubte die Verschlüsse auf die beiden offenen Flaschen, steckte sie zurück in die Papiertüte und wollte gehen. Alyce blockierte die Tür.

»Bitte, Russell. Lass mich erklären. Ich werde Salvatore bitten, zu Bett zu gehen, dann können wir uns ins Wohnzimmer setzen und reden.«

Ich zuckte die Achseln, als ob mir das egal wäre. Dabei brannte ich darauf, ihre Geschichte zu hören.

»Wenn du glaubst, dass er nichts dagegen hat. Er schien ziemlich interessiert an Hoppalong Cassidy.«

»Es ist kein Problem, ihn dazu zu bringen, ins Bett zu gehen.« Sie verließ die Küche, und ich mixte mir einen neuen Drink.

Ich war sehr glücklich über die Wendung der Ereignisse. Was für eine faszinierende Situation! Nicht eine Minute hätte ich vermutet, dass sie verheiratet war. Ich belauschte die Auseinandersetzung mit ihrem Mann. Er sträubte sich, ins Bett zu gehen.

Natürlich hatte es ein paar Hinweise gegeben. Der Geruch des Sessels, der mir an dem Abend aufgefallen war, als ich sie heimbrachte. Und später. Sie bei Miller's zu treffen, statt in der Wohnung. Sie zwei Blocks entfernt von der Wohnung abzusetzen, statt direkt vor der Tür. In meinem Kopf wurde alles klar. Ich war froh, diesen Hinweisen keine Beachtung geschenkt zu haben. So war das alles doch viel interessanter.

Salvatores nackte Füße tappten durch den Flur, und er verschwand irgendwo in den hinteren Räumen der Wohnung. Alyce öffnete die Tür. Ihr Gesicht wirkte verkniffen, die Linien um den Mund schärfer, ihre Nase weiß. Sie zwang sich zu einem mutigen, traurigen Lächeln.

»Komm ins Wohnzimmer, Russell.«

Der Fernseher war abgeschaltet. Nachdem Alyce die Tür geschlossen hatte, setzten wir uns auf das Sofa. Sie sah mich an. Ich versuchte, verletzt auszusehen, aber ich hielt es nicht durch. Plötzlich lachten wir beide los. Es war eine komische Situation.

»Ich muss mich entschuldigen, wirklich, Russell«, sagte sie, als sie sich beruhigt hatte. »Es war so ein Schock, dich an der Tür zu sehen. Ich hatte die ehrliche Absicht, dir von Salvatore zu erzählen, aber auf meine Weise und in meinem Tempo. Das heißt, wenn mir eingefallen wäre, wie.«

»Am ersten Abend hätte ich aufmerksamer sein müssen. War er hier, als du mich in die Wohnung gebracht hast?«

»Ich habe es drauf ankommen lassen und es hat geklappt. Salvatore war schon im Bett und ist er einmal eingeschlafen, schläft er wie ein Toter. Ehrlich, Russell, du bist der erste Mann, mit dem ich ausgegangen bin, seit ich verheiratet bin, und ich konnte es nicht ertragen zuzusehen, wie du wieder verschwindest. Ich glaube«, sie wandte ihren Kopf ab, »dass ich mich in dich verliebt habe.«

Das Eingeständnis fiel ihr schwer. Es schien das erste

Mal zu sein, dass sie das einem Mann sagte. Für mich war es einfach, es zu sagen.

»Ich weiß, dass ich dich liebe, Alyce.« Ich tat so, als hätte ich einen Kloß im Hals.

Dann küsste sie mich, einen mädchenhaften, nicht besonders aufregenden Kuss, aber feucht und aufrichtig.

»Salvatore«, ich warf den Kopf herum, »er ist nur ein Zimmer weiter.«

»Salvatore!« Sie sprach es bitter aus.

»Er hat sie nicht alle, stimmt's?«

»Ja.« Sie nickte.

»Wie lange schon?«

»Seit fast vier Jahren. Und er ist zwanzig Jahre älter als ich.«

»Er sieht älter aus.«

»Das war nicht immer so. Er war ein Freund meines Vaters. Die ganze Sache ist so dumm und gleichzeitig so einfach. Ich war immer zu Hause bei meiner Mutter. Sie ließ mich nie ausgehen, außer wenn sie mich begleitete. Bis ans Tor der Highschool brachte sie mich und holte mich von dort wieder ab. Mein Vater starb, als ich noch zur Schule ging. Salvatore war damals ein erfolgreicher Mann und besuchte uns nach Vaters Tod regelmäßig, gab vor, meine Mutter sehen zu wollen. Doch in Wahrheit hatte er ein Auge auf mich geworfen. Es ging uns außerdem finanzell sehr schlecht. Nur die Lebensversicherung, und die war nicht sehr hoch. Salvatore schenkte mir Süßigkeiten, Geld, nahm mich mit ins Kino, kaufte mir Kleider und ließ mich sogar sein Auto fahren. Mutter durchschaute ihn auch nicht, dachte nur, er sei sehr freundlich, weißt du, weil er meinen Vater gekannt und gemocht hatte. Plötzlich war ich ziemlich tief verstrickt.

Er bat mich, ihn zu heiraten. Ich war gerade mal neunzehn.«

»Hast du damals mit ihm geschlafen?«

Alyce war schockiert.

»Oh, nein!« Sie lächelte süßsauer. »Ich hatte damals keine Ahnung. Dumm! Wusste nichts von diesen Dingen. Als wir tatsächlich heirateten und er seine Kleider auszog und ich begriff, was er mir antun wollte, bin ich vor Angst fast verrückt geworden. Er musste einen Arzt in das Hotel kommen lassen, der mir ein Beruhigungsmittel gab.«

»Moment mal, Alyce. Du willst mir wirklich erzählen, dass du hier in San Francisco auf die Highschool gegangen bist und nicht einmal die Tatsachen des Lebens kanntest?«

»Ich hatte nicht die leiseste Idee. Mutter hat mir nie etwas erzählt, und ich hatte keine engen Freundinnen. In der Highschool war ich schrecklich fett und nicht sehr beliebt.«

»Irgendwie ist das witzig.«

»Das war es damals nicht. Es war schrecklich. Er fasste mich ein Jahr lang nicht mehr an. Dauernd brachte er Bücher nach Hause, die sollte ich lesen. Ich konnte mich nicht länger verweigern. Es war meine Pflicht als Ehefrau, also ... Ich wappnete mich, und, na ja, ich arbeitete einen Terminplan für ihn aus. Aber davon willst du sicher nichts hören.«

»Doch.« Das stimmte sogar.

»Er wollte es nicht. Nach ein paar Wochen sagte er mir, ich möge den Plan nehmen und mir sonst wohin stecken.«

»Das überrascht mich nicht.«

»Warum? Mir schien das fair zu sein. Ich tat meine Pflicht und war so fair wie möglich. Es war schrecklich für mich, aber ich war willig. Ich habe nie verstanden, warum er mir nicht entgegenkommen konnte ...« Sie schüttelte den Kopf. Sie verstand es bis heute nicht. »Wir lebten damals in einem Haus. Meine Mutter war bei uns, und Salvatore verdiente zwölftausend pro Jahr. Auf der Werft. Jetzt arbeitet er dort für einen Dollar fünfunddreißig die Stunde als gewöhnlicher Arbeiter.«

»Was ist passiert? Wann hast du das erste Mal bemerkt, dass er den Verstand verloren hat?«

»Eines Abends nach dem Essen. Er setzte sich auf seinen Stuhl und zeigte vierundzwanzig Stunden lang keine Regung mehr.«

»Hattet ihr damals einen Fernseher?«

»Nein. Er saß einfach da, starrte mit leerem Blick an die Wand und ich konnte ihn nicht von der Stelle bewegen. Er war nicht ansprechbar. Wir riefen einen Arzt, und der meinte, Salvatore sei überarbeitet, und ging dann. Salvatore verweigerte das Essen. Nichts. Saß nur da. Schließlich rief ich einen Krankenwagen, doch als wir im Krankenhaus waren, wollten sie ihn nicht aufnehmen. Ich musste sogar für den Notarztwagen bezahlen. Ich versuchte es bei drei anderen Krankenhäusern, bevor ich eins fand, das ihn aufnahm, und dann behielten sie ihn nur zwei Tage lang dort. Ich brachte ihn zu anderen Ärzten, und sie untersuchten ihn, aber keiner von ihnen konnte sagen, was nicht in Ordnung war. Am Ende machten sie eine Blutuntersuchung und das war es dann. Paralyse.«

»Syphilis?«

»Im fortgeschrittenen Stadium. Die Ärzte sagten, mindestens zehn Jahre oder noch mehr. Es war zu spät, um etwas dagegen machen zu können. Wir hatten zehntausend Dollar auf der Bank. Im nächsten Jahr gab ich alles für Spezialisten und Therapien aus. Dann habe ich ihn in eine Anstalt im Norden gebracht. Ich musste schließlich arbeiten gehen.«

»Du hast ihn einweisen lassen?«

»Nein. So etwas könnte ich nicht. Ich würde nie in einer öffentlichen Verhandlung aufstehen und sagen, dass mein Ehemann verrückt sei. Es war nicht leicht, ihn in dieser Einrichtung unterzubringen, aber ich habe es geschafft. Sechs Monate lang hat er mich nicht erkannt.«

»Hast du ihn dort besucht?«

»Jeden Sonntag. Mutter und ich. Wir verließen San Francisco um sechs Uhr früh und kamen erst Sonntag Nacht zurück. Dann, als Salvatore wieder so weit war, dass er mich erkannte, brachte ich ihn nach Hause. Der Arzt meinte, ich solle ihn nach einer Woche zurückbringen, aber das tat ich nicht. Seitdem ist er zu Hause und es geht ihm etwas besser. Er kann ein bisschen Zeitung lesen, aber immer noch nicht besonders gut schreiben. Aber er arbeitet. Er arbeitet schwer, ohne dass es ihm besonders viel ausmacht.«

»Wer sorgt für ihn, wenn du nicht hier bist?«

»Bevor sie starb, Mutter, und dann überredete ich Ruthie, mit mir zusammen zu ziehen. Er kann inzwischen vieles selbst, aber sein Essen muss ich machen. Ich hasse es, zu kochen.« Sie versuchte, mir klarzumachen, wie schwer sie es gehabt hatte. »Russell, du kannst dir nicht vorstellen, wie hart das war. Ich hatte keine Ahnung, wie man sich einen Job sucht oder was ich tun sollte, wenn ich einen hatte. Ich arbeitete überall in der Stadt. Alle möglichen Jobs. Niemand wusste, dass ich verheiratet war. Ich habe das Geheimnis für mich behalten. Nicht einmal bei Miller's hab ich's erwähnt.«

»Ich kann mir vorstellen, dass du üble Zeiten hinter dir hast.«

»Besonders, seit Mutter tot ist.« Sie legte ihren Kopf an meine Schulter und schluchzte leise. Ich setzte die Geschichte zusammen. Sie war verdreht genug, um wahr zu sein. Offenbar kannte sie sich mit Sex überhaupt nicht aus. Aber vielleicht konnte man das ändern. Ich ging ganz zärtlich vor.

»Darling, Alyce. Nicht weinen. Alles wird gut. Uns fällt schon was ein. Du wirst sehen.«

Ihr Gesicht hellte sich auf. »Glaubst du wirklich, Russell?«

»Klar doch. Warte, bis mein schlaues Gehirn auf Touren kommt. Ich denke mir etwas aus.«

»Ich liebe dich, Russell. Du bist einfach wunderbar.«

»Das bin ich. Alyce, denk dran: ›Liebe findet einen Weg‹.«

»Liebe findet einen Weg. Daran werde ich denken. Aber vergiss nicht, ich bin noch verheiratet. Solange Salvatore sich nicht wieder erholt hatte, schien es mir nicht fair zu sein, eine Scheidung zu beantragen. Ich kann nicht einmal an Heirat denken, solange ich nicht geschieden bin.«

Es gefiel mir nicht, wie sich diese Unterhaltung entwickelte. Ich stand auf. Alyce preschte ein bisschen zu schnell vor.

»Wo ist Ruthie?« fragte ich.

»Sie macht einen Hausbesuch. Ich denke, sie wird vor morgen früh nicht zurück sein.«

»Für welche Werft arbeitet Salvatore?«

»Pittman. Warum?«

»Nur so.«

Ich sah Alyce an, die auf dem Sofa halb saß, halb lag. Sie trug einen Hausmantel mit Reißverschluss. Unter dem billigen Material sah man ihre gut proportionierten, schweren Brüste und sanft geschwungenen Hüften. Ich hätte nur den Reißverschluss herunterziehen müssen. Vielleicht ... Aber das wäre zu einfach. So wollte ich es nicht.

Ich setzte meinen Hut auf.

»Ich lasse Gin und Wermut hier, Alyce. Was wirst du Salvatore über mich erzählen?«

»Ich werde ihm einfach sagen, dass du ein Gebrauchtwagenverkäufer bist, der versucht, mir ein besseres Auto zu verkaufen.«

»Fein. So kann ich wieder in die Wohnung kommen.«

Sie schüttelte den Kopf. »Besser nicht. Er macht alles, was ich sage, aber er ist furchtbar eifersüchtig, und das macht den Umgang mit ihm schwierig. Er hat viel von einem Haustier, wird sogar eifersüchtig, wenn ich die Katzen versorge. Es ist besser, wenn du nicht herkommst, es sei denn, er ist nicht hier. Im Kino, zur Arbeit oder sonst wo.«

»Okay. Ich hol dich morgen von der Arbeit ab.«

»Das wäre wunderbar.«

Ich zog sie hoch und küsste sie. Sie war immer noch blockiert. Sie konnte nicht anders. Ihr kam das vermutlich alles geschmacklos vor. Es wurde nur ein flüchtiger Kuss. Als ich gehen wollte, tat sie etwas Merkwürdiges. Sie streckte ihre Hand aus. Ich nahm sie, und förmlich schüttelten wir uns die Hände.

»Gute Nacht, Darling.« Sie sagte es, als meinte sie es ernst.

Ich ging.

Kapitel 7

Ich jagte den Champion durch die Stadt. Mein Kopf war beschäftigt und ich fuhr unkonzentriert. Befremdliche Gedanken in meinem Kopf. Alyce war die Art von Frau, die von Männern geheiratet wird. Und einem Mann konnte Schlimmeres passieren. Aber ein Mann wie ich, dreiunddreißig Jahre alt, der nie verheiratet war, und nie heriraten wird. Im Leben jedes Mannes gibt es eine Zeit, in der das möglich ist. Aber wenn sie vorüber ist, ist der Zug abgefahren. Was mich schmerzte, war die Vorstellung, vielleicht etwas verpasst zu haben. Als ich den Wagen parkte, kam mir der Gedanke, dass ich Alyce vor zehn Jahren wahrscheinlich geheiratet hätte. Sie war perfekt: einfach gestrickt, loyal und freundlich. Der Typ, um den man sich keine Sorgen machen muss, der nimmt, was er kriegt, und nichts erwartet. Schade, dass ich sie nicht früher kennen gelernt hatte. Zu schade. Zu schade für mich und zu schade für Alyce.

Ich machte mir ein Avocado-Gurken-Sandwich und kochte eine Kanne Kaffee. Während der Kaffee durchlief, tauschte ich meinen Anzug gegen Pyjama und Hausmantel. Es war noch früh. Ich dachte über mein Projekt nach. Es war lange her, seit ich etwas geschrieben hatte. Ich nahm mir einen Stapel Papier, entfernte die Abdeckhaube von der tragbaren Schreibmaschine und spannte einen Bogen ein. James Joyces *Ulysses* und Stuart Gilberts

Study standen Seite an Seite in meinem Bücherregal. Ich brachte die Bücher zum Schreibtisch und begann zu arbeiten.

Ulysses erfüllt immer seinen Zweck. Ich arbeitete eine Stunde daran, veraltete Ausdrücke aus dem Text zu nehmen und sie durch heute gebräuchliche zu ersetzen. Nachdem ich die Worte eines Absatzes verändert hatte, schrieb ich gewöhnlich den Absatz in einfacher Sprache neu. Das tat ich schon seit Jahren als eine Form der Entspannung und hatte einen ansehnlichen Stapel Manuskripte beisammen. Eines Tages wollte ich ein Buch schreiben über das System, mit dem ich arbeitete, und meine übertragenen Texte würde ich als Anhang verwenden. Es war eine Idee, die sich bestimmt glänzend auszahlen und außerdem ein großartiges Buch einer einfachen Leserschaft näher bringen konnte. Die Zeit drängte nicht. Es war mehr ein Hobby, und wenn ich mit *Ulysses* fertig war, konnte ich dasselbe mit *Finnegan's Wake* machen.

Aber nach einer Stunde hatte ich genug. Ich war unruhig, hatte keine Lust mehr zu arbeiten. Mir war weder nach lesen noch nach einem Drink. Das Radio konnte meine Aufmerksamkeit nicht fesseln. Nach einer langweiligen Nachrichtensendung schaltete ich ab.

Ich versuchte, in einem Sessel zu entspannen, und dachte über Wege nach, Salvatore loszuwerden. Der alte Bastard. Ein syphilitischer Bastard wie er heiratet ein unschuldiges Mädchen wie Alyce. Ich sprang vom Sessel hoch.

Ihr Name stand im Telefonbuch. Sie nahm den Hörer ab.

»Alyce, hier ist Russell.«

»Ich hab schon geschlafen.«

»Alyce, hör mal, bist du ... warst du infiziert? Hast du irgendwelche Untersuchungen machen lassen, nachdem das mit Salvatore herausgekommen ist?«

»Du meinst, ob ich mich angesteckt habe?«

»Ja. Natürlich meine ich das.«

»Wie süß von dir, daran zu denken, Russell.«

»Also, hast du?«

»Nein. Ich weiß nicht warum, aber ich hab mich nicht angesteckt. Ich habe alle Untersuchungen gemacht, die sie für nötig hielten.«

»Wieso habt ihr vor eurer Hochzeit keine Tests gemacht? Das ist doch vorgeschrieben.«

»Ich weiß. Ich hielt es für romantischer, nach Reno zu gehen. Dort muss man keine Tests machen.«

»Das stimmt. Es tut mir Leid, dass ich dich geweckt habe, Alyce, aber ich musste es wissen.«

»Es war lieb von dir anzurufen.«

»Nein, das war es nicht. Ich liebe dich, deshalb.«

»Ich liebe dich auch.«

»Wo schläft Salvatore eigentlich?«

»In dem Schlafzimmer hinter meinem. Warum, du denkst doch nicht −?«

»Ich hab nur gefragt.«

»Er schläft im Schlafzimmer hinter meinem und ich schließe ihn ein, sobald er eingeschlafen ist. Bevor er ins Bett geht, schick ich ihn auf die Toilette, und dann schläft er die ganze Nacht durch.«

»Er kann nicht herauskommen?«

»Erst wenn ich die Tür aufschließe.«

»Also entschuldige nochmal, dass ich dich geweckt habe. Geh wieder ins Bett. Wir sehen uns morgen.«

»Gute Nacht, Liebling.« Sie legte auf. Ich warf den Hörer auf die Gabel. Russell Haxby: Der eifersüchtige Liebhaber! Ich musste lachen. Aber gleichzeitig war ich froh, angerufen zu haben.

Ein Mann sollte nie zulassen, dass ihn etwas bedrückt oder ihm keine Ruhe lässt.

Ich rief Mary Ellen an. Sie würde heute Nacht Zeit haben. Ihre Mitbewohnerin ging ans Telefon.

»Hallo, Diane. Hier ist Russell Haxby. Ist Mary Ellen zu Hause?«

»Nein, ist sie nicht, Russell. Und ich weiß auch nicht, wann sie wiederkommt.«

»Oh. Und was machst du zu Hause?«

»Ich sitze hier so rum.«

»Hör mal, Diane, nicht dass du denkst, du spielst die zweite Geige, aber ich gebe 'ne kleine Party und mir fehlt noch ein weibliches Wesen. Da fiel mir Mary Ellen ein. Glaubst du, dass du vorbeikommen kannst?«

»Wer ist alles da?«

»Keine Angst. Du kennst alle..«

»Ich kenne keine Menschenseele in Telegraph Hill, das weißt du.«

»Du kennst mich.«

»Oh.« Schweigen am Ende der Leitung, während Diane nachdachte. Sie war nicht dumm. »Wie komm ich hin?«

»Ruf Eddie von *Domino's Taxi* an. Er kennt den Weg. Das ist einfacher, als wenn ich versuche, es dir zu erklären.«

»Okay. Ich bin in fünfzehn Minuten da.«

»Fein. Sag Eddie, er soll's auf meine Rechnung setzen.« Ich legte auf.

Ich bereitete einen Shaker mit Stingers vor, füllte die Zigarettendosen auf und legte einige LPs auf den Plattenwechsler. Dann rauchte ich eine Zigarette. Es klingelte. Ich drückte den Öffner und Diane kam die Treppe hoch. Sie hatte es in zwölf Minuten geschafft. Ich half ihr aus dem Mantel. Ein Nachthemd war alles, was sie darunter trug. Ich musste laut lachen. Wir tranken die Stingers und gingen ins Bett.

Diane schlief friedlich neben mir. Hin und wieder schnarchte sie sanft. Ich lag wach. Im Kopf ging ich Alyces Geschichte von vorn bis hinten durch und untersuchte sie auf Schwachstellen. Die Gedanken an Alyce hielten mich vom Schlafen ab. Und das ärgerte mich. Schließlich nickte ich ein. Um 3.30 Uhr hatte ich das letzte Mal auf die Uhr gesehen.

Am Morgen weckte mich Diane. Sie stand in der Tür, trug meinen Hausmantel und der Saum schleifte über den Boden.

»Wie wär's mit Frühstück?« fragte sie.

Ich öffnete meine Augen.

»Sicher. Vier Spiegeleier, zwanzig Schinkenstreifen.«

»Was ist los – bist du nicht hungrig?« Sie ging in die Küche und ich ins Badezimmer. Als ich meine Armbanduhr anlegte, stellte ich fest, dass es Viertel vor acht war. Ich griff nach einem Handtuch und eilte in die Küche.

»Diane, du musst sofort gehen.«

»Vor dem Frühstück?«

»So schnell wie möglich. Ich hab völlig vergessen, dass heute früh die Putzfrau kommt.«

»Und?«

»Ich will nicht, dass sie dich sieht, das ist alles.«

»Okay, wenn du meinst, aber komisch finde ich das schon.«

Die Türklingel ging.

»Verdammt«, sagte ich, »das ist sie schon. Zu spät.« Ich drückte den Summer, aber statt Mrs. Wren kam der Chinamann mit meiner Wäsche die Treppe hoch. Ich nahm sie ihm ab und warf das Paket auf einen Sessel, nahm die Schlüssel für den Champion aus meiner Hosentasche und schob sie Diane hin.

»Hier«, sagte ich. »Nimm meinen Wagen. Ich komme am Abend vorbei und hole ihn.«

»Haben wir für heute Abend irgendwelche Pläne?« Sie zog ihren Mantel an.

»Geh schon. Hau ab. Wir sprechen uns heute Abend.« Ich gab ihr einen Abschiedskuss und sie ging die Treppe hinunter. Durch das Fenster konnte ich sehen, wie sie rückwärts die Ausfahrt hinausfuhr. Sie war eine gute Fahrerin. Plötzlich roch ich, dass der Schinken anbrannte, hastete in die Küche und schaltete den Herd ab. Im Ofen verbrannte der Toast. Ich warf das verkohlte Brot auf die Anrichte. Mrs. Wren öffnete mit ihrem Schlüssel und kam direkt in die Küche. Sie stand im Türrahmen, die dicken Hände über ihren beachtlichen Bauch gefaltet, und schüttelte ihre blaugrauen Locken.

»Ein Junggesellenfrühstück«, bemerkte sie. »Wann suchen Sie sich endlich eine Frau und führen ein anständiges Leben, Mr. Haxby?«

»Wenn ich jemanden wie Sie finde, heirate ich sofort.«

»Unsinn! In San Francisco gibt es eine Menge netter Mädchen, die ihre Schneidezähne hergeben würden, um Sie zu kriegen, Mr. Haxby.«

»Wer will ein Mädchen ohne Schneidezähne?«

»Los. Ziehen Sie sich an. Ich mach Ihnen Frühstück.«

»Fein. Wenn ich eine Frau hätte, Mrs. Wren, wissen Sie, was es dann zum Frühstück geben würde?«

»Anständiges Essen.«

»Nein, das nicht. Es gäbe Streit.«

Ich duschte und zog mich an, ließ mir Zeit dafür. Zu einem grauen Tweedanzug wählte ich einen grüngold gestreiften Binder. Ich musste erst mein Wäschepaket öffnen, bevor ich ein weißes Taschentuch mit grünem Rand in meine Brusttasche stecken konnte. Ich ging in die Küche.

Während ich die Würstchen und Spiegeleier verschlang, hielt Mrs. Wren eine endlose Tirade. Das war wie Musik für mich. Ich liebte es, wenn sie mit mir schimpfte. Es erinnerte mich an meine Mutter und an die Zeit, als ich noch ein kleiner Junge war. Solcherart Lärm war während meiner gesamten Kindheit in meine tauben Ohren gedrungen. Es war nett, ihn wieder mal zu hören.

»Also, Mrs. Wren. Sie finden ein Mädchen für mich und ich werde heiraten. Okay?«

»Ich kenne viele, keine Sorge. Kommen Sie einfach diese Woche in die Kirche. Ich werde Sie einigen netten Mädchen vorstellen.«

»Okay. Ich werde Sonntag da sein. Stellen Sie sie in einer Reihe auf.«

»Aaah! Zuallererst brauche ich Dynamit, um Sie in die Kirche zu kriegen.«

Ich mußte über sie lachen. Sie hatte irgendwie Charakter.

»Wie geht's Ihren Jungs, Mrs. Wren?«

»Gut. Sie schreiben mir. Nicht so oft, wie ich es gern

hätte, aber sie denken dran. Tommy ist in Tokyo und Daniel in Deutschland. Man sollte meinen, die Armee hält Brüder zusammen, finden Sie nicht?«

»Die Armee tut merkwürdige Dinge, Mrs. Wren. Mich hat sie sogar zum Captain gemacht.«

»Ich hab gar nicht gewusst, dass Sie in der Armee waren, Mr. Haxby. Das haben Sie mir nie erzählt.«

»Aber sicher. Ich zeige Ihnen ein Bild von mir in Uniform.« Ich ging ins Wohnzimmer, schloss die Schreibtischschublade auf und zeigte ihr das Foto, das gemacht wurde, als mir das DSC von Patton verliehen wurde. »Das bin ich.«

»Sie haben sehr stattlich ausgesehen in Uniform.«

»Yeah.« Ich legte das Foto zurück in die Schublade und trank noch eine Tasse Kaffee. Mrs. Wren war inzwischen bis zu den Ellenbogen ins Spülwasser eingetaucht. Ich nahm zehn Dollar aus der Brieftasche und legte sie auf das Regal.

»Hier. Schicken Sie Ihren Jungs ein paar Zigaretten. Sie haben wahrscheinlich genug zu rauchen, aber manchmal braucht man was extra.«

»Ist das auch in Ordnung?«

»Natürlich ist es das. Ihr Geld liegt in einem Umschlag auf dem Schreibtisch. Ich muss jetzt los.«

»Ich danke Ihnen, Mr. Haxby. Ich werde den beiden Jungs sagen, dass es von Ihnen kommt.«

»Machen Sie das.«

Ich verließ das Haus und ging drei Blocks zu Fuß, bevor ich ein Taxi fand, dass mich zur Arbeit brachte.

Kapitel 8

Ich hatte keine Lust zu arbeiten. Um Zeit totzuschlagen, setzte ich mich in einen der Wagen und hörte Radio. Seit einer Ewigkeit hatte ich keine Morgensendung mehr gehört. Das Programm war gut. Sie spielten nicht nur mehr Songs, sondern auch bessere.

Andy kam und zeterte rum, weil ich Radio hörte, ohne den Motor laufen zu lassen.

»Hör mal, Andy«, sagte ich, »auch wenn's dir nicht gefällt, behalt's für dich. Ansonsten verpasse ich dir eine noch dickere Lippe.«

Er ging weg und murmelte etwas. Ich sprang aus dem Wagen hinter ihm her und packte ihn beim Hemd.

»Was hast du gesagt?«

»Ich hab nichts gesagt, Mr. Haxby.«

»Ist auch besser so, Andy.« Ich ihn los. Meine Hand war voll Ölschmiere. »Einen Augenblick.« Ich zog ein sauberes Tuch aus seiner Tasche, wischte mir die Hand ab und gab es ihm zurück. Dann ging ich wieder zum Auto und setzte mich hinein. Auf der anderen Seite des Platzes sah ich plötzlich einen Mann. Ich schaltete das Radio ab und bequemte mich zu ihm, um zu sehen, was er wollte. Es war Stanley Sinkiewicz.

»So, so, Stanley. Haben Sie's sich überlegt?«

»Hallo, Mr. Haxby.« Auf seinem zerknitterten Gesicht lag ein scheues Grinsen. »Um ehrlich zu sein, ich spiele schon seit längerem mit dem Gedanken, mir einen Gebrauchtwagen zu kaufen. Hab es aber immer wieder verschoben.«

»Jetzt ist der richtige Zeitpunkt für einen Kauf. Nächsten Monat steigen die Preise. Der Staat, Sie wissen ja.«

»Das hab ich mir gedacht.«

»Sie haben richtig gedacht. Als Ruthie mir erzählt hat, dass Sie über einen Wagen nachdenken, habe ich gleich am nächsten Morgen einen für Sie zur Seite gestellt. Ich hätte ihn gestern schon zwei Mal verkaufen können.«

»Ruthie meint, Sie würden mir ein gutes Geschäft vorschlagen.« Er zögerte noch.

»Dafür sind Freunde da.«

»Ich weiß. Aber Geschäft ist Geschäft.«

»Dieser Laden gehört mir nicht.« Ich wurde vertraulich. »Ich arbeite hier nur. Es ist nicht mein Geld.« Ich zwinkerte und stieß ihm in die Rippen.

»Ich weiß, was Sie meinen.« Er lachte. »Was ist es für einer?« Er rieb sich die Hände.

»Kommen Sie mit.« Ich führte ihn zur vierten Reihe, wo die Krücken standen, präsentierte ihm den Essex, den ich von fünfundsiebzig auf zweihundertfünfzig hochgesetzt hatte. Er bewunderte das alte Vehikel. Dann bemerkte er den Preis und schüttelte den Kopf.

»Kann ich mir nicht leisten, Mr. Haxby. Das ist zu viel.«

Ich blickte mich um, ob irgendjemand herübersah. Niemand. Ich strich die fünfzig auf der Windschutzscheibe aus.

»Bitte, Stanley. Zweihundert. Und was mich betrifft, zur Hölle mit meiner Provision. Geben Sie mir einhundertachtzig und Sie können ihn vom Platz fahren.«

»Das ist ein gutes Geschäft.«

»Sicher ist es das.«

»Okay. Ich kaufe ihn.«

Er zog eine altmodische Brieftasche aus der Hose und öffnete sie. Sie platzte buchstäblich vor Zehnern und Zwanzigern. Irgendwie überraschte es mich nicht. Er zählte einhundertachtzig Dollar ab und reichte sie mir. Die Brieftasche verlor kaum an Umfang. Wir gingen ins Büro und füllten die Papiere aus. Danach brachte ich ihn zurück zum Essex und zeigte ihm, wie man ihn anließ. Stanley benahm sich wie ein Sechsjähriger mit einer neuen elektrischen Eisenbahn.

»Russell«, sagte er (nach dem erstklassigen Geschäft befand ich mich nun in der Vornamen-Etage.) »Ich möchte Sie um etwas bitten. Wenn Ruthie fragt, was ich für den Wagen bezahlt habe, wäre es mir lieb, wenn Sie einhundert Dollar sagen würden.«

»Warum?«

»Tun Sie mir den Gefallen.«

»Klar. Warum nicht.«

»Ich wäre Ihnen dankbar. Sie tun mir damit wirklich einen Gefallen. Noch einen.« Er tätschelte das Lenkrad.

»Gern geschehen.«

»Warum gehen wir vier nachher nicht gemeinsam essen?«

»Gute Idee.«

»Geht auf meine Rechnung«, fügte er hinzu.

»Fein. Gegen acht drüben in der Wohnung?«

»Das passt gut. Ich werde früher da sein und den Schwachkopf in ein Kino verfrachten, damit er aus dem Weg ist.« Sein verknautschtes Gesicht nahm einen verschwörerischen Ausdruck an. »Ich nehme an, Sie wissen über den Schwachkopf Bescheid.«

»Sicher.«

»Ich wollt nicht mit der Tür ins Haus fallen, aber Sie hätten es so oder so herausgefunden.«

»Keine Sorge, ich weiß alles über ihn.«

»Gut. Dann sehen wir uns heute Abend.«

Er fuhr den Schrotthaufen vom Platz.

Nie hatte ich leichter einen Hunderter verdient. Was Ruthie nicht wusste, bereitete ihr auch kein Kopfzerbrechen. Und sollte sie mich fragen, was der Essex gekostet hatte, würde ich ihr zuzwinkern und meinen Mund halten.

Aus dem *Thrifty's* rief ich Alyce an und erzählte ihr von der Einladung zum Essen. Sie schien darüber nicht begeistert zu sein.

»Ich kann Salvatore nicht allein lassen.«

»Stanley sagt, er bringt ihn ins Kino. Mach dir keine Sorgen.«

»In Ordnung. Schließlich kann ich doch nicht zulassen, dass mich Salvatore mein Leben lang festnagelt. Oder?«

»Ich hoffe nicht. Wir sehen uns gegen acht.« Ich legte auf.

Tad Tate fuhr seinen MG auf den Parkplatz und wir sprachen eine Weile über das Geschäft. Ich erzählte ihm, dass ich den Essex für einhundertachtzig verkauft hatte, und er lachte sich halb tot.

»Du bist ein Spitzbube und ich liebe dich«, sagte er.

Wir knobelten eine halbe Stunde und Tad luchste mir neun Dollar ab. Er bot mir einen Drink bei sich im Hotel an und ich sagte Madeleine, dass wir für eine Weile weg sein würden. Wir fuhren in sein Hotel und so konnte er mir das neue Alpakajackett zeigen, das er von seinem Schneider hatte anfertigen lassen.

»Wo ist die Weste, Tad?« fragte ich ihn.

»Hat jemals einer etwas von einer Alpakaweste gehört?« Er lachte. Ein schleimiges Lachen. Hinterher musste er immer spucken. Während er zum Spucken ins Badezimmer ging, mixte ich für ihn einen Scotch mit

Soda und mir einen Gin Tonic. Er hatte ein nettes Zimmer. Das Hotelmobilar war entfernt worden, und ein guter Dekorateur hatte es neu eingerichtet. Zwar nicht so modern wie meine Wohnung, aber gemütlich, und es passte zu seiner Persönlichkeit. Ich hatte Tad mal gefragt, warum er so gern im Hotel lebe und er hatte geantwortet, wegen der Sicherheit. Konnte man ihm nicht verdenken. Irgendwann würde ich genauso reich sein; dann würde auch ich aus Sicherheitsgründen lieber in einem Hotel leben.

Wir nahmen den Drink, und dann fuhr ich zurück. Den Lunch ließ ich ausfallen und redete den ganzen Nachmittag auf Kunden ein. Ich machte keine Abschlüsse, tat aber ein paar potenzielle Käufer auf. Um halb fünf bat ich Madeleine abzuschließen und nahm die Schlüssel für den einzigen Lincoln Continental, den wir da hatten, vom Brett. Der beste und schönste Wagen, der je gebaut wurde. Sollte ich je ein Auto kaufen, dann dieses.

Zu Hause angekommen, hatte ich noch viel Zeit und ich nutzte sie. Ich ließ mich in der Badewanne aufweichen und las dabei das *Time-Magazine*. Dann zog ich mich sorgfältig an, entschied mich für einen grauen Nadelstreifenanzug und ein blaues Hemd mit einer dunklen, blaugold gestreiften Krawatte. Nach dem Anziehen las ich die *Times*, danach brütete ich über ein paar Schachzügen. Die zweite Aufgabe nahm mich völlig in Beschlag, und als ich auf die Uhr sah, war es Viertel nach acht.

Ich fuhr zu Alyces Wohnung und parkte in ihrer Garageneinfahrt. Sie warteten auf mich: Stanley in zerknittertem Anzug, Ruthie in einem mit Perlen besetzten Kleid und Alyce, wundervoll in ihrem rosa Trägerrock mit einer Wildlederbluse, die sie mehr als einen Wochenlohn gekostet haben dürfte. Auf dem Tisch stand ein Shaker mit Martinis und ich goss mir ein. Zur Abwechslung schmeckte er halbwegs anständig.

»Ich muss mich entschuldigen, dass ich zu spät bin«, sagte ich. »Aber es gab ein paar Probleme, die erst in der letzten Minute aufgetaucht sind.«

»Das Auto ist klasse«, sagte Ruthie.

»Es ist alt«, sagte ich, »aber es wird Stanley gute Dienste leisten.«

»Es ist kein schlechter Wagen«, sagte Stanley.

»Wohin gehen wir, Stanley? Ich bin hungrig,« sagte ich.

»Suchen Sie was aus, Russell. Geht auf meine Rechnung. Wohin Sie möchten.«

»Wie wär's mit *Antonio's*? Mögt ihr italienisches Essen?«

»Ich liebe es«, sagte Ruthie.

Stanley und Ruthie gingen die Treppe hinunter. Ich blieb zurück, um Alyce zu küssen. Dabei verwischte ich ihren Lippenstift, und als sie in ihr Schlafzimmer ging, um ihn neu aufzutragen, folgte ich ihr und sah mir das Zimmer an, in dem Salvatore angeblich schlief. Sie hatte mir die Wahrheit gesagt. Unten saßen Stanley und Ruthie bereits im Essex, aber ich überredete sie, in den Lincoln umzusteigen. Ich wollte sichergehen, dass wir bei *Antonio's* ankommen.

Antonio verbeugte sich vor mir – wie immer – und gab uns einen guten Tisch. Für Alyce bestellte ich einen Salat ohne Dressing, dann wandte ich mich an Ruthie und Stanley.

»Ich schlage vor, wir lassen das Dinner von Antonio zusammenstellen. Was meint ihr dazu?«

Stanley nickte ernst. Ruthie war sich nicht so sicher.

»Der Laden sieht aus wie eine Spelunke.«

»Ich werde Ihnen ein gutes Dinner servieren, keine Sorge.« Antonio gefiel der Witz über die Spelunke überhaupt nicht. Er verließ uns schnaubend.

»Sie haben seine Gefühle verletzt, Ruthie«, sagte ich.

»Zur Hölle mit dem Schmalzkopf. Können wir jetzt einen Drink haben oder nicht?«

Ich winkte dem Kellner und bestellte die Drinks. Es war ein exzellentes Dinner. Minestrone, Ravioli, Huhn, warmes Knoblauchbrot und ein heißer Ahornsiruppudding zum Dessert. Alyce sah uns wehmütig zu, als wir drei ihn vertilgten. Ich orderte Brandy für alle, und als er gebracht wurde, goss ich meinen in den Kaffee.

»Ich kümmere mich um den Kellner, Stanley«, sagte ich. »Er ist ein feiner Kerl.« Ich warf fünf Dollar auf den Tisch. Er blickte befremdet auf das Trinkgeld und wartete besorgt auf die Rechnung. Ich beobachtete sein Gesicht, als er sie studierte. Ihm fiel die Kinnlade herunter. Ich konnte nicht sehen, wie viel es war, aber ich wusste, es mussten beinahe dreißig Dollar sein. So war es auch. In Ruthies Augen blinkte das TILT-Zeichen auf, als Stanley seine altmodische Brieftasche öffnete und widerwillig drei Zehndollarscheine auf den Tisch legte. Der Kellner nahm sie zusammen mit meinen fünf Dollar, und brachte kein Wechselgeld.

Wir gingen.

Die beiden auf dem Rücksitz bildeten ein ziemlich stummes Paar, als wir zurück zur Wohnung fuhren. Sie stiegen aus dem Auto, und ich dankte Stanley für das

Dinner. Er grunzte und stieg in den Essex. Ruthie küsste mich auf die Wange.

»Vielen Dank, dass Sie mir die Augen geöffnet haben«, sagte sie. Sie stieg zu Stanley ins Auto und er fuhr los. Er würde Mühe haben, ihr zu erklären, woher er die Brieftasche voller gefalteter Scheine hatte. Ich sagte zu Alyce: »So, Baby, wohin möchtest du? Der Abend fängt erst an.«

»Ich glaube, ich gehe besser zu Bett. Es war ein furchtbarer Tag und ich bin einfach nur tot.«

»Okay.« Ich küsste sie einige Male, aber es machte überhaupt keinen Spaß. »Liebst du mich?«

Schwer zu sagen.

»Oh, ja! Ich liebe dich mehr als alles andere auf der Welt.«

Schwer zu glauben.

»Ich nehme an, du bist einfach todmüde.«

»So ist es, ehrlich.« Sie seufzte. »Ich könnte hier sitzen bleiben und die ganze Nacht reden, aber ich muß ins Bett.«

Ich beugte mich zur Beifahrertür.

»Gute Nacht, Baby.« Sie stieg aus, schloß die Haustür auf und verschwand. Ich sah, wie oben die Lichter angingen. Ich ließ den Motor und fuhr weg. Nachdem ich um den Block gefahren war, parkte ich etwa fünfzig Meter weiter oben an der Straße und machte die Scheinwerfer aus.

Ich musste nicht lange warten.

Alyce kam aus dem Haus, stieg in ihren Chevy und fuhr in die Stadt. Ich folgte ihr. Sie parkte auf der Market und ging ins Paramount-Kino. Ich fuhr an ihrem Wagen vorbei, hielt ein paar Autos weiter in zweiter

Reihe und sah aus dem Rückfenster. Kurz darauf kam sie aus dem Kino, Salvatore an der Hand. Mit seiner anderen Hand gestikulierte er wild, offensichtlich nicht sehr glücklich darüber, aus dem Film gezerrt zu werden. Sie stiegen in ihren Wagen. Ich folgte ihnen, und diesmal fuhren sie direkt nach Hause.

Irgendetwas musste mit Salvatore geschehen.

Kapitel 9

Am nächsten Morgen begann ich, die empfindsamen Windungen meines Gehirns warm laufen zu lassen. Ich hatte gut geschlafen und schlürfte meine dritte Tasse Kaffee. Das Radio lief, und ich hörte mir Don McNeil's *Third Call To Breakfast* an. Die Sonne schien, es war ein wunderschöner Tag.

Ich rief bei der Arbeit an. Madeleine meldete sich.

»Ist Tad da?«

»Machst du Witze?«

»Okay, wenn er auftaucht, sag ihm, dass ich heute nicht komme.«

»Hattest du eine schlechte Nacht, Mr. Haxby?« fragte sie süß.

»Das geht dich nichts an.« Ich legte auf.

Ich ging zum Schreibtisch und schloss ihn auf. Ich wusste, irgendwo zwischen den Stapeln von Papieren, Fotos, Theaterprogrammen, Rechnungen und anderem Mist würde ich meinen Büchereiausweis finden. Nach über einer Stunde hielt ich ihn auch in der Hand. Ich fand außerdem meinen Mitgliedsausweis der Legion und anderer Veteranen-Organisationen. Nach meinem Ausscheiden aus dem Armeedienst war ich jeder Veteranen-Organisation beigetreten, die mich aufnahm. Ich wollte sichergehen, dass meine Rechte als Veteran gewahrt wurden. Allerdings musste ich feststellen, dass keine dieser Organisationen von irgendeinem Nutzen waren, aber es kostete auch nicht viel. Ich steckte meinen Legionsausweis in ein Fach meiner Brieftasche und schob den Büchereiausweis in meine Hemdtasche.

Die Pittman-Schiffsbau-Gesellschaft fand ich im Telefonbuch. Wie ich vermutet hatte, befand sich die Zentrale in der Stadt und nicht an den Docks. Ich notierte die Adresse und verließ die Wohnung. Da ich keine Lust auf Parkplatzsuche in der Innenstadt hatte, ließ ich den Lincoln stehen. Die Sonne fühlte sich gut an auf meinem Rücken, als ich den Hügel hinunterspazierte. Vier Blocks genügten mir, dann nahm ich ein Taxi. Der Fahrer hielt an der Market und ließ mich aussteigen, als ich ihm auf die Schulter tippte. Um zum Pittman-Büro zu gehen, war es noch zu früh, deswegen vertrieb ich mir die Zeit mit Einkäufen. Ich kaufte einen Stapel Hemden in leuchtenden Farben, Socken und einen neuen Hut. Den Hut setzte ich gleich auf und verabredete, dass man mir den Rest nach drei Uhr in die Wohnung lieferte.

Die Büros der Pittman-Werft befanden sich im siebten Stock des Lazrus Buildings. Sie waren erstklassig eingerichtet, dicke Teppichböden und aktuelle Magazine auf den Tischen. Die Empfangsdame, eine Wasserstoff-Blondine vor einer Telefonanlage, lächelte mir entgegen.

»Guten Morgen, Sir«, sagte sie.

»Wenn möglich, würde ich gern den Chef sprechen.«

»Mr. Callahan?«

»Genau.«

»Haben Sie einen Termin?« Sie sah auf ihren Kalender.

»Nein. Aber ich werde ihm nicht viel Zeit stehlen. Ich bin der Vorsitzende des Legion-Unterwanderungs-Komitees.«

Sie starrte mich eine Sekunde lang an, und ich zeigte ihr meine Legion-Mitgliedskarte. Sie studierte sie genau und verschwand dann hinter einer Tür, auf der PRIVAT stand. Ich musste nicht lange warten. Sie kehrte zurück und lächelte wieder.

»Mr. Callahan empfängt Sie in wenigen Minuten. Er telefoniert noch.«

Ich zündete mir eine Zigarette an und sah ihr zu, wie sie Papiere hin- und herschob, bis das Telefonat beendet war. Sie öffnete die Tür mit dem Schild PRIVAT und schloss sie hinter mir. Mr. Callahan, ein fleischiger, rotgesichtiger Mann um die Fünfzig stand auf, als ich eintrat.

»Russell Haxby«, sagte ich, und wir gaben uns die Hand. Er wies mit der Hand auf einen Stuhl.

»Setzen Sie sich, Mr. Haxby. Sie sind vom Legion-Unterwanderungs-Komitee? Stimmt das?«

»Ja. Ich bin der Vorsitzende. Ich weiß, dass Sie sehr beschäftigt sind und ich will Ihre Zeit nicht zu sehr in Anspruch nehmen, aber diese Sache ist von größter Wichtigkeit für Sie. Und, wenn ich das hinzufügen darf, für die gesamte Nation.«

»Ja?« Ich hatte seine Aufmerksamkeit.

»Es geht um einen Ihrer Angestellten.«

»Einen der Pittman-Angestellten?« Er begriff schnell.

»Genau. Ein gewisser Salvatore Vitale.«

»Oh ja.« Er sah an die Decke. »Ich weiß alles über ihn. Ein sehr trauriger Fall. Früher stand er ziemlich weit oben in der Firmenhierarchie.«

»Das ist uns bekannt. Uns ist außerdem bekannt, dass er 1937 Mitglied der Kommunistischen Partei wurde.« Er löste seinen Blick hastig von der Decke und sah mich scharf an.

»Salvatore Vitale?«

»Genau. Wir haben uns gedacht, dass Sie davon nichts wissen.«

»Aber ich kenne Vitale seit Jahren. Haben Sie einen eindeutigen Beweis?«

»Unglücklicherweise nicht.« Ich zwang mich zu einem dünnen Lächeln und schüttelte betrübt den Kopf. »So sind diese Vögel nun mal. Es ist fast unmöglich, sie abzuschießen. Wir puzzeln die Informationen Stück für Stück zusammen, aber wenn wir mal einen – wie Sie es nennen – eindeutigen Beweis brauchen, laufen wir gegen eine Wand. Unsere Gesetze, Mr. Callahan, sind gemacht, um Unschuldige zu schützen. Aber sie schützen auch Schuldige.«

Wieder schüttelte ich betrübt den Kopf.

»Ich wünschte nur, ich könnte Ihnen einige unserer Akten zeigen, Mr. Callahan. Mein Gott! Das würde Ihnen die Augen öffnen. Alles, was ich sagen kann, ist das: Wir haben verschiedene Anhaltspunkte, die auf Vitale hinweisen, und sie reichen zurück bis ins Jahr 1937. Ich bin kein offizieller Repräsentant der Regierung. Ich bin ein Legionär und die Legion kann lediglich den Arbeitgeber sensibilisieren bezüglich bestimmter Informationen, die wir besitzen. Das ist nicht mehr, als jede anständige Organisation tun kann. Wenn Sie Mr. Vitale weiter beschäftigen möchten, nachdem Sie nun wissen, was ich Ihnen erzählt habe – nun, dann ist das allein Ihre Entscheidung.«

Ich erhob mich. Es war das Beste, es dabei zu belassen.

»Sie geben uns nicht gerade viel, um tatsächlich etwas unternehmen zu können, Mr. Haxby ... «

»Das tun die auch nicht, Mr. Callahan!« Ich sah ihm direkt in die Augen, drehte mich auf dem Absatz um, ging zum Fahrstuhl und drückte auf den Knopf. Ich konnte seine Blicke auf meinem Rücken fühlen. Als sich die Aufzugtür öffnete, hörte ich, wie er die blonde Sekretärin bat, ihm ein Glas Wasser zu bringen.

Ich nahm ein Taxi zur Stadtbücherei. Es gab da etwas, was ich nachlesen wollte.

Ich fand die Bücher, die ich suchte, und setzte mich. Rauchen war nicht erlaubt. Ich mochte das Muffige dieses Raumes und die gelehrten Gesichter der Leute an meinem Tisch nicht. Meine Bücher waren ziemlich schwer, aber ich trug sie zum Tresen. Die Bibliothekarin schaute von ihrem Stapel Indexkarten zu mir hoch. Hinter ihrer dicken Brille wirkten ihre Augen wie die Glasaugen einer Puppe.

»Ich möchte diese bitte ausleihen«, sagte ich.

Sie warf einen Blick auf die Bücher, schüttelte den Kopf. Ich bemerkte, dass ihr Haar fettig und voller Schuppen war.

»Ich bedauere, nein, Sir«, sagte sie. »Diese Bücher dürfen die Bücherei nicht verlassen. Wir haben keine Duplikate und müssen sie als Nachschlagewerke hier behalten.«

Ich lächelte, öffnete meine Brieftasche und legte zehn Dollar auf den Tresen.

»Schauen Sie, Miss. Ich schreibe an meiner Dissertation, die ich nächste Woche fertig haben muss. Wie wäre es, wenn Sie dieses eine Mal eine Ausnahme machten?«

Sie faltete den Zehndollarschein zusammen und auseinander. Es war eine schwere Entscheidung für sie. Aber sie machte eine Ausnahme.

»Wo ist Ihre Karte?« fragte sie. Ich zog sie aus meiner Hemdtasche und ließ sie auf den Tresen fallen. Nachdem sie die Bücher eingetragen hatte, verließ ich die Bücherei, rief ein Taxi und fuhr nach Hause.

Den Rest des Nachmittages studierte ich die dicken medizinischen Bücher. Es gab eine kleine Unterbrechung, als die gekaufte Ware geliefert wurde, doch den Rest der Zeit verbrachte ich mit konzentrierter Lektüre. Gegen fünf Uhr nachmittags konnte ich mich im Großen und Ganzen als Experten für progrediente Demenz, galoppierende Paresis und progressive Paralyse bezeichnen. Wenn ich in Betracht zog, was ich in den medizinischen Texten entdeckt hatte, war das, was Alyce mit Salvatore erreicht hatte, sehr bemerkenswert. Doch auch wenn er auf dem Weg der Besserung war, würde es einen Rückfall geben. Das lag auf der Hand. Es war nur eine Frage der Zeit.

Es war mir überlassen, das zu beschleunigen.

Der richtige Ort für diesen Kerl war sowieso eine Anstalt. Er sollte nicht frei in San Francisco herumlaufen und mein Liebesleben behindern.

Im Kühlschrank fand ich zwei tiefgekühlte Blätterteigtaschen mit Hähnchen und schob sie in den Ofen. Ich kochte Kaffee und machte mir einen Salat. Nach dem Abendessen nahm ich einen Drink und eine Zigarette und streckte mich auf der Couch aus. Das Telefon riss mich aus einem tiefen, traumlosen Schlaf. Ich zwang mich, wach zu werden, und nahm ab. Es war Alyce.

»Oh, Russell, ich bin so froh, dass du da bist! Können wir uns sofort treffen?«

»Natürlich. Was ist los? Du klingst aufgeregt.«

»Ich werd's dir erzählen, wenn wir uns sehen. Ich rufe von zu Hause an. Wo wollen wir uns treffen?«

»In einer Viertelstunde bei *Sammy's* in der Powell Street. Weißt du, wo das ist?«

»Ich denke, ich werde es finden.«

»Gut. Fünfzehn Minuten.« Ich legte auf.

Ich zog mich aus, duschte und sang *Old Man River*. Manchmal, wenn ich unter der Dusche singe, klingt meine Stimme sehr nach Billy Eckstine. Das liegt am Echo. Ich hatte keine Eile. Alyce würde mindestens fünfzehn Minuten brauchen, um *Sammy's* zu finden, und noch einmal fünf Minuten für einen Parkplatz in diesem überlaufenen Stadtteil.

Ich wählte meine Garderobe sorgfältig aus, Abstufungen von Grau, veredelte meine Erscheinung mit einem grauen Homburg und dazu passenden Handschuhen aus Rehleder. Ich sah aus wie ein Mann auf dem Weg nach Washington, um einen Fall vor dem Obersten Ge-richtshof zu verhandeln. Bevor ich die Wohnung verließ, entzündete ich ein Räucherstäbchen und machte die rote Lampe über dem Radio an. Es sollte exotisch aussehen und duften, wenn ich Alyce später in die Wohnung brachte.

Ich schloss das Verdeck des Continentals und fuhr Richtung Innenstadt zur Powell Street.

Kapitel 10

Nach acht in der Powell Street einen Parkplatz zu finden ist nicht einfach. Eine Viertelstunde kurvte ich herum und hielt schließlich, einen Block von *Sammy's Bar & Grill* entfernt, halb im Parkverbot. Ich ging den Hügel herunter zu *Sammy's* und blieb kurz am Eingang stehen, um die Regenbogenforellen zu beobachten, die im Aquarium herumschwammen. Wenn man bei *Sammy's* Forelle bestellt, kann man sicher sein, dass sie frisch sind.

Alyce saß in einer Sitznische, trug ihr rotes Kostüm und umgab sich mit einem Hauch von Reserviertheit. Sie sah mich nicht und ich betrachtete sie bewundernd von dem Torbogen aus, der die Bar vom Restaurant trennte. Sie zeigte die vollkommenste Haltung, die ich je gesehen hatte. Die pralle Brust stolz hervorstreckt, das Kinn herrisch erhoben. Ich schlüpfte auf den Sitz ihr gegenüber. Der Raum war dezent beleuchtet und sie blickte streng zu mir herrüber.

Ich nahm meinen Hut ab und legte ihn auf den Sitz neben mir.

»Oh, eine Sekunde lang habe ich dich nicht erkannt. Ich dachte, du wärst Dean Acheson.« Sie lächelte sanft.

»Hast du schon was bestellt?«

»Nein. Ich habe der Bedienung gesagt, ich warte auf jemanden.«

»Fein.« Ich winkte dem Kellner.

Er huschte zum Tisch und versuchte, mir die Speisekarte in die Hand zu drücken.

»Nein, danke«, sagte ich. Einen Gin pur und eine Pink Lady.«

Er verschwand.

»Was ist eine Pink Lady?« fragte Alyce.

»Trink sie und du wirst schon sehen. Nun, was hat es mit dieser Geheimniskrämerei auf sich?«

»Russell, es ist schrecklich. Heute Abend bin ich total erledigt nach Hause gekommen. Ich erinnere mich nicht, je so hart gearbeitet zu haben. Ruthie war nicht da, und Salvatore saß im Wohnzimmer, völlig im Dunkeln, und schrie wie ein Baby.«

»Du meinst, er hat geheult?«

»Wie ein Kind. Das hat mich ziemlich aufgeregt. Er ist in letzter Zeit so gut vorangekommen. Du musst wissen, dass ich vor zwei Wochen bei der Werft war und den Vorarbeiter gefragt habe, wie er sich so macht. Ich wollte wissen, ob Salvatore gut arbeitet. Der Vorarbeiter war sehr nett und sagte mir, dass Salvatore härter arbeite als jeder andere. Er war sehr zufrieden mit ihm. Natürlich kann er ihm keine komplizierten Aufgaben übertragen, aber die Arbeit, die er macht, macht Salvatore sehr gut.«

Der Kellner kam mit den Drinks und ich legte einen Dollar auf den Tisch.

Er räusperte sich. Es war nicht genug, also gab ich ihm noch einen.

Er ging.

»Was ist geschehen?«

»Das ist es ja, was ich nicht genau weiß. Erst konnte ich aus Salvatore überhaupt nichts herausbekommen. Dann gab er mir seinen Gehaltsscheck. Es überraschte mich, weil ich mit der Firma verabredet hatte, dass man die Schecks auf mich ausstellt und sie mir schickt. Ich habe befürchtet, er würde sie auf dem Weg nach Hause verlieren, verstehst du? Als er wieder anfing zu arbeiten, konnte er nicht mal seinen Namen schreiben.«

»Ich wusste nicht, dass so etwas möglich ist.«

»Davon verstehe ich nichts, aber sie haben's gemacht, nachdem ich mit ihnen gesprochen habe. Aber dieser Scheck war auf Salvatore ausgestellt und es stand Abschlag darauf. Es war das Geld für diese Woche und zwei weitere.«

»Sie haben ihm einfach gekündigt, das ist alles.«

»Das weiß ich jetzt auch. Aber weshalb?«

»Warum rufst du nicht an und fragst sie?«

»Ich habe angerufen. Ich habe mit seinem Vorarbeiter gesprochen und der hat gesagt, er dürfe es mir nicht sagen. Er hat gesagt, es tue ihm Leid, aber er wolle auch unter keinen Umständen, dass Salvatore noch einmal vorbeikomme.«

»Das ist wirklich ungewöhnlich. Meinst du, Salvatore ist ausgerastet und hat sich mit jemandem angelegt? Er ist ein kräftiger Mann.«

»An so was hab ich auch gedacht. Es ist ja bekannt, dass Leute einen wie ihn gern aufs Korn nehmen. Aber der Vorarbeiter hat nichts davon erwähnt.«

»Merkwürdig ist es auf alle Fälle«, sagte ich und trank den Gin in einem Zug, um nicht lachen zu müssen.

Alyce stiegen Tränen in die Augen, aber sie wischte sie schnell fort. Sie nippte an ihrem Drink. Er war zu süß für sie, sie verzog die Lippen. Ich zündete zwei Zigaretten an und reichte ihr eine.

»Komm schon, Alyce«, sagte ich, »reiß dich zusammen. Ich glaube nicht, dass es etwas Ernstes ist. Vielleicht wurde er dem Vorarbeiter gegenüber pampig oder jemand hat sich darüber beschwert, dass er mit ihm arbeiten musste. Es ist nichts, worüber man sich Sorgen machen muss.«

»Es ist mir eigentlich auch egal. Ich meine, es kümmert mich schon, aber ich weiß nicht, was ich jetzt mit Salvatore machen soll.«

»Es gibt andere Jobs.«

»Du verstehst nicht, Russell. Er ist ein kranker Mann und braucht Sicherheit. Sicherheit, indem er jeden Tag dasselbe tut, die selben Dinge am selben Platz findet, Tag für Tag. Er kann nicht wie jeder normale Mensch von einem Job zum anderen wechseln. Deshalb habe ich diese teure Wohnung behalten, um ihm das Zuhause zu erhalten. Und ich muss drei Schlafzimmer haben. Jetzt werde ich zur Arbeit gehen und er wird zu Hause sein, ohne dass jemand auf ihn achtet. Ich hab keine Ahnung, was ich tun soll.«

»Was ist mit Ruthie? Ist sie nicht da?«

»Sie war häufig zu Hause, aber neuerdings muss sie öfter arbeiten, und Geduld hat sie sowieso keine mit ihm. Die ganze Zeit streiten sie. Er lässt sich ungern was von ihr sagen – es ist eine Katastrophe.«

Sie zog heftig an ihrer Zigarette.

»Es gibt da noch etwas Wichtigeres, Alyce. Was ist mit uns?«

»Ja, was ist mit uns?« wiederholte sie bitter. »Hier bin ich und lade meinen ganzen Ärger bei dir ab. Das macht mich bestimmt attraktiv, stimmt's?« Sie unternahm einen kläglichen Versuch zu lächeln. »Russell, ich liebe dich mehr als irgendjemand sonst auf der Welt und könnte es nicht ertragen, dich zu verlieren. Bitte versuche meine Lage zu verstehen.«

»Ich verstehe es und finde, du verhältst dich einfach großartig.«

»Sag das nicht. Ich verhalte mich nicht großartig, ich

sitze in der Falle. Aber da muss ich selbst heraus. Es ist nicht fair, dich hineinzuziehen.«

»Es betrifft auch mich. Wir werden gemeinsam einen Ausweg finden. Schau, Alyce, dein ganzes Leben ist eine Lüge. Du musst der Welt erzählen, du seist nicht verheiratet und die Fassade wahren, und dann kommst du abends nach Hause und wirst mit einer unmöglichen Situation konfrontiert. So kannst du nicht weitermachen, und das weißt du. Du hast ein Recht auf ein normales, glückliches Leben, wie andere Frauen.«

Nun schlug ich einen neckenden Ton an.

»Da bist du, eine junge Frau, und du verschwendest deine ganze Zuneigung, die mir gehören sollte, an drei Katzen, einen Hund und einen Verrückten.«

Sie lachte.

»Du hast eine Art, die Dinge zu sehen.« Sie schüttelte den Kopf. »Hast du je eine Frau wie mich getroffen, Russell?«

»Wenn ich ehrlich bin, nein.«

»Glaubst du, du könntest dich an mich gewöhnen?«

»Es ist nicht schwer, sich an dich zu gewöhnen. Weißt du warum?«

Ihr Kopfschütteln war nur zu erahnen. Ich sagte es einfach und aufrichtig.

»Weil ich dich liebe. Darum.«

Das wirkte. Die Tränen in diesen großen, braunen Augen begannen nun ungehemmt zu fließen. Ich reichte ihr mein Taschentuch. Sie tupfte sich die Augen und putzte sich die Nase mit einem kultivierten Schneuzen.

»Darling, Darling«, sagte sie. »Trotz allem ist das Leben ziemlich schön, oder?«

»Natürlich ist es das.« Ich schlüpfte aus der Sitznische.

»Du musst diese Pink Lady nicht trinken. Ich besorge uns etwas anderes.« Ich ging zur Bar und sagte dem Barkeeper, man möge uns zwei Gibsons bringen. Im Spiegel der Bar beobachtete ich, wie Alyce ihre Contenance wiederherstellte. An der Wand stand eine Magic Voice Jukebox. Ich ließ einen Vierteldollar in den Schlitz fallen und wartete auf die magische Stimme.

»Sie haben drei Wahlmöglichkeiten«, informierte mich die Jukebox.

»Spiel drei Mal *Claire de Lune.*«

»Danke, Sir.« Die Stimme schaltete sich ab und die vertraute Klaviermusik begann den Raum zu füllen. Es klang wie *Iturbi.* Ich hätte um Erroll Garner bitten sollen. Ich kehrte zurück zum Tisch. Alyce hatte ihr Gesicht geschminkt und sah aus, als wäre sie Harper's Bazaar entstiegen. Sie strahlte. Die Drinks kamen. Ich gab dem Kellner fünf Dollar und bat ihn, fünf Minuten später dasselbe nochmal zu bringen.

»Auf uns, Alyce.«

»Auf uns!« Wir leerten die Gläser in einem Zug.

Ihren notorisch leeren Magen mussten zwei große Gibsons butterweich machen. Ich zündete wieder zwei Zigaretten an, und wir schwiegen, sahen uns zärtlich in die Augen und lauschten *Claire de Lune.* Die zweite Fuhre Gibsons kam.

»Auf uns«, sagte ich wieder.

»Besser nicht. Ich muss nach Hause. Salvatore und die Katzen hatten noch nichts zum Essen.« Sie war wieder zurück auf dem Boden der Vernunft.

»Mach schon, trink aus. Er ist bereits bezahlt.«

»Trink du ihn, Darling.« Sie tätschelte meine Hand. »Ich muß gehen.«

»Wie du willst.« Ich trank beide Gibsons. »Warum gehst du nicht? Du hast gesagt, du musst gehen, warum gehst du dann nicht?«

»Du bist nicht sauer auf mich, oder, Darling?«

»Nein. Geh schon. Du hast gesagt, du musst gehen. Also geh.«

»Ich kann es nicht ertragen, wenn du böse auf mich bist.«

Widerwillig stand sie auf. Ich sah ihr nach, wandte meine Augen nicht von ihr ab, als sie am Torbogen stehen blieb. Sie wollte zurückkommen, aber sie tat es nicht. Die Pflicht rief.

Sie verschwand.

Ich rief den Kellner herüber.

»Habe ich Ihnen nicht vor einer Weile fünf Dollar gegeben?«

»Ja, Sir.«

»Wo zur Hölle ist dann mein Wechselgeld?«

»Verzeihung, Sir. Ich dachte ... «

Er wurde rot bis zu den Haarwurzeln.

»Es interessiert mich nicht, was Sie dachten. Geben Sie mir mein Wechselgeld.«

Er griff in seine Tasche und legte einen Dollar auf den Tisch.

»Behalten Sie's«, sagte ich.

»Ich will's nicht.«

Ihm versagte die Stimme. Sein rotes Gesicht wurde bleich.

»Sie sind nicht zu stolz, um zu stehlen, aber zu stolz, um zu betteln. Ist es das?« Er verließ den Tisch mit steifem Schritt. Ich ließ den Dollar auf dem Tisch liegen und ging.

Am Lincoln klebte ein Strafzettel. Wegen Parkens im Halteverbot. Ich zerriss ihn und warf die Fetzen auf die Straße. Die Polizei würde verdammte Mühe haben, den Besitzer zu finden. Und dann würde der Wagen schon verkauft sein.

Obwohl es noch früh war, fuhr ich nach Hause.

Die Wohnung roch nach Räucherstäbchen. Mir fiel Diane ein.

Ich sah das Telefonbuch durch und fand Andys Privatnummer. Ich wählte sie.

»Andy«, sagte ich, als er sich meldete. »Ich habe gestern einer Kundin einen Champion überlassen. Sie will ihn doch nicht kaufen. Hol ihn morgen als Erstes von ihrer Wohnung ab.«

»Okay, Mr. Haxby. Wie ist der Name und die Adresse?«

Ich nannte sie ihm, legte auf und ging zu Bett.

Kapitel 11

Freitag war ein trüber, bewölkter Tag. Genau richtig um nach Sausalito zu fahren.

Ich stellte den Lincoln auf dem Platz ab und meldete mich im Büro.

»Hallo, Fremder«, sagte Madeleine.

»Ich bin einen Tag nicht da und schon ein Fremder.«

»Du fehlst sonst nie, oder?«

»Wo ist Tad?«

»Er ist auf einen Kaffee gegenüber.«

Ich verließ das Büro und ging über den Platz. Andy saß mit überkreuzten Beinen auf der Erde, eine Dose weiße Farbe und einen Pinsel neben sich, und malte Weißwandreifen, wo vorher keine gewesen waren.

»Hast du den Champion abgeholt, Andy?«

»Da steht er.« Sein Daumen zeigte in Richtung des Wagens.

»Hat dir die Lady Ärger gemacht?«

»Sie sagte, dass Sie ihn eigentlich abholen wollten.«

Ich lachte und überquerte die Van Ness. Im Coffee Shop saß Tad vor einer dampfenden Tasse Kaffee und schrieb in sein kleines schwarzes Buch.

»Dasselbe«, rief ich der Serviererin zu, »mit Milch.«

Tad knurrte mich an. »Verdammt, wo warst du gestern? Es war die Hölle los.«

»Ich habe versucht, den Lincoln Continental zu verkaufen.«

»Dann hättest du bloß zu kommen brauchen. Er war annonciert und sechs verschiedene Leute wollten ihn sich ansehen.«

»Wenn einer von ihnen wirklich interessiert ist, wird er zurückkommen. Es ist ein seltener Wagen.« Die Serviererin brachte den Kaffee und ich versenkte drei Teelöffel Zucker darin.

»Tad, ich muss heute nach Sausalito fahren.«

»Okay. Wann wirst du zurück sein?«

»Keine Ahnung.«

»Was soll's. Nimm ruhig noch 'n freien Tag. Was geht's mich an.«

»Morgen bin ich sicher wieder hier.«

»Verdammt klug von dir.«

Ich trank den Kaffee aus, rutschte vom Barhocker und wies auf Tad.

»Er übernimmt das«, sagte ich der Serviererin.

»Du Bastard!« rief Tad mir nach, als ich durch die Tür ging. Ich wartete auf eine Lücke im Verkehr und rannte über die Straße. Ich nahm die Schlüssel eines Pontiac vom Brett im Büro und überprüfte den Benzinstand – es war genug. Ich reihte mich in den Verkehrsstrom ein, und nach ein paar Blocks fuhr ich links ab zur Golden Gate Bridge.

Sausalito ist ein kleines Städtchen, das sich auf der anderen Seite der Brücke in Marin County an einen Felsen klammert. Angler nutzen das Dock, und an den Piers liegen die Yachten einiger gut Betuchter aus San Francisco. Es gibt ein paar Hotels und Motels. Die Einwohner behaupten, dass Rita Hayworth in ihrer Stadt einmal einen Film gedreht habe.

Von Sausalito aus hat man außerdem einen tollen Blick auf Angel Island.

Meine Tante Clara betreibt dort eine Pension, die sie von ihrem zweiten Ehemann geerbt hat. Sie ist die älteste Schwester meiner Mutter und war schon immer überaus begeistert von mir. Vielleicht erinnere ich sie an ihren zweiten Ehemann.

Ich überquerte die Brücke und nahm die Abkürzung in die Stadt. Ich fand die richtige Straße, legte den ersten Gang ein und kletterte zehn Minuten den Hügel hoch. Ich hielt vor dem Haus meiner Tante, schlug die Vorderräder Richtung Bordstein ein und stieg aus dem Wagen. Da stand Tante Clara schon an der Fliegengittertür, um nachzusehen, wer die Nerven hatte, ihre steile Straße hochzufahren. Ich winkte und grinste sie an. Zwei alte Frauen, die auf der Veranda schaukelten, starrten mich neugierig an.

»Ich könnte 'ne Tasse Kaffee vertragen«, rief ich.

»Russell!« Tante Clara öffnete die Tür, küsste mich, und zog mich dann an der Hand ins Haus und in die Küche.

Beim Kaffee sprachen wir über die Familie. Ihren Jungen ging es gut, obwohl sie selten von ihnen hörte. Ich erzählte ihr, dass – soweit ich wusste – Mutter noch immer mit dem Produzenten in Los Angeles verheiratet war.

»Das ist eine traurige Sache«, sagte sie.

»Ich glaube nicht. Sie scheint durchaus glücklich.«

»Aber in Los Angeles zu wohnen muss schrecklich sein.«

»Nun, da hast du wohl Recht.«

»Wann wirst du heiraten, Russell?« Sie wechselte das Thema.

»Sobald ich einen Produzenten gefunden habe.« Ich grinste sie an.

»Du wirst auch nicht jünger.« Sie wurde ernst. Seltsam, wie viele Sorgen Frauen sich um unverheiratete Männer machen. Jetzt war es an mir, das Thema zu wechseln.

»Wie kommst du über die Runden, Tante Clara? Hast du genug Geld?«

»Ich brauche nicht viel Geld.«

»Jeder braucht viel Geld. Deswegen komme ich dich besuchen. Drüben in der Stadt wohnt ein Freund von mir, der hat seinen Sohn verloren. Irgendwie ist er ein bisschen durchgedreht, wegen seines Kummers und so. Ich will ihm für ein paar Wochen eine ruhige Umgebung verschaffen, bis er sich wieder erholt hat. Glaubst du, dass du ihn aufnehmen könntest?«

»Es würde mich freuen. Ich habe nur noch die beiden auf der Veranda. Aber wenn sie es den Hügel herunter schafften, hätte ich wahrscheinlich nicht mal mehr sie.«

»Er kann sogar arbeiten. Es täte ihm tatsächlich gut. Nichts Schwieriges, lass ihn den Rasen mähen, Äste kürzen, Holz hacken und solche Sachen.«

»Wer dich kennt – und ich glaube, ich kenne dich –, merkt, dass du was im Schilde führst.« Sie lächelte zwar, aber es war ernst gemeint.

Ich lachte. »Überhaupt nicht. Hier.« Ich öffnete meine Brieftasche und zählte fünfzig Dollar ab. »Er lebt bei seiner Tochter, aber sie arbeitet jeden Tag und kann nicht richtig für ihn sorgen, das ist alles.«

»Ich verstehe. Aber egal, bring ihn her.« Sie stopfte das Geld in ihre Schürzentasche.

»Feines Mädchen. Du bist meine Lieblingstante.«

»Das weiß ich. Wann wirst du diesen armen, alten Mann herbringen?«

»Heute Nachmittag.« Ich küsste sie und verabschiedete mich. Als ich die Verandatreppe hinunterging, lächelte ich die beiden alten Frauen an. »Wie geht's den jungen Damen heute morgen?« Sie kicherten. Diese Umgebung war genau richtig für Salvatore.

Ich fuhr direkt zu Miller's Autowerkstatt. Alyce war am Empfangstresen beschäftigt. Als sie aufsah und mich entdeckte, war sie überrascht.

»Nimm den Rest des Tages frei«, sagte ich.

»Das kann ich nicht, Russell. Der Boss wird mich nicht so einfach gehen lassen.«

»Sicher wird er. Sag ihm, du musst zum Zahnarzt.«

»Er wird mir einen Tag vom Lohn abziehen.«

»Das ist es wert. Komm schon. Ich warte da drüben in dem grünen Pontiac.«

Ein paar Minuten später stieg sie zu mir in den Wagen.

Ich fuhr zu ihrer Wohnung.

»Ich habe einen Job für Salvatore gefunden«, erzählte ich ihr.

»Aber ich habe dir doch gesagt, dass das allein meine Sache ist.«

Ich erklärte ihr, dass meine Tante einen Mann brauche, der ihr zur Hand gehe und sie ihm fünfzig Dollar pro Monat zahlen werde, inklusive Kost und Logis. Nachdem ich ihr gesagt hatte, wie hübsch und ruhig es in Sausalito sei, begann sie Interesse zu zeigen.

»Vielleicht wäre es das Allerbeste für ihn.«

»Natürlich wäre es das«, sagte ich. »Gönne ihm frische Luft, lass ihn in einem Garten arbeiten, und er wird ein neuer Mensch.«

Salvatore war nicht so leicht zu überzeugen.

Es war das erste Mal, dass ich sehen konnte, wie er reagierte.

Natürlich war er ein kranker Mann. Alyce hatte nur ein paar Minuten mit ihm gesprochen, als er stotternd protestierte.

»Hör mal, Salvatore«, Alyce ignorierte seinen Protest. »Es wird dir dort gefallen. Russells Tante Clara hat Interesse an dir und wird dir das Leben so angenehm wie möglich machen. Du kannst im Garten arbeiten und wirst eine wunderbare Zeit verleben.«

»Ich - ich - ich - ich werde nicht gehen.«

Er wandte seine Aufmerksamkeit wieder dem Bildschirm zu und versuchte, uns zu ignorieren. Alyce bedeutete mir, den Raum zu verlassen. Sie folgte mir in die Küche.

»Es hat keinen Sinn, Russell. Ich kann ihn nicht zwingen zu gehen, wenn er nicht will, oder?«

»Es ist nur zu seinem Besten. Du gehst ins Schlafzimmer und lässt mich mit ihm reden.«

»Wenn er auf mich nicht hört, wird er auf dich auch nicht hören.«

»Lass es mich wenigstens versuchen.« Sie zuckte die Achseln und ging in ihr Schlafzimmer. Ich schloss die Wohnzimmertür hinter mir. Salvatore hatte seine Augen auf eine Parade marschierender Zigaretten geheftet. Sie vollführten auf dem Bildschirm eine komplizierte Nummer. Ich ging direkt zum Fernseher und schaltete ihn ab.

Ich stand vor dem Apparat. Er starrte mich an, blickte mir ins Gesicht, jedoch nicht in die Augen. Sein Blick war eher statisch, aber aufmerksam, die Augen eines Spatzen.

»Salvatore«, begann ich, »wie hat dir das Heim gefallen?«

»Ich - ich - ich mochte es nicht.«

»Dahin willst du also nicht zurück, oder?«

Er schüttelte den Kopf und senkte den Blick. Es war merkwürdig, zu einem Mann seines Alters wie zu einem Kind zu sprechen. Er war nicht groß, aber seine Schultern waren breit und kräftig, seine Hände schmal und abgearbeitet, seine Finger zitterten. Er hatte furchtbare Angst.

»Schau mal, Salvatore, jeder muss arbeiten. Das ist eines der Gesetze, mit denen wir leben.« Ich bot ihm eine Zigarette an. Er nahm sie nicht. Ich zündete eine an und blies den Rauch Richtung Decke. »Weißt du, warum sie dich gefeuert haben?« Er antwortete nicht. »Weil du verrückt bist.«

»Ich - ich - ich habe mehr gearbeitet als jeder andere«, protestierte er hastig.

»Das mag sein«, unterbrach ich ihn, »aber du bist verrückt. Niemand will mit dir arbeiten. Sie wollen, dass du zurückgehst.« Ich zeigte dramatisch in die nördliche Richtung. »Alyce und ich, wir wollen nicht, dass du zurückgehst, deshalb haben wir einen Job für dich gefunden, dort, wo dich niemand kennt. Nach ein paar Wochen, wenn sich die Dinge beruhigt haben, werden wir dir einen anderen Job auf einer anderen Werft verschaffen. Das würde dir doch gefallen?«

»Ich kann mehr arbeiten als irgendjemand sonst!« Wie eine Schallplatte mit Sprung.

»Natürlich kannst du das. Aber wenn du den Job bei meiner Tante nicht annimmst, werden Männer in weißen Kitteln in dieses Haus kommen. Sie stecken dich in einen großen, schwarzen Wagen und bringen dich zurück. Dahin.« Ich zeigte mit dem Finger wieder in dieselbe Richtung.

Er schauderte.

»Dort wirst du in ein kleines Zimmer mit vergitterten Fenstern gesteckt. Kein Fernseher. Kein Radio. Nichts. Es wird dunkel sein dort drin. Kein Licht. Gar nichts. Verstehst du?«

»Vor - vor - vor - vorher waren viele Männer mit mir zusammen. In - in - in einem großen Saal, und – « Er wollte mich überzeugen.

»Dieses Mal nicht. Das war früher. Dieses Mal wirst du in eine kleine Zelle gesteckt. Ganz allein.«

Während ich an meiner Zigarette zog, ließ ich ihn alles überdenken.

»Denk dran, Salvatore. Damit du nicht zurückmusst, musst du arbeiten. Du kannst nicht ohne Arbeit herumlungern. So lautet das Gesetz. Meine Tante wird dich gut versorgen. Es wird dir gefallen.«

»K-k-kann ich meinen Fernseher mitnehmen?«

»Natürlich kannst du das. Du ziehst die Kabel heraus und ich sag es Alyce.« Ich verließ das Zimmer und schloss die Tür.

Im Schlafzimmer sagte ich Alyce, sie solle seine Sachen packen.

»Er will wirklich gehen?« Alyce war skeptisch.

»Natürlich will er. Pack seine Sachen. Er montiert gerade den Fernseher ab.«

Salvatore hatte nicht viel, das meiste war Arbeitsklei-dung; Jeans, T-Shirts und Arbeitshemden. Er besaß einen guten, teuren Anzug, und Alyce sagte ihm, er solle den anziehen. Er passte ihm nicht besonders. Als er angefer-tigt wurde, hatte er am Schreibtisch gearbeitet, offensicht-lich ausgestattet mit dem entsprechenden Bauch, denn die Hose hing jetzt lose an ihm herunter und das Jackett spannte über den Schultern. Die harte Arbeit auf der Werft hatte ihm gut getan.

Sein Gehirn war von Bakterien zerfressen, physisch jedoch war er sicherlich fitter als je zuvor.

Unten warf ich den Koffer in den Kofferraum. Um-ständlich setzte sich Salvatore auf den Rücksitz, den Fern-seher auf dem Schoß. Er würde in Sausalito ohne An-tenne keinen Empfang haben, aber das behielt ich für mich. Während der Fahrt erzählte ihm Alyce immer wieder, wie sehr es ihm bei Tante Clara gefallen werde. Sie bemerkte nicht, dass sie im Grunde versuchte, sich selbst davon zu überzeugen. Salvatore achtete kaum auf sie. Er war mehr an der Aussicht interessiert und zeigte auf die Schiffe, als wir die Brücke überquerten.

Als ich die 101 Richtung Sausalito verließ, fing es an zu nieseln. Nachdem ich langsam im ersten Gang zu Tante

Claras Haus hinaufgekrochen war, regnete es heftiger, und wir drei wurden nass, als wir die kurze Entfernung vom Auto zur Veranda zurücklegten.

Tante Clara nahm sich sofort der Dinge an und verfrachtete Salvatore in ein Schlafzimmer im ersten Stock, das nach vorn hinausging. Ich brachte Alyce so schnell wie möglich weg, bevor Tante Clara zu viele Fragen stellen konnte.

Auf dem Weg zurück in die Stadt regnete es in Strömen und auf der Brücke blies ein kräftiger Wind. Alyce verlor die Fassung. Das war der Zusammenbruch, der der ganzen Aufregung folgte. Sie weinte immer wieder und ich versuchte, sie zu trösten.

»Du musst zugeben, dass es das Beste ist, Alyce. Und er ist nicht zu weit weg. Von Zeit zu Zeit kannst du hinüberfahren und ihn besuchen. Allmählich schränkst du die Besuche ein. In ein paar Monaten wird er dich nicht mehr brauchen. Der erste Bruch ist immer hart, aber es ist zu seinem eigenen Besten und sicher auch zu deinem.« Ich betrachtete den Sachverhalt logisch, sie aber betrachtete ihn wie eine Frau.

»Er sah bemitleidenswert aus, wie er vom Fenster aus winkte.« Diese Bemerkung erzeugte eine neue Flut von Tränen. Ich war froh, als wir vor ihrem Haus ankamen.

Ruthie war zu Hause. Sie machte Kaffee, und wir tranken ihn im Wohnzimmer. Dabei erklärte ich ihr die Sache. Sie war entzückt.

»Das ist das Klügste, das du je getan hast, Alyce«, sagte sie. »Es wird Zeit, dass du ein eigenes Leben lebst. Ich muss Ihnen gratulieren, Russell. Sie haben ein bisschen Vernunft in ihren Kopf gebracht.« Sie wippte mit ihren rot gefärbten Locken.

Ich schwieg. Alyce hatte sich beruhigt.

»Ich bin mir nicht sicher. Ich hoffe, dass es das Beste ist. Es ging alles so schnell. Ich weiß nicht, was ich denken soll.« Alyce starrte in ihre Tasse, als hätte sie dort eine Fliege entdeckt.

»Warum überlässt du nicht Russell das Denken?« sagte Ruthie. »Ich habe lange gebraucht, bis ich begriffen habe, dass eine Frau einen Mann braucht, der ein paar Dinge für sie in die Hand nimmt.«

Ich sprang auf. »Ich glaube, ich gehe jetzt besser.« Angesichts des emotionalen Zustandes, in dem Alyce sich befand, war es das Klügste, sie allein zu lassen. So konnte sie über alles nachdenken. Mit Ruthie als Unterstützung musste ich mir keine Sorgen machen.

Alyce begleitete mich nach unten. Ich küsste sie. Sie lächelte tapfer.

»Kann ich dir zumuten, das Leben für mich in die Hand zu nehmen? «

»Für immer. Du weißt, dass du dich darauf verlassen kannst.«

»Eigentlich müsste ich das Gefühl haben, eine Last wäre von meinen Schultern gefallen. Aber irgendwie fühlt es sich schwerer an denn je.«

»Du bist einfach nur erschöpft, das ist alles. Schlaf ein bisschen. Iss was Vernünftiges, hör dir ein paar Platten an und grübel nicht. Geh früh ins Bett, und morgen, nach der Arbeit, besuche ich dich. Denk immer nur daran: Du fängst dein Leben noch mal von vorn an. Ganz von vorn.«

»Ich werd's versuchen.«

»Na also.«

Ich küsste sie wieder, zärtlich.

Zum ersten Mal hatte ich das Gefühl, dass sie versuchte zu antworten. Zumindest war sie entspannt.

Als ich in den Regen fuhr, stand sie im Türrahmen und winkte.

Kapitel 12

Zu Hause setzte ich mich in den Sessel am Fenster. Ich sah dem Regen zu, der auf den vernachlässigten Hinterhof prasselte. Das Apartment sah ordentlich aus. Mrs. Wren hatte ganze Arbeit geleistet. Mit etwas Glück würde alles ein, zwei Wochen so bleiben. So allein, war das Leben sehr nett. Es gab keinen Ärger. Das Leben war so einfach.

Ich rief meinen Lebensmittelhändler an und bestellte ein paar Sachen. Während ich auf den Botenjungen wartete, schlüpfte ich in Pyjama und Hausmantel. Ich stopfte meine Pfeife, stellte einen Stapel Oscar-Peterson-Platten zusammen und legte sie auf den Plattenwechsler. Ich lauschte dem wunderbaren Klavier, rauchte meine Pfeife und war eins mit mir und der Welt. Alles lief nach Wunsch.

Der Botenjunge klingelte. Er war völlig durchnässt.

»Wohin möchten Sie es haben, Mr. Haxby?«

»Bring die Kiste einfach in die Küche.« Er stellte den feuchten Pappkarton mit Lebensmitteln auf den Frühstückstisch.

»Es gießt in Strömen, Mr. Haxby«, sagte er.

»Hast du keine Mütze?« Sein dickes, bräunliches Haar sah aus wie ein Wischmop.

»Nein, Sir.«

Ich ging ins Schlafzimmer, nahm fünf Dollar aus meiner Brieftasche und gab sie ihm.

»Hier. Kauf dir um Himmels Willen eine Mütze.«

»Vielen Dank, Mr. Haxby.«

»Möchtest du einen Drink?«

»Lieber nicht, Mr. Haxby. Aber trotzdem vielen Dank.«
Er verschwand, Tropfen auf der Treppe hinterlassend. Es ist hart, jung zu sein. Ich war froh, dreiunddreißig zu sein und mich nicht mehr durch diese elenden Jahre kämpfen zu müssen.

Ich räumte die Lebensmittel weg. Es war wirklich zu früh zum Essen, also ließ ich mir viel Zeit mit der Zubereitung. Unter den bestellten Sachen waren auch gefrorene Erdbeeren. Ich machte einen Erdbeer-Pie. Das Dinner gelang mir großartig. Schweineschnitzel, Hafergrütze mit Bratensoße, danach den Pie und jede Menge Schlagsahne.

Nach dem Essen nahm ich *Ulysses* zur Hand und las noch einmal die Penelope-Episode. Ich las das Kapitel zu Ende und warf das Buch dann genervt auf den Boden. Joyce ist so verdammt clever, dass es mich manchmal ärgert, *Ulysses* zu lesen. Diese brillant gewählten Worte, verdreht und gewendet, bahnen sie sich ihren Weg unaufhaltsam in unser Bewusstsein und winden sich hinein wie Schlangen.

Ich trank einen doppelten Gin und ging ins Bett.

Zuerst dachte ich, es sei der Wecker, dann begriff ich, dass es das Telefon war. Ich ließ es eine Weile klingeln, in der Hoffnung, es würde aufhören, aber es klingelte hartnäckig weiter. Es war Alyce.

Auf meiner Uhr sah ich, dass es fünf war.

»Ja, Alyce. Was ist los?«

»Salvatore ist wieder da.« Sie klang völlig aufgelöst.

»Wie konnte er aus Sausalito weg?«

»Die Polizei hat ihn gerade hergebracht.«

»Erzähl mir alles von vorn.« Ich versuchte, nicht genervt zu klingen.

»Er ist den ganzen Weg zu Fuß gegangen. In diesem Regen. Offenbar hat er gewartet, bis deine Tante eingeschlafen ist, dann hat er das Haus verlassen, mit dem Fernseher. Er hat seinen Mantel über den Fernseher gelegt, damit er nicht nass wird. Die ganze Zeit hat er ihn getragen, den ganzen Weg über die Brücke. An der Mautstelle haben sie ihn angehalten, und natürlich hatte er kein Geld dabei. Ich nehme an, dass Salvatore dem Beamten verdächtig vorgekommen ist. Sie haben ihn festgehalten, bis die Polizei gekommen ist.«

»Geht's ihm gut?«

»Seine Nase läuft und er hustet. Er war völlig durchnässt. Ich habe ihm eine heiße Zitrone gemacht und eine Codein-Tablette gegeben, dann habe ich ihn ins Bett gesteckt.«

»Ich komme vorbei und hole ihn. Wenn ich ihn nicht nach Sausalito zurückbringe, wird sich meine Tante Sorgen machen.«

»Oh nein. Nicht sofort. Es ist besser, er bleibt. Ich gehe morgen auch nicht zur Arbeit. Möglich, dass er noch eine Lungenentzündung bekommt.«

»Ich bin in ein paar Minuten da.« Ich legte auf.

Manchmal laufen die Dinge eben so. Tante Clara hatte kein Telefon, also rief ich die Western Union an und telegraphierte ihr, Salvatore Vitale gehe es gut, unterzeichnet: In Liebe, Russell.«

Ich zog mich an, warf den Trenchcoat über und setzte einen alten Filzhut auf. Ich jagte den Pontiac durch die nassen Straßen zu Alyces Wohnung.

Ruthie öffnete und ich folgte ihr ins Wohnzimmer. Stanley saß im Sessel, bereits angezogen, und trank Kaffee. Alyce ging nervös auf und ab. Sie trug kein Makeup und sah verheult aus. Ihre Oberlippe war ziemlich schmal. Merkwürdig, dass mir das nie aufgefallen war. Ruthie ging in die Küche, um mir einen Kaffee zu holen.

»Ich kann die Bullen einfach nicht ausstehen«, sagte Stanley. »Es ist nun mal beunruhigend, wenn man um halbfünf am Morgen die Polizei sieht.«

»Warum?« fragte ich. »Was haben Sie verbrochen?«

»Vergessen Sie nicht: Ich bin ein verheirateter Mann.«
Er schüttelte traurig den Kopf.

Alyce krallte sich in die Aufschläge meines Trenchcoats und blickte mir in die Augen.

»Oh Russell, was sollen wir jetzt tun?«

»Setz dich. Es wird alles wieder gut.« Ich schob sie in einen Sessel und zog den Mantel aus. Ruthie brachte mir den Kaffee und lachte.

»Sie hätten hier sein sollen, Russell. Stanley sollte sich bei der Feuerwehr bewerben. Ich hab noch nie im Leben gesehen, dass ein Mann sich so schnell angezogen hat.« Sie lachte wieder.

»Daran ist überhaupt nichts komisch«, rief Stanley.

»Vielleicht sollten Sie nach Hause gehen«, riet ich ihm.

»Ich glaube auch, es wäre besser.« Er war dankbar für den Ausweg. Stanley und Ruthie verließen das Zimmer. Ich schlürfte den Kaffee, stellte die Tasse auf dem Kaminsims ab und setzte mich Alyce gegenüber auf einen Stuhl.

»Was ist los, Baby?«

»Es war ein großer Fehler. Ich weiß, du hast es gut gemeint, Russell, aber es ging alles zu schnell. Bei einer so wichtigen Entscheidung will alles gut überlegt sein. Ich hätte es nicht zulassen sollen, dass du mich so drängst. Mir blieb überhaupt keine Zeit zum Nachdenken. Du kannst es nicht nachvollziehen, das ist es. Er ist ein kranker Mann.«

»Er wird keinerlei Fortschritte machen, wenn er in der Wohnung bleibt und wie ein Baby behandelt wird. Wie, stellst du dir vor, soll er wieder auf die Beine kommen?«

»Schon möglich, dass es gut für ihn ist, bei deiner Tante zu sein, aber wir dürfen es nicht so überstürzen. Wenn wir uns einige Wochen Zeit nehmen, um ihn auf die Veränderung vorzubereiten, ihn überzeugen, wäre es vielleicht eine andere Geschichte. Gerade jetzt ist Sicherheit für ihn das Wichtigste auf der Welt.«

»Ich sag dir jetzt etwas, was ich mir eigentlich für später aufgehoben habe, Alyce. Auch mir ist Sicherheit wichtig. Ich will, dass wir heiraten – und zwar so bald wie möglich.«

Ihre Augen weiteten sich.

»Glaubst du, ich könnte dich glücklich machen?«

»Du bist alles, wonach ich gesucht habe, Alyce. Ich will dich heiraten, will dich aus dieser verdammten Autowerkstatt rausholen, dich in eine Schürze stecken und sehen, wie du mich mit diesem süßen, tragischen Lächeln begrüßt, wenn ich von der Arbeit komme.«

Sie zeigte mir dieses tragische Lächeln.

»Das klingt wunderbar.« Sie wandte den Kopf ab. »Aber ich sehe nicht, wie wir ...« Ihre Stimme verlor sich im Nichts.

»Uns stehen alle Möglichkeiten offen.«

Ruthie trat ein.

»So, Stanley ist zu seiner Frau nach Hause gegangen«, kam es bitter.

»Ruthie«, sagte ich, »bringen Sie Salvatore herein.«

»Was hast du vor?« fragte Alyce.

»Ich rede mit ihm und dann wird er noch heute nach Sausalito zurückkehren, nicht erst in drei Monaten.«

»Russell, ich kann nicht zulassen, dass du das tust. Du weißt nicht, wie man mit ihm umgehen muss. Lass es mich bitte auf meine Weise machen.«

»Besser, du lässt es Russell auf seine Weise machen«, schnarrte Ruthie. Sie verließ das Zimmer.

»Bitte, Russell«, sagte Alyce, »jag ihm keine Angst ein.«

»Ich werde ihm keine Angst einjagen, ich werde ihm nur die Sache erklären.«

»Aber er wird es nicht verstehen. Du erreichst nur, dass ...«

Ich sah ihr in die Augen. Es war ein Duell. »Geh, hilf Ruthie«, befahl ich ihr.

»Okay!« Sie stand auf und verließ das Zimmer. Ich trank meinen Kaffee aus. Er war kalt.

Ein paar Minuten später brachten sie Salvatore in Flanellpyjama und Hausschuhen herein. Er schnaufte und stammelte Protest. Als er mich sah, hörte er auf zu stammeln und wich zurück an die Wand, starr und voller Furcht.

»Ich will allein mit ihm reden«, sagte ich. Die Frauen gingen, Alyce warf mir einen letzten, flehentlichen Blick zu. Ich schloss die Tür hinter ihnen.

»Was war in Sausalito los, Salvatore?« Er antwortete nicht. Ich nahm mein Messer aus der Tasche, zog die

Klinge heraus und fing an, meine Fingernägel zu reinigen. »Hat's dir dort nicht gefallen? Was war los? Hat der Fernseher nicht funktioniert? Erinnerst du dich, was ich dir gestern gesagt habe? Gut, ich erzähl's dir noch einmal. Du musst nicht nach Sausalito zurückkehren. Du gehst stattdessen ins Heim zurück.«

Ich lächelte ihn an. Sein Körper zitterte heftig.

»Willst du etwa nicht dorthin zurück, Salvatore?« Ich zeigte mit dem Messer in die Himmelsrichtung.

Er schüttelte unkontrolliert den Kopf, schließlich stotterte er es heraus.

»N-n-n-nein!«

Ich zeigte auf das Panoramafenster.

»Dann SPRING!« rief ich.

Stattdessen griff er mich an. Er streckte die Hände aus und langte nach meiner Kehle. Ich stach ihm in seine rechte Handfläche und trat dann zurück. Das nahm ihm allen Kampfwillen. Die verletzte Hand gegen die Brust gepresst, beobachtete er, wie das Blut von seiner Flanelljacke aufgesogen wurde wie Tinte von Löschpapier.

Ich wies wieder auf das Fenster.

»Spring«, schrie ich. Er hörte mich nicht. Er schlurfte zu seinem Lieblingssessel und ließ sich fallen. Schnell bewegte ich meine Hand vor seinen Augen auf und ab. Er sah sie nicht. Ich beugte mich dicht an sein Ohr.

»Feuer!« rief ich. Er hörte es nicht. Ich fühlte seinen Puls. Etwa sechzig Schläge. Salvatore würde wahrscheinlich ewig leben, aber in einem Heim.

Ich steckte mein Messer weg, ging zum Fenster und trat die Scheibe ein. Das Glas zersplitterte, ein Teil fiel auf die Straße, der Rest zu Boden. Alyce und Ruthie kamen ins Zimmer.

»Er wollte rausspringen«, sagte ich.

Alyce bemerkte sofort die Schnittwunde und rannte aus dem Zimmer, um den Verbandskasten zu holen. Ich zog meinen Mantel an und setzte den Hut auf.

»Ruthie«, sagte ich, »besorgen Sie ihm um Himmels Willen einen Platz im Heim und sorgen Sie dafür, dass er diesmal dort bleibt.«

»Das hätte schon vor langer Zeit geschehen müssen.«

»Ich gehe nach Hause. Kümmern Sie sich jetzt um alles.«

»Ich weiß, was zu tun ist.«

»Okay. Bringen Sie Alyce ins Bett.«

Ich fuhr den Pontiac zurück in den Laden, und nahm ein Taxi nach Hause. Nachdem ich die Vorhänge geschlossen hatte, um die anbrechende Dämmerung auszuschließen, ging ich zu Bett. Ich konnte mindestens noch zwei Stunden schlafen, bevor ich zur Arbeit musste.

Kapitel 13

Zwei Wochen lang sah ich Alyce nicht. Warum, weiß ich nicht. Ich dachte damals über mein Handeln nicht nach. Jeden Abend nach der Arbeit war ich hundemüde, ging meist um halb acht ins Bett und schlief friedlich die ganze Nacht durch. Kann gut sein, dass sie während dieser zwei Wochen angerufen hatte. Ich weiß es nicht. Der Hörer lag in dieser Zeit immer neben der Gabel.

Doch an einem Sonntagmorgen stand ich plötzlich in alter Frische auf. Ich duschte, rasierte mich, zog meinen taubenblauen Anzug an und setzte einen Panama-Hut auf.

Die Sonne schien. Der Himmel war blassblau und mit einer Herde Flauschwolken übersät. Ich stieg in den Rambler, mit dem ich am Abend zuvor heimgefahren war, und fuhr nach St. Patrick's. Ich kam gerade rechtzeitig zur Zehnuhrmesse und nahm an der Kommunion teil. Nach der Kirche fuhr ich zum *Sea-Cliff-Restaurant* und bestellte ein gewaltiges Frühstück. Es war perfekt. Ich spülte es mit vier Tassen Kaffee hinunter. Alles war so schön, dass mir sogar nach Singen zumute war. Ich gab der Kellnerin ein bisschen zu viel Trinkgeld, stieg in den Rambler und schob das Verdeck zurück. Es war Zeit, in Bezug auf meine Beziehung zu Alyce Bilanz zu ziehen.

Die Sache hatte mich Geld und Zeit gekostet und zu der zweiwöchigen Depression beigetragen, da war ich sicher. Ich musste es wieder zum Laufen bringen. Alyce war sehr weiblich, war sich dessen aber nicht bewusst. Wenn ich es aus ihr herauslocken konnte, waren wenigstens nicht alle meine Anstrengungen umsonst gewesen. Ich wollte sie wiedersehen. Ich fuhr zu ihrer Wohnung.

Ich stellte den Rambler ab und klingelte. Ruthie öffnete.

»Russell!« Sie war überrascht, mich zu sehen.

»Darf ich hereinkommen?«

»Das will ich meinen!« Sie nahm mich am Arm. Wir gingen zusammen nach oben und betraten das Wohnzimmer.

Ich hatte nicht bemerkt, dass Ruthie in Schwarz war – bis ich Stanley sah. Er trug einen neuen dunkelgrauen Anzug und ein Trauerband. Stanley stand auf und schüttelte mir feierlich die Hand.

»Ich bin sehr froh, dass Sie mich in jener Nacht rechtzeitig nach Hause geschickt haben ...« Er wandte seinen Kopf zum Fenster.

»Ich hatte nicht damit gerechnet, dass Salvatore so was versuchen würde«, sagte ich.

»Eine schreckliche Geschichte.« Er hielt seinen Hut in der Rechten. Ich hatte den Eindruck, er wollte gehen.

»Stanleys Frau ist vorgestern gestorben«, sagte Ruthie.

»Ist das wahr? Mein Beileid, Stanley«, sagte ich.

Er räusperte sich. »Wir haben seit längerem damit gerechnet. Ich muss gleich weg. Die Beerdigung.«

»Stanley ist der Ansicht, ich sollte nicht mitgehen.«

»Nicht?« Ich versuchte, überrascht auszusehen.

»Ganz so ist es nicht, Ruthie.« In seiner Stimme lag Bedauern. »Aber alle Verwandten werden da sein und es könnte missverstanden werden.« Er wandte sich an mich. »Oder?«

»Wo ist Alyce?«

»Alyce! Ich habe ihr gar nicht gesagt, dass Sie hier sind«, rief Ruthie.

Sie verließ den Raum und ich klopfte Stanley auf die Schulter.

»Ich helfe Ihnen aus der Patsche, Stanley. Fahren Sie schon vor. Ich werde Ruthie zum Friedhof begleiten.«

»Wenn Sie mit Ihnen zusammensteht, wird niemand etwas bemerken, oder?«

»Selbstverständlich nicht. Außerdem, Ruthie war die Krankenschwester Ihrer Frau.«

»Das stimmt!« Vermutlich fühlte er sich jetzt besser.

Alyce betrat das Zimmer gefolgt von Ruthie. Sie trug ein schwarzes Kostüm und war blass trotz des Make-ups. Sie erinnerte mich an ein kleines Mädchen, dass zum ersten Mal fremden Leuten vorgestellt wird.

»Hallo, Russell«, hauchte sie.

»Hallo, Baby«, sagte ich. Ich ging auf sie zu und küsste sie auf die Wange. Sie errötete. Ich nahm ihre Hand. Es war, als hielte man ein Stück Trockeneis.

»Sie sind genau rechtzeitig gekommen. Alyce will gerade zum Friedhof fahren«, sagte Ruthie.

»Wunderbar. Dann nehme ich die Mädchen mit. Wir treffen Sie dort, Stanley.«

»Eine großartige Idee!« rief er. »Wir sollten uns auf den Weg machen.« Er machte Anstalten zu gehen.

»Übrigens«, sagte ich und legte den Arm um Alyces Schulter, »wann werden Sie beide heiraten?«

Stanley zupfte mit Zeigefinger und Daumen an seinem Hemdkragen herum. »Wir werden eine Weile warten müssen. Den Anstand wahren.«

Ruthie war genauer: »In drei Wochen.« Sie verließen das Zimmer.

»Ich hätte nicht gedacht, dass ich dich jemals wiedersehe«, sagte Alyce langsam.

»Du wusstest es.«

»Nein, wusste ich nicht.«

»Ich habe gedacht, es wäre gut, wenn ich eine Weile warten würde.«

»Du hättest wenigstens anrufen können.«

»Ich hielt es für angebrachter, es nicht zu tun. Gehst du zur Beerdigung oder legst du Blumen auf das Grab deiner Mutter?«

»Ich besuche Mutter – wie jeden Sonntag.«

Ich küsste sie. Sie war wie versteinert.

»Dann lass uns gehen. Nimm ein Kopftuch mit. Das Verdeck ist offen.« Sie verließ das Zimmer. Ich warf einen Blick aus dem Fenster und sah, wie Stanley seinen

Essex aus der Parklücke steuerte und Ruthie ins Haus zurückging.

Es war eine schweigsame Fahrt zum Friedhof. Ein Wagen mit Radio wäre von Vorteil gewesen. Unterwegs kauften wir Blumen. Der Wächter am Tor des Friedhofes erklärte Ruthie, wo die Beerdigung stattfand. Ich fuhr auf den Parkstreifen und hielt, um sie aussteigen zu lassen.

Ich fuhr wieder den Hügel hinauf.

»Wenn ich sterbe, will ich auch hier beerdigt werden«, sagte Alyce, als wir das Grab ihrer Mutter erreicht hatten.

»Hast du dafür schon was angezahlt?«

»Ich zahle jeden Monat etwas und meine Versicherung kümmert sich dann um den Rest.«

»Was ist mit Salvatore? Ist er versichert?«

»Für Menschen wie ihn gibt es keine Versicherung.«

Sie entfernte die verwelkten Blumen, füllte die Vasen mit frischem Wasser und arrangierte den neuen Strauß. Ich half ihr nicht, denn ich fühlte, dass sie diese Arbeit liebte und alleine machen wollte. Ich legte die Blumen, die ich gekauft hatte, auf den Grabstein von Tom Mooncy. Als ich zurückkam, war Alyce fertig. Wir standen eine Weile schweigend da und ich rauchte eine Zigarette.

»Es wird Zeit, Ruthie abzuholen«, sagte ich.

Wir stiegen in den Wagen und ich fuhr den Weg hinunter zu den Trauergästen der Beerdigung. Sie waren im Begriff zu gehen, aber wir stiegen nicht aus. In diesem Moment sahen wir Stanley und Ruthie über den Rasen kommen. Er weinte in sein Taschentuch und sie führte ihn. Sie half ihm in den Essex, setzte sich auf den Fahrersitz und fuhr davon.

Auch wir verließen den Friedhof. Kurz vor der Stadt bog ich links ab zum Strand. Wir parkten an der Mole und beobachteten, wie sich die Nachmittagssonne in den Wellen spiegelte. Es waren eine Menge Leute da. Für San Francisco war dies ein wundervoller Frühlingstag.

Alyce drehte sich zu mir um und sah mir in die Augen.

»Russell«, sagte sie und ihre Stimme klang heiser, »ich möchte dich etwas fragen. Ich will, dass du die Wahrheit sagst. Wenn du lügst, werde ich es merken.«

»Worum geht's?«

»Liebst du mich?« Sie war todernst.

»Natürlich.«

»Nein, so nicht. Sag es.«

»Ich. Liebe. Dich.« Ich lächelte nicht.

Aus ihren Augen schossen die Niagarafälle. Wahre Sturzbäche. Sie legte ihre Arme um mich und verbarg ihr Gesicht in meinem Mantel. Ihre dumpfe Stimme sagte wieder und wieder: »Ich liebe dich.«

Irgendwie überraschte mich das nicht.

An diesem Nachmittag amüsierte sich Alyce. Im *Playland* am Strand fuhren wir Karussels, aßen Hot Dogs und zum Dinner Steak bei *Bob's Blue Steer* in der Stadt. Nach dem Steak bestellte ich Brandy für uns beide.

Alyce wirkte sehr entspannt. Sie erzählte mir, dass Salvatore nun in einem Heim untergebracht war, und sie war nicht nur erleichtert, sie war glücklich darüber.

»Ich fühle mich wie eine neue Frau«, fügte sie phantasielos hinzu.

»Das ist toll«, sagte ich. »Lass uns ein bisschen in der Gegend herumfahren.«

Als wir *Bob's* verließen, war es schon ziemlich dunkel. Wir stiegen in den Rambler, und ich fuhr direkt zur Golden Gate Bridge. Selig sang Alyce alte Lieder, die ihr in den Sinn kamen. Mitten auf der Brücke, fragte sie mich, wohin wir fuhren.

»Marin County«, sagte ich.

»Warum?«

»Um ein Motelzimmer für die Nacht zu mieten.«

»Oh.« Sie hörte auf zu singen. Ich hielt an einer Raststätte und kaufte eine Flasche I.W.Harper und einen Sack Eiswürfel. Als ich zum Wagen zurückkehrte, sang Alyce wieder. Ich hielt Ausschau nach einem Motel mit einem Zimmer-frei-Schild.

Kapitel 14

Ich stieg aus dem Bett und stellte die Heizung an. Sonnenlicht schimmerte durch die geschmacklosen grauen Markisen-Vorhänge, aber das Zimmer war kühl. Das Motel war einer dieser Betonbauten, weiß verputzt, um spanisches Flair bemüht, mit schwarzen, gewundenen Vorhangstangen und billigen Monterey-Möbeln.

Es war noch ein Schluck in der Flasche. Ich sah mich nach Alyce um. Sie schlief noch. Ich nahm den Schluck.

Ich duschte und stellte mich vor die Heizung, um mich abzutrocknen.

Alyce wurde wach und blinzelte mich an. Ihre Zurückhaltung war völlig verschwunden und sie saß aufrecht im Bett, stellte sich in dem gefilterten Sonnenlicht zur Schau.

»Guten Morgen, Darling.« Sie streckte sich, und es entging meiner Aufmerksamkeit nicht, dass sie sich seit mindestens drei Tagen die Achselhöhlen nicht mehr rasiert hatte.

»Guten Morgen. Wie geht's deinem Kopf?«

»Ich fühle mich wunderbar. Ist das Wasser in der Dusche heiß?«

»Kochend heiß. Man kann es nicht vernünftig einstellen.«

»Das ist genau richtig.«

Sie stieg aus dem Bett, warf ihre Arme um mich und gab mir einen Kuss. Ich wäre über den Kuss glücklicher gewesen, wenn sie sich erst ihre Zähne geputzt hätte. Ich zog mich an. Ich hasste es Socken zweimal zu tragen, aber ich hatte nun mal keine frischen dabei. Ich rauchte meine zweite Zigarette, als Alyce aus dem Bad kam. Sie stand zitternd vor der Heizung und trocknete sich ab.

»Ich hoffe, meine Haare sind nicht zu nass geworden«, sagte sie.

»Nur ein bisschen an den Spitzen.«

»Ich hätte eine Duschhaube mitnehmen sollen.«

»Ich hätte ein Paar frischer Socken mitnehmen sollen.«

Ich sah ihr beim Ankleiden zu. Es war, als wären wir zehn Jahre verheiratet. Ich dankte dem Herrn und allen Steingöttern auf den Osterinseln, dass wir es nicht waren! Ich brauchte noch einen Drink. Sie quetschte sich in ihren Hüfthalter. Gute zwei Zentimeter über dem Rand quoll ein Speckröllchen hervor. Alle Frauen hatten dieses Röllchen, warum sollte mich das also überraschen? Wohl nur, weil ich es bis dahin nicht bemerkt hatte. Das war alles. Sie kämmte ausgiebig ihr Haar, legte Make-up auf, malte die Oberlippe extra aus, um sie der Unterlippe anzugleichen. Dann zog sie ihre Jacke über und drehte sich, eine Hand auf der Hüfte, warf ihren Hintern hin und her wie ein Mannequin.

»Wie sehe ich aus?«

»Genauso, wie du aussehen solltest«, sagte ich. »Komm schon.«

Sie wollte mich küssen, erinnerte sich an ihren Lippenstift und besann sich eines Besseren. Ich öffnete die Tür und wir gingen hinaus. Obwohl es einen Carport gab, bedeckte ein feiner Film von Tau die Sitze des Ramblers, und ich bedauerte, das Verdeck nicht geschlossen zu haben, bevor wir hineingegangen waren. Aber letzte Nacht hatte ich es verständlicherweise eilig.

Ich kehrte in das Zimmer zurück, holte einen unbenutzten Waschlappen und wischte damit die Sitze ab. Alyce stieg ein und ich ließ den Motor an. Ich ließ ihn eine volle Minute warm laufen, fuhr rückwärts hinaus und rollte im ersten Gang die Auffahrt zum Motel-Büro hinunter. Als wir vorbeikamen, warf ich den Schlüssel Richtung Bürotür. Er ging daneben und landete zwischen den Geranien.

Ich sah wieder auf die Uhr. Es war noch früh, gerade halb acht. Ich fuhr langsam, genoss das grelle Sonnenlicht und die kalte Luft. Es war wieder ein wundervoller Tag. Ich war hungrig.

»Wie sieht's mit Frühstück aus, Alyce?«

»Haben wir Zeit dafür?«

»Es ist erst halb acht. Du musst etwas essen.«

»In Ordnung.«

Eine Meile weiter war ein Drive-in. Ich fuhr auf den Parkplatz. Wir gingen hinein. Ich bestellte Würstchen und Spiegeleier, während Alyce nur Orangensaft und Kaffee wollte. Während des Frühstücks schwiegen wir. Ich wollte den Moment hinauszögern, Alyce zu sagen, dass alles vorbei war. Alyce wirkte, als hätte sie Angst zu sprechen. Ich trank zwei Tassen Kaffee und rauchte. Als ich die zweite Zigarette anzündete, sah ich Alyce an. Ihre Augen waren zu hell. Die traurigen Furchen waren schärfer und hatten sich tief zwischen Nasenflügeln und Mundwinkeln eingegraben. Sie war eine Frau, der Schmerz und Leid in jeder Falte ihres Gesichtes eingraviert war. Mein Gesichtsausdruck musste Widerwillen signalisiert haben. Ihre Oberlippe begann zu zittern. Es sah komisch aus, als wäre das der einzige Nerv, der ihr geblieben war.

»Tut es dir Leid?« fragte ich sie.

»Nein. Dir?« Ihre Stimme hatte einen vorwurfsvollen Beiklang. Nicht, dass sie diesen Beiklang extra hineinlegt hätte. Er war einfach da, ich wusste, er würde immer da sein. Er würde da sein, wenn ein Mann betrunken nach Hause kam, wenn er über Nacht nicht heimkam, wenn er Asche fallen ließ oder seine Stimme hob. Ich kannte das.

In diesem Augenblick bedauerte ich jeden verheirateten Mann.

»Natürlich nicht, Baby«, sagte ich. »Ich rede morgens nur nicht viel. Es war eine wunderbare Nacht.«

»Du liebst mich doch, oder, Russell?«

»Selbstverständlich. Möchtest du noch Kaffee?«

»Nein, danke. Du solltest wissen, dass die letzte Nacht das Schönste war, das mir je widerfahren ist. Du bist der freundlichste, süßeste – Ich liebe dich, Russell.« Sie seufzte.

»Ich liebe dich auch. Jetzt lass uns verdammt noch mal von hier verschwinden.«

Nachdem ich an der Kasse gezahlt hatte, gingen wir. Ich öffnete die Beifahrertür für Alyce, ging um den

Wagen herum und stieg ein. Als sie mich anlächelte, war es ein tapferes Lächeln, das besagte: »So lange du mich liebst, ist alles andere egal!« Ich hatte diese Art Lächeln schon öfter gesehen.

Zu oft.

Ich schwamm mit dem Verkehrsstrom mit. Der Highway hatte sich mit Pendlern aus Marin County gefüllt. Ich nahm mir Zeit. Innerhalb weniger Minuten befanden wir uns auf dem Zubringer, der runter zum Tunnel führte und dann zur Auffahrt der Brücke. Ein paar Nebelfetzen küssten den Boden, aber die Sonne schien hell und die Bucht glitzerte. Ich reihte mich ein in die Innenstadt-Spur, und als wir die Mautstelle hinter uns gelassen hatten, warf ich Alyce einen Blick zu. Sie sah nicht gut aus. Ihr Gesicht war fahl und ihr Blick war auf die Handtasche gerichtet, die sie auf dem Schoß drehte.

»Möchtest du erst nach Hause oder gleich zur Arbeit?« fragte ich sie.

»Ich glaube, ich fahre erst mal heim – um zu sehen, was los ist.«

»Okay.«

»Russell – « Sie zögerte.

»Ja?«

»Habe ich irgendetwas falsch gemacht?«

»Nichts, rede dir nichts ein.«

»Was ich sagen will, ist – bist du böse auf mich?«

»Nein. Hätte ich einen Grund?«

»Du hast dich heute Morgen so komisch benommen. Habe ich irgendetwas gesagt, oder –«

»Verdammt noch mal!«

Es schien der einzige Weg zu sein, wie es endete. In Tränen, immer in Tränen aufgelöst. Ich hatte Recht.

Dicke Tränen stiegen in ihre Augen und strömten die Wangen herunter. Die traurigen Linien fingen sie auf, lenkten sie am Mund vorbei, und dann tropften sie ihr vom Kinn. Ich ließ sie einen Augenblick weinen. Sie weinte völlig geräuchlos. Ich reichte ihr mein Taschentuch.

»Hier. Das tut dir überhaupt nicht gut.«

»Bist du böse auf mich?«

»Nein. Ich bin nicht böse. Ich bringe dich nur nach Hause. Du hast einen Job, ich habe einen Job. Wir müssen arbeiten gehen, und die Zeit für Spiele ist vorbei.«

»Werde ich dich heute Abend sehen?«

»Nein. Nicht heute Abend.«

»Wann dann?«

»Versuch nicht, mich festzunageln, Alyce!« Ich wurde sauer.

»Das war also alles, was du wolltest. Mit mir schlafen und das war's dann. Jetzt ist es vorbei, oder nicht?«

Ich hatte gehofft, das alles zu vermeiden, aber sie wollte es nicht anders.

»Das ist richtig. Du begreifst schnell. Wir sind an deiner Ecke, oder willst du, dass ich dich vor dem Haus absetze?«

»Das reicht schon.« Sie gab mir mein Taschentuch zurück, stieg aus und schlug die Tür zu. »Das ist schwer zu verdauen, Russell.«

»Das wird dann wohl so sein. Na schön, Alyce, ich verkneif mir auch, dir zu sagen, dass es nett war, denn das war es nicht. Bis dann.« Ich legte den ersten Gang ein.

»Einfach so.« Sie starrte mich an, als könnte sie es nicht glauben.

»Einfach so.« Ich ließ die Kupplung ein wenig schnell

kommen und der Wagen schoss von der Bordsteinkante weg. Ein Blick in den Rückspiegel. Alyce ging den Hügel hinauf und sah müde aus.

Es war noch nicht einmal neun. Statt in meine Wohnung zu fahren, steuerte ich den Rambler zum Laden. Tad stand neben dem Büro und kaute an seiner Zigarre.

»Ich lass mich noch kurz rasieren«, sagte ich. »In fünf Minuten bin ich zurück.«

»Okay, Russ. Und mach deine Augen zu, sonst verbluten sie.«

»Sei froh, dass du nicht von meiner Seite aus durchsehen mußt«, sagte ich. Ich betrat das Büro und warf die Wagenschlüssel auf den Tresen. Madeleine zuckte zusammen, nahm die Schlüssel und hängte sie an den Haken. Ich betrachtete sie genau. Ich fragte mich, ob sie die Richtige für mich wäre. Eine gut gebaute, unkomplizierte Frau, diese Madeleine.

»Weißt du was, Madeleine, wir sollten heute Abend zum Strand fahren und Kenton erobern. Was hältst du davon?«

»Ich habe schon eine Verabredung.«

»Du könntest absagen.«

»Diese nicht. Aber ich komme gerne ein andermal darauf zurück.«

»Wie du meinst.«

Ich ging über den Parkplatz zu *Thrifty's* und kaufte ein Paar Socken. *Bruno's Barber Shop* war nebenan. Auf dem Stuhl saß bereits ein Kunde. Während Bruno den Haarschnitt beendete, wechselte ich die Socken und warf das dreckige Paar in den Handtuchkorb. Ich bezweifelte, dass Bruno das gefiel, aber er sagte nichts. Ich war der Nächste.

Ich lehnte mich im Stuhl zurück. Das heiße Handtuch fühlte sich wunderbar an auf meinem Gesicht.

Ich dachte an Madeleine.

Sie hatte keine Verabredung.

Bevor der Tag zu Ende war, würde sie mit irgendeiner Geschichte herausrücken. Ihre Verabredung sei unerwartet aus der Stadt beordert worden ... Ich musste geseufzt haben.

»Ist das Handtuch zu heiß, Mr. Haxby?« fragte Bruno.

»Nein, nicht heiß genug.« Es war anstrengend zu antworten. Er wechselte das Handtuch. Ich war müde und hätte den ganzen Tag in diesem Stuhl schlafen können. Ich war beinahe eingeschlafen, als ich den Kampf aufgab. Ich ließ mich fallen ... tiefer ... tiefer ... zum Teufel mit allem, Bruno würde mich schon wecken, wenn er fertig war.

DER SPENDER
DAN J. MARLOWE

Auf dem Weg nach Westen wurde ich wegen Mordverdachts verhaftet und von der Jury für schuldig befunden. Der Richter verhängte die Todesstrafe. Es spielte keine Rolle, dass ich dieses Mal unschuldig war. Es schien so, als hätte ich mich unbewusst mein ganzes Leben auf diesen Moment vorbereitet.

Mit zwölf kam ich in die Besserungsanstalt, mit achtzehn in den Knast und verbrachte den größten Teil meines Lebens in der einen oder anderen Strafanstalt. Ich hatte Autos geklaut, falsche Schecks eingelöst, eingebrochen und bewaffnete Raubüberfälle begangen. In einer Zeitspanne von zehn Jahren war ich selten mal mehr als ein paar Monate außerhalb von Anstaltsmauern.

Und nun, mit achtundvierzig, nachdem die Sache ausgemacht schien, beschloss ich, mit mehr Stil abzutreten, als ich ihn jemals im Leben hatte. Mag sein, ich hatte nicht gut gelebt, aber beim Sterben konnte ich mir immer noch Mühe geben. Als der obligatorische Einspruch abgelehnt wurde, sagte ich meinem Pflichtverteidiger, dass ich ihn nun nicht mehr brauche. Ich fügte mich in die Routine der Todeszelle, indem ich die Blätter vom Kalender abriss und auf den großen Tag wartete.

Man sollte meinen, der Gefängnisdirektor wäre glücklich gewesen, einen Gefangenen zu haben, der ihn nicht ständig um irgendwelche Privilegien anbettelt, aber er war es nicht. Aus irgendeinem Grund schien ihn meine Einstellung zu stören.

»Es ist nicht normal für einen Mann in Ihrer Situation so wenig Besorgnis an den Tag zu legen«, meinte Direktor Raymond bekümmert.

»Was wissen Sie schon, was normal ist, Direktor«, gab ich zurück. »Alles, was Sie über Gefängnisse wissen, haben Sie aus schlauen Büchern. Sie sind erst seit einem Jahr dabei und fahren jeden Abend nach Hause. Sie müssen noch 'ne Menge lernen.«

Er wurde nicht wütend, schüttelte nur verständnislos den Kopf. Er sah aus wie ein müder David Niven, nur mit rötlich braunem Haar. Meistens hatte er dunkle Ränder unter den Augen. Es kursierte ein Gefängniswitz über diese dunklen Ränder. Direktor Raymond war mit einer jungen Frau verheiratet, einem langbeinigen, drallen Hippymädchen, das eine seltene Mischung aus Sex und Unschuld ausstrahlte.

Bevor ich in der Todeszelle landete, sah ich sie ab und zu innerhalb der Gefängnismauern bei diversen Veranstaltungen. Meistens spielte sie Klavier. Sie brachte es fertig, zwischen zwei Reihen stiller Männer hindurchzugehen und freundlich zu nicken und war sich der Funken nicht mal bewusst, die ihr strammer, junger Körper dabei versprühte. Es gab im ganzen Knast nicht einen Mann, der den Direktor nicht um seine dunklen Augenränder beneidete.

Der Pfarrer kam einige Male bei mir vorbei, aber ich bügelte ihn ab: »Das nächste Mal hier unten kann es nur besser werden, Pilot.« Die Männer nannten ihn den Himmelspiloten. Er konnte sich mit meiner Theorie der Wiedergeburt nicht abfinden, deshalb kam er nicht mehr.

Mein einziger anderer Besucher war Direktor Raymond. Die Todeszelle war verhältnismäßig groß. Sie enthielt eine Pritsche, einen kleinen Tisch mit zwei Stühlen und ein paar Regale, außerdem die üblichen sanitären Einrichtungen.

Der Direktor ließ sich die Zelle von einem der anwesenden Wächter aufschließen und trat einen Moment verlegen von einem Fuß auf den anderen, bevor er sich hinsetzte. Ich rollte mich auf die Seite und legte das Buch, das ich gerade las, auf den Boden neben die Pritsche.

Je näher der große Tag rückte, desto öfter kam der Direktor von seinem Büro zu meiner Zelle. Jedes Mal sah er schlechter aus. Es sollte für uns beide die erste Hinrichtung sein, aber wenn man ihn so ansah, hätte man meinen können, er wäre derjenige, der zur Hölle fahren sollte.

»Wissen Sie, die – ähm – Hinrichtung ist nur noch ein paar Wochen hin«, sagte er eines Tages zu mir und zündete sich aufgeregt eine Zigarette an.

»Ich weiß.«

»Haben Sie sich entschieden – ähm –, auf welche – ähm – Weise Sie gehen wollen? In diesem Staat sind zwei verschiedene Todesarten zugelassen: Tod durch den Strang und Erschießen.«

Ich versuchte, unbeeindruckt zu klingen. »Drüben im Osten haben sie billigen Strom. Ich dachte, heutzutage kommt man auf den elektrischen Stuhl.«

»Sie haben die Wahl«, antwortete er. Er war nicht gerade glücklich, mir das mitzuteilen.

»Okay, dann entscheide ich mich fürs Erschießen«, sagte ich.

Ich wollte wieder mein Buch nehmen, dachte, dass

der Besuch damit zu Ende sei. Aber der Direktor sagte erregt: »Stört Sie das alles gar nicht? Fühlen Sie sich gar nicht – ähm – seltsam dabei, sich die Art zu sterben aussuchen zu müssen?«

»Ach, nein. Wenn man nun mal dran ist, und ich scheine keine andere Wahl mehr zu haben, was soll dann so schlimm daran sein, sich für eine Methode zu entscheiden?«

Er zog eine Grimasse und verließ die Zelle.

Während der nächsten paar Wochen aß ich gut und schlief viel. Ich nahm fünf Pfund zu, der Direktor fünf ab. Offensichtlich verbrachte er mehr Zeit als ich damit, über die Hinrichtung nachzudenken. Der arme Kerl hatte einfach zu viel Mitgefühl. Er versuchte sogar, den Gouverneur zu überreden, mein Todesurteil in eine lebenslange Haftstrafe umzuwandeln, aber es gelang ihm nicht, und er war den Tränen nahe, als er mir das in meiner Zelle mitteilte. Er ging mir sogar schon etwas auf die Nerven, obwohl es schwer ist, jemanden nicht zu mögen, nur weil er dich nicht umbringen will.

Dann, eine Woche vor der Hinrichtung, tauchte der Direktor mit einem Fremden vor meiner Zelle auf. Statt seiner üblichen Nervosität legte Direktor Raymond Verlegenheit an den Tag. »Dies ist Dr. Sansom«, sagte er zu mir. »Er möchte mit Ihnen sprechen.«

Ich setzte mich auf meiner Pritsche auf.

Dieser Dr. Sansom musste was Besonderes sein, denn nicht jeder Doktor macht die Visite in der Todeszelle.

Der Wachmann schloss die Zelle auf, aber nur der Doktor kam herein.

»Ich lasse Sie beide jetzt allein«, sagte der Direktor schnell und verschwand.

»Wollen Sie untersuchen, ob ich gesund genug bin, um getötet zu werden, Doc?« fragte ich, als er sich setzte. Sein Mund lächelte, seine Augen jedoch nicht. Er war jung, hatte aber die kältesten Augen, die ich je bei einem menschlichen Wesen gesehen hatte. »Nehmen Sie's ihm nicht krumm«, fuhr ich fort und deutete mit dem Kopf dem Direktor hinterher. »Er nimmt sich das alles ziemlich zu Herzen.«

»Und Sie nicht?«

»Richtig.«

»Das habe ich gehört, und darum bin ich hier.« Er schlug die Beine übereinander. »Ich bin Chefarzt der Neurochirurgie des Mercy Krankenhauses. Ich möchte Sie bitten, Ihren Körper der Wissenschaft zu spenden. Genauer gesagt, möchte ich, dass Sie ihn mir überlassen.«

Der Kerl redete nicht lange um den heißen Brei. Er wollte mal eben meinen Körper, einfach so.

»Weshalb, Doc?«

»Haben Sie in der letzten Zeit mal was über Organtransplantationen gelesen – Nieren, Leber, Herz?«

»Ich kann das Großgedruckte in den Zeitungen lesen.« Jede Ironie war bei ihm verschwendet.

»Die Techniken sind so weiterentwickelt worden, dass es vor sechs Monaten noch nicht vorstellbar gewesen wäre. Sie könnten womöglich mehrere Leben damit retten.«

»Mehrere?« sagte ich mit leichtem Unbehagen. Ich stellte mir vor, wie ich geschlachtet und wie ein Kartenspiel ausgeteilt wurde. »Hören Sie, ich bin kein Kind mehr. Ich gehe auf die fünfzig zu. Ich dachte immer, ihr Typen braucht Frischfleisch. Außerdem – « ich atmete erleichtert aus, »wenn die Kugeln mich durchlöchern, wird meine Pumpe weder mir, noch sonst wem nützlich sein.«

Er wusste auf alles eine Antwort.

»Der Gefängnisarzt hat mir gesagt, dass sie für einen Mann Ihres Alters prima in Form sind. Sie haben sich regelmäßig in Schuss gehalten und trainiert, von Ihren Lastern und Aktivitäten außerhalb des Gefängnisses mal abgesehen. Ich bin sicher, Ihre Organe sind genau das, was ich brauche. Nur wünschte ich, Sie würden Ihre Wahl bezüglich der Hinrichtungsmethode noch einmal überdenken.«

»Keine Chance, Doc.«

»Was ist nun mit Ihrem Körper?«

Die Vorstellung, ein Ersatzteillager abzugeben, war mir zwar nicht ganz geheuer, aber mit dem unausweichlichen Tod vor Augen, war es wohl kaum der richtige Zeitpunkt zimperlich zu sein. »Ich werde mir das mit dem Erschießen nicht mehr anders überlegen«, sagte ich. »Aber Sie können gerne haben, was übrig bleibt.«

»Das ist fair«, sagte er und stand auf. Er zog einen großen Umschlag aus der Innentasche und gab mir ein offizielles Dokument zum Unterschreiben. Er wollte wohl auf Nummer Sicher gehen, dass ich es mir nicht noch anders überlegte. Ich unterzeichnete, und Dr. Sansom ging.

Danach war ich froh, dass der Tag der Hinrichtung nah war. Manchmal war es schon schwer genug, mit allem fertigzuwerden, und der Doktor hatte noch eine zusätzliche mentale Belastung ins Spiel gebracht. Wenn ich mir früher den Tod vor Augen geführt hatte, hatte ich mich immer friedlich schlafend, mit vor der Brust gefalteten Händen gesehen. Nun hatte ich keine große Lust mehr, mir die Schluss-Szene vorzustellen.

Am Morgen der Hinrichtung war der Direktor immer noch nervöser als ich. Er sah aus, als hätte er die ganze Nacht kein Auge zugetan, und sein Atem gab ohne weiteres preis, womit er sich stattdessen die Zeit vertrieben hatte. Ich folgte ihm auf den Gefängnishof, der Pfarrer begleitete mich. Ich sah, wie die Beine des Direktors zitterten, und um die Wahrheit zu sagen, ich hätte selbst einen Whiskey vertragen können.

Die Wachmänner, die ich kannte, grüßten oder winkten mir beim Vorbeigehen zu, ein paar murmelten aufmunternde Worte. Einige Wachmänner stellten sich an die Türen, für den Fall, dass ich es mir anders überlegen und doch nicht freiwillig gehen würde.

Der Gefängnishof war kühl. Die ersten Sonnenstrahlen krochen über die Ostmauer. Etwa fünfzig Meter entfernt vor einem Gerüst aus Holz und Leinwand stand ein schwerer Stuhl, an dem Lederriemen befestigt waren. Ich wusste, dass sich hinter dem Gerüst bereits das Erschießungskommando befand, verdeckt durch die Leinwand. Wenn die Zeit gekommen war, würde man die Leinwand hochziehen und – bumm.

Zwanzig Meter weiter links vom Todesstuhl parkte ein großer weißer Traktor mit Anhänger.

Daneben stand Dr. Sansom mit seinen Mitarbeitern. Alle trugen hellgrüne Kittel. Das einzige Geräusch kam vom Brummen des Dieselgenerators, der auf dem Anhänger stand. Ich vermutete, er sollte die Maschinen mit Energie speisen, die meinen Körper auf dem Weg in die Stadt in einem brauchbaren Zustand halten sollten.

Ich ging geradewegs auf den Stuhl zu und setzte mich.

Ich hörte die Wachmänner erleichtert aufatmen, weil sie mich nicht mit Gewalt hinbringen mussten. Der Direktor verlas ein Papier – nuschelte wäre zutreffender – für die offiziellen Beobachter, während die Wachmänner meine Arme und Beine mit den Lederriemen festschnallten. Der Gefängnisarzt heftete eine Zielscheibe an mein T-Shirt und zog mir einen Leinensack über den Kopf. Ein paar Sekunden passierte nichts, es herrschte Totenstille. Ich dachte darüber nach, noch irgend etwas cleveres zu sagen, als ich das Gefühl hatte, ein Vorschlaghammer würde mir die Brust zerschmettern. Einen Bruchteil später hörte ich die Gewehrschüsse. Ein Echo hallte von den steinernen Mauern. Blut kam mir die Kehle hoch und ich erinnere mich noch, wie ich daran dachte, dass Dr. Sansom mit meinen Lungen jetzt auch nichts mehr anfangen könnte.

Dann konnte ich überhaupt nichts mehr denken ...

Als ich meine Augen öffnete, konnte ich Licht und Bewegung wahrnehmen, aber ich hatte Schwierigkeiten, irgendwas zu erkennen. Ich fühlte mich so schwach wie noch nie.

»Holen Sie sofort Dr. Sansom her!« rief eine aufgeregte Frauenstimme. »Er kommt wieder zu Bewusstsein, und diesmal scheint er etwas wahrzunehmen.«

Um mich herum war Bewegung. Langsam wurden die Umrisse etwas schärfer. Dann erkannte ich plötzlich die kalten Augen von Dr. Sansom. Ich spürte blankes Entsetzen. Um seine bizarren Experimente voranzutreiben, hatte mir dieser eiskalte Kurpfuscher nach der Hinrichtung ein neues Herz verpasst. Ich hob meine Hand und wollte ihn zur Rechenschaft ziehen, aber ich brachte nur unzusammenhängende Laute hervor. Dann entdeckte ich die Sommersprossen auf meinem Handrücken.

Meine Hand?

Nie hatte ich eine einzige Sommersprosse gehabt.

Ich sank entkräftet zurück in die Kissen. Dieser Bastard hatte mir kein neues Herz gegeben. Er hatte mein Gehirn in den Schädel eines anderen verfrachtet. Gott allein wusste, in wie viele Teile er mich zerschnitten hatte.

»Versuchen Sie noch nicht zu sprechen«, sagte er sanft. »Sie waren lange Zeit im Koma. Bleiben Sie ruhig liegen und kommen Sie erst mal zu sich.«

Jetzt bemerkte ich, dass mein Gesicht bandagiert war. »Ihre Genesung macht gute Fortschritte. In ein paar Tagen können Sie schon aufstehen. Wir nehmen Ihnen dann die Bandagen ab, und Sie werden fast genauso aussehen wie vor Ihrem Autounfall. Die meisten Narben werden dann durch das Haar verdeckt sein.«

Nicht mal durch ein Augenzwinkern verriet er, dass er sich bewusst war – und keiner konnte es besser wissen als er – dass er zu einer zweigeteilten Persönlichkeit sprach, mein Hirn in dem Körper eines anderen.

Vorher war es mir nicht aufgefallen, aber mein anderer Arm und meine Seite waren mit Schläuchen verbunden. Dr. Sansom und die Krankenschwestern entfernten sie, und mein Kreislauf übernahm die Funktion der Herz-Lungen-Maschine. Mein Kreislauf? Ich schloss die Augen und versuchte, nicht daran zu denken. Sie schoben die Maschine weg.

In den folgenden Tagen schaffte ich es, Kontrolle über meinen neuen Körper zu erlangen. Die Sprache war das Schwierigste. Anfangs musste ich mich genau konzentrieren, um ein Wort zu formen, aber kurze Zeit später sprach ich vollständige Sätze. Dr. Sansom gestattete mir aufzustehen und vorsichtig im Zimmer herumzugehen. Er beobachtete mich mit einem Funkeln in den Augen. Es kam mir so vor, als würde man nach einem langen Knastaufenthalt wieder lernen Auto zu fahren. Ich musste langsam mein Wahrnehmungs- und Urteilsvermögen wiedererlangen.

Jeden Tag kam ich mehr zu Kräften. Zum ersten Mal wurde mir bewusst, dass mein Körper ein junger Körper war. Ich fühlte mich so gut wie seit Jahren nicht mehr. Es lief mir kalt den Rücken runter, als Dr. Sansom eines Tages davon anfing, wann ich meinen Job wieder aufnehmen könnte. Ihm war doch hoffentlich klar, dass ich keinen Job hatte, zu dem ich zurückkehren konnte. Mental gesehen war ich immer noch ein achtundvierzigjähriger Sträfling, der über dreißig Jahre hinter Gittern gesessen hatte. Ich hatte keine Erfahrung, keine Praxis, keine Ausbildung, die über Lesen von zwei, drei Büchern pro Woche hinausging. Die einzige Sache, auf die mich der Knast vorbereitet hatte, war noch mehr Knast. Es war unmöglich, mich in das Leben des Mannes einzublenden, in dessen Kopf mein Gehirn verpflanzt worden war, und ich versuchte, mir dabei nichts vorzumachen.

Eines Tages erschien Dr. Sansom an meinem Bett mit einem Arm voll Klamotten.

»Ziehen Sie sich an«, sagte er. »Wir werden zu Ihrem Büro fahren. Dieses Mal wird es noch ein kurzer Ausflug, aber es wird Zeit, sich mit allem wieder vertraut zu machen.«

Wieder vertraut zu machen!

Eine der Krankenschwestern fuhr den Wagen. Ich saß in der Mitte, an meiner Seite Dr. Sansom. Ich starrte auf

das Amaturenbrett und versuchte, mich von der vorbei-
rauschenden, schnell wechselnden Szenerie nicht ver-
wirren zu lassen. Dann hielt der Wagen, und ich starrte
ungläubig aus dem Fenster. Ich holte tief Luft.

Man half mir aus dem Auto. Am Weg waren viele
Menschen aufgereiht. Lächelnde Menschen. Die ganze
Strecke bis zum Büro wurde ich von uniformierten Wach-
leuten gegrüßt, viele kannte ich aus meiner Zeit in der
Todeszelle.

»Willkommen zu Hause, Direktor Raymond«, emp-
fingen sie mich.

In dem Büro kam eine junge, dralle Blondine auf
mich zugestürmt. »Oh Darling«, seufzte sie, »es war so
schwer für mich, dich nicht besuchen zu dürfen.«

Ich nahm sie in die Arme.

Wie ich meine Frau so in den Armen hielt, war mir
der satanische Blick von Dr. Sansom völlig egal.

Der einzige Job der Welt, den ich perfekt beherrschte.

Der einzige Job, in dem ich tatsächlich gut war.

Ich wusste, dass das Leben beim zweiten Mal besser
wird.

DEREK RAYMOND
DIE UNVERGÄNGLICHE SUSAN

Es hätte ein ganz besonderer Tag für uns werden können,
wenn nicht dieses Ärgernis per Post gekommen wäre und
den lebenslangen Hass in mir hätte auflodern lassen,
Hass gegenüber dem Staat, der sich beliebig in mein
Leben einmischen kann. Ich hatte unser Vorhaben wunderbar ausgearbeitet und dann musste verdammt noch
mal dieser Brief kommen, der seinen Schatten über den
Tag warf, den ich einzig und allein Susan gewidmet und
den ich mir wolkenlos und rein gewünscht hatte. Besagter
Brief, ein rosafarbener Wisch, unterzeichnet von einem
Bürokraten des Finanzamtes, kündigte mir die Pfändung
meines Vermögens an. Ich wusste zwar, dass meine
Finanzlage ein einziges Durcheinander war, aber ich
hatte in letzter Zeit Wichtigeres zu erledigen gehabt.
Jedenfalls konnte dieser Typ nicht mehr alle Tassen im
Schrank haben, mir einen solchen Bescheid zu schicken,
wenn man bedenkt, was ich alles auf mich genommen
hatte, um ihm einen Denkzettel zu verpassen. Erst neulich war ich bei ihm aufgetaucht, hatte ihn in einem höfli-
chen, aber bestimmten Tonfall gewarnt, mir nie wieder
Derartiges zu schicken, und ihm in Hinblick auf seine
Gesundheit geraten, meinen Namen aus seinen Akten zu
streichen.

Aber wenn diese Leute darauf bestehen, gefährlich zu leben, kann ich sie nicht daran hindern, oder?

Nachdem ich den Bescheid gelesen hatte, fing ich an zu schreien; als ich mich danach nicht besser fühlte, ging ich zum Fenster, wedelte mit dem Steuerbescheid herum und brüllte meine Wut hinaus auf die Straße. Später, nach dem Anfall, wurde mir klar, wie vorteilhaft es doch war, dass Susan in einem anderen Teil der Stadt wohnte und bisher nicht herausgefunden hatte, wozu ich fähig bin, wenn ich die Beherrschung verliere – manchmal bin selbst ich darüber erstaunt. Glücklicherweise waren nicht viele Leute auf der Straße und niemand nahm Notiz von mir. Ich weiß, ich hätte vorsichtiger sein sollen – aber manche Dinge können einen zum Wahnsinn treiben, wenn sie mutwillig Pläne durchkreuzen und eine lange vorbereitete und gedanklich bereits ausgekostete Stimmung zerstören.

(Ich muss Frieden finden.)

Eiserne Entschlossenheit brachte mich nach einigen Stunden erneut innerlich zum Kochen, also sprang ich in meinen Wagen und fuhr zum Finanzamt. Wenn man bedenkt, dass ich anonym bleiben und auch cool und beherrscht sein wollte, für Susan, unser Vorhaben und unsere Pläne, war es wohl das Dümmste, was ich tun konnte. Aber ich tat es nun mal.

Dinge brechen im Allgmeinen über einen herein, und den Gerichtsvollzieher im Nacken zu haben, reicht aus, um Tote aus der Hölle anreisen zu lassen.

Ich stellte meinen Wagen vor ihrem schmuddeligen Gebäude auf der durchgezogenen, doppelten gelben Markierung ab, direkt im absoluten Halteverbot, und stürmte gegen vier Uhr nachmittags genau in dem Moment hinein, als sie schließen wollten. Beinahe rannte ich eine pampig dreinblickende Hausfrau um die vierzig in einem beigefarbenen Rock über den Haufen. Das Finanzamt war bereits nahezu leer, also schoss ich direkt auf den Schalter zu, wo sie einem das Geld abnehmen. Der alten Schabracke hinter dem Schalter rief ich zu: »Holen Sie mal den Draufgänger her, für den Sie hier arbeiten, den mit dem Toupet.« Der Frau neben mir, die – das Scheckbuch schon in der Hand – ihr hart verdientes Geld diesen Leuten vermachen wollte, erklärte ich: »Ich will Ihnen nicht in die Parade fahren, aber in Ihrem eigenen Interesse wäre es besser, mir den Weg frei und meinen Ellbogen Platz zu machen – es wird hier gleich tierischen Ärger geben.« Sie starrte mich mit offenem Mund an und befolgte meinen Rat.

Ich musste recht laut geworden sein, denn kaum hatte sie sich auch nur gerührt, schoss dieser kleine Bastard wie eine Tontaube hervor und baute sich vor mir auf. Als er schrie: »Was ist denn hier los?« holte ich seinen Schrieb hervor, der mir die Pfändung meines Hauses, meines Wagens und meiner Möbel androhte, hielt ihm den Wisch unter die Nase und fragte ihn vor dem gepeinigten Publikum: »Erkennen Sie's?«

»Selbstverständlich«, antwortete er, »ich selbst habe es Ihnen geschickt. Was wollen Sie dagegen unternehmen?«

»Nichts. Ich werde überhaupt nichts tun. Ich werde Ihnen sagen, was Sie damit tun können«, erwiderte ich.

»Was könnte das wohl sein?«

»Wischen Sie sich Ihren Hintern damit!«

Ein weiterer Angestellter kam aus dem Zimmer und bemerkte: »Wir erfüllen lediglich unsere Pflicht dem Staat gegenüber, und so steht hier nur zur Debatte, ob Sie erschienen sind, um zu zahlen, oder ob wir bei Ihnen erscheinen, um Ihrer Zahlungsmoral auf die Sprünge zu helfen.« Also präsentierte ich ihnen die .38er, die ich manchmal bei mir trage.

(Bei denen, die mir nahe stehen, habe ich noch nie Feuerwaffen benutzt, denn ich möchte, dass sie ihren Frieden finden, und Feuerwaffen lassen sie nicht mit einem friedlichen Ausdruck zurück.)

Ich zielte auf seine Stirn und sagte: »Sie ist geladen«, und war versucht, es zu beweisen, vielleicht indem ich eine Kugel in den Kopf des Politikers auf dem Wandkalender hinter ihm jagte. Doch das wäre nicht sonderlich feinfühlig gewesen – obwohl ich bereits den Entschluss gefasst hatte, der Feinfühligkeit abzuschwören, denn ich werde es langsam leid, jedem Frieden zu bringen, nur mir nicht.

Das noch anwesende Publikum schaute verblüfft, als wollte es sagen: »Das darf doch wohl nicht wahr sein.« Das darf es wohl, könnt ihr mal sehen! Ich zerknüllte den Bescheid und ließ ihn zu Boden fallen. Es war das einzige Geräusch, das in diesem Moment zu hören war. Gleichzeitig steckte ich die Pistole zurück in meine Jacke und sagte: »Ich habe heute Abend eine sehr wichtige Verabredung und keine Zeit für Probleme. Das hat Ihnen das Leben gerettet.«

Ich drehte mich um und ging. Hinter mir fing jemand an zu schluchzen. Ich schaute mich erst gar nicht um, wer es war, sondern verschwand hinaus in den starken Wind und bekam eine Ladung Staub direkt in die Augen.

Als der Deal in der Sitzecke des Pubs zustande gekommen war, sagte der Mann, der mir die Waffe verkauft hatte: »Du weißt, ich bin kein Spießer, aber ich bin mir nicht sicher, ob jemand wie du überhaupt so ein Ding haben sollte.«

Ich fragte: »Wie lange musstest du für den Mord sitzen?«

»Zehn Jahre. Aber nur, weil ich mich von den Schliessern ficken ließ. Außerdem schnarche ich nicht. Und ich habe die Zeit im Knast abgesessen, nicht wie du in der Psychatrischen. Ich glaube nicht, dass dir klar ist, was der Aufenthalt dort bei dir angerichtet hat.«

»Irrtum«, sagte ich, »es ist mir klar – man hat dort viel Zeit darauf verwandt, mir zu sagen, wer ich sei, und seitdem ich draußen bin, bin ich nur damit beschäftigt, genau das zu sein. Egal, hier ist die Kohle für die Kanone. Nimm's und halt mir keine Predigt. Heute ist nicht Sonntag.«

Ich stand auf, steckte die Waffe ein und ging.

Er rief mir nach: »Du bist vollkommen durchgeknallt!«

Nun, es muss solche und solche geben. Außerdem hat jeder das Recht auf eine eigene Meinung.

Als ich nach Hause kam, sah ich erst einmal in den Spiegel. Ich fand nicht, dass ich wie ein Irrer aussah. Ich holte meinen Kamm heraus; keine Ahnung, weshalb ich plötzlich das Gefühl hatte, mich kämmen zu müssen. Beim Anblick meines Spiegelbildes dachte ich: »Ich kann nicht begreifen, warum lebende Tote sich Gedanken über den Zustand ihrer Haare machen. Wirklich, warum haben wir alle nur das Bedürfnis, so verdammt gefällig zu sein?«

Ich öffnete die Schublade des Küchentisches, wo ich meine Aufzeichnungen aufbewahre, und las den jüngsten Eintrag. Er schilderte die letzten Sekunden von Nummer 8. Ich hatte ihren leblosen, nackten Rücken als Unterlage benutzt, um die Hitze des Moments an Ort und Stelle einzufangen. Ich hätte es besser wissen sollen; eine solche Fahrlässigkeit kann mich leicht in den Knast bringen. Jetzt schrieb ich sorgfältig mit Kugelschreiber: »Du möchtest, dass deine Feinde weiterleben, damit sie dir Freude bereiten können. Denn die Freude am Hass besteht darin, deine Feinde in einen Zustand der Angst zu versetzen. Ein toter Feind nutzt dir nichts, bringt dir keinen Spaß mehr. Töte deine Freunde, töte deine Geliebten, zeig ihnen, dass du sie liebst und bringe ihnen Frieden.

Niemals hätte ich den Angestellten im Finanzamt erschossen; es hätte ihm die Angst erspart.

Wenn ich jemanden liebe − und dabei handelt es sich immer um eine Frau −, bedeutet das, sie so bald wie möglich vor Hass und Kränkung zu schützen, damit sie nie mehr Gefahr läuft, verletzt zu werden. Nicht so, wie ich es dummerweise in Rosas Fall zu verantworten habe, durch einen groben Fehler, den jedes Kind hätte vermeiden können. Jetzt läuft sie um einen Baum herum und zieht einen Pappkarton an einer Schnur hinter sich her, in einer dieser Anstalten, in die man dann eingeliefert wird.

Deshalb ist der Tod eine meisterhafte Lösung. Er bewahrt das Bewahrenswerte einer Person auf unvergängliche Weise, bis in alle Ewigkeit fängt er Schönheit ein als ungetrübtes Bild; und am besten tritt der Tod sein Erbe höflich und unaufdringlich an; wie ein geschulter Diener bindet er die Liebe ab, mit sicherer Hand, einem Chirurgen gleich, der eine Arterie mit einem flinken, kleinen Knoten abbindet. Die steinernen Arme nach oben gestreckt, seinem unsichtbaren Gott entgegen, kann ein herbeizitierter, makelloser Tod gen Himmel fahren. In meiner Begeisterung stelle ich mir den Tod immer als ein klingendes Gewölbe vor, das in seiner komplizierten Struktur von Bogen über Bogen immer höher steigt wie eine verlorene Weite, um dann die Schönheit einer steingeäderten Kathedrale bei Nacht anzunehmen. Stille ist seine Begleitmusik; so wie die Musik, die ich zu hören glaubte, als ich das Lächeln von Nummer 5 auslöschte; hingegen verschaffte mir das Änigma von Nummer 8 die gleiche Befriedigung wie der Orgasmus, den ich bei Nummer 3 hatte, kurz nachdem sie gestorben war.

Susan ist Nummer neun. Sie weiß es nicht, aber ich habe sie am späten Nachmittag in meinem Wagen verfolgt. So wie jeder andere in seinem Wagen seine Individualität verliert, brauche ich den Wagen, um anonym zu bleiben. Hinter dem Steuer würde selbst meine eigene

Mutter mich nicht erkennen. Susans Gewohnheiten sind mir vertraut wie die Linien meiner Hand, und ich folgte ihr auf dem Weg zum Tabakladen, wo sie sich Zigaretten kauft, beobachtete, wie sie die Abkürzung durch den Park nimmt, und schließlich die lange Strecke die Eard Street hinunter zum Supermarkt, nicht ohne vorher die übliche kleine Pause bei *Claire's* eingelegt zu haben, der Boutique, wo sie sich immer die neueste Mode ansieht.

Kurz nach fünf – getarnt durch den Verkehr, beobachtete ich sie auf dem Gehweg – dachte ich schon, sie habe mein Spiegelbild in einem der Schaufenster gesehen; denn plötzlich drehte sie sich in meine Richtung, hob zögernd die Hand, als wollte sie winken, und die Lippen in ihrem feisten Gesicht, einem schwammigen Vollmond aus Teig, teilten sich zu einem Lächeln. Doch als ich mich duckte, sprang die Ampel um, und ich konnte in die Country Avenue einbiegen und unentdeckt da-von-fahren. Sie ahnte nicht einmal, wie glücklich sie ausgesehen hatte, als ich ihr gefolgt war, und niemals wird sie etwas von der Intensität erfahren, mit der ich ihre Zufriedenheit durch den Dreck auf meiner flüchtig abgewischten Windschutzscheibe in mich aufgesogen hatte. Ein Ausdruck, der mir für immer im Gedächtnis bleiben wird, wohl wissend, dass er nicht entstanden wäre, wenn sie gewusst hätte, dass sie heute Nacht sterben würde – obwohl, hatte sie mir nicht neulich erst erklärt, sie sei bereit, für mich zu sterben?

Ihr verzücktes Lächeln sagte mir, dass wir in ihren Augen zusammengehören; nur hatte man mir doch vermittelt, dass die Vergiftung meiner Seele mich ausgrenze. Aber

Susan, die reine Unschuld, meint, immer wenn wir uns liebten, sei es für sie wie das erste Mal. So erkennt mein Schuldgefühl, wie immer durchdrungen vom Wunsch zu dienen, dass sie der Welt für alle Zeiten so erhalten bleiben muss.

Und es geht mir ebenso wie ihr. Das habe ich natürlich gemein mit anderen: Auch für mich ist es immer das erste Mal, wenn ich einem geliebten Menschen das Wunder meines Friedens schenke.

Ich ordne meine Aufzeichnungen und lege sie ordentlich zurück in die Schublade des Küchentisches, gehe zum Schrank und hole die Maschine herunter, spüle sie unter dem Wasserhahn ab, schraube sie zusammen und schließe sie an, damit sie bereitsteht, wenn der besondere Moment gekommen ist.

Der Augenblick des ewigen Friedens wird dann kommen, wenn ich es leid bin, die Angst meiner Geliebten und ihr Problem, diesen Husten, zu ertragen, und dann beschließe, ihr die verdiente Ruhe zu geben. Um halb acht will sie hier sein; die ziemlich nachlässig modellierten Schätze ihres Busens werden unter den Hustenanfällen erbeben, und sogleich wird sie über Atemnot und den chronischen Katarrh klagen, so wie sie es immer tut. Geduldig habe ich mir dieses Gedöns lange Zeit angehört und ihr schließ-lich etwas Besonderes zugedacht – etwas, das ich weiß Gott wie lange schon nicht mehr angewandt habe –, um sie von der Bürde ihres nutzlosen Körpers zu erlösen.

Es ist ein Gefäß, gefüllt mit starken aromatischen Salzen, deren Dämpfe man über einen Gummischlauch inhalieren kann. Ein zweiter Gummischlauch verbindet das Gefäß mit einer Flasche Butangas, die versteckt auf der anderen Seite des Herds steht. Ich werde Susan in ihren geliebten bunt gestreiften Liegestuhl am Fenster setzen, von wo aus man einen Blick auf den Löwenzahn hat, und ihr ruhig, aber mit Nachdruck die Riechsalze empfehlen, und dabei selbst in einen kaum zu kontrollierenden Zustand der Erregung geraten, da der Moment näher rückt und sie mich verläßt und ich ihr versichere, es nicht ertragen zu können, einen geliebten Menschen leiden zu sehen. Und sie wird nicht leiden. Es wird nur ein klitzekleines Aufbäumen geben, einige wenige Seufzer, gefolgt von einer Art Traumzustand. Dann Koma und Tod.

Später werde ich mit ihrer Leiche reden, die sich mit offenem Mund auf dem Beifahrersitz an mich lehnt. Wir werden hinaus aufs Land fahren und uns irgendwo im Grünen ausstrecken wie Frischvermählte, damit sie sich ausruhen und ich sie mit der Szene im Finanzamt aufheitern kann. Dann werde ich die Nacht damit zubringen, jede Wölbung, jede Linie ihres Gesichtes im Licht der Sterne zu betrachten, um sie als Erinnerung zu speichern.

Wenn dann der Moment des Abschieds kommt, werde ich meine unvergängliche Susan bei den Händen nehmen und sie ein letztes Mal drücken.

Mir ist, als hörte ich sie jetzt an der Tür; gibt vor, sie wäre von der Polizei. Sie ist nicht von der Polizei. Was die Stimme betrifft, bin ich mir noch nicht sicher, aber ich kenne Susans Schritt, außerdem ist sie so fett, dass sie beim Treppensteigen keucht. Egal, wer auch immer an der Tür sein mag, du siehst, Leben ist nichts weiter, als sich einer Übung in kontrollierter Verzweiflung zu unterziehen.

JOE R. LANSDALE
DER JOB

Bower klappte die Sonnenblende herunter, betrachtete sich in dem kleinen Spiegel und sagte: »Weißt du, wenn diese Rumreiserei nicht gewesen wäre, hätte ich weitergemacht. Ich konnte sogar mit dem Arsch wackeln wie er. Mann, ich kann dir sagen, dass hat die Weiber vielleicht wild gemacht. Das hättest du sehen sollen.«

»Komm bloß nicht auf die Idee, mir mal was vorzuwackeln«, sagte Kelly. »Ich will's nicht sehen. Ist so schon hart genug, was ich zu tun habe, da muss ich mir das nicht auch noch geben.«

Bower klappte die Sonnenblende wieder hoch. Die Ampel sprang auf Grün. Kelly gab Gas und fuhr den Wagen über einen Hügel, dann bog er rechts in die Mclroy ein.

»Ein bisschen ähnlich siehst du ihm ja«, sagte Kelly. »In seiner fetten Phase, als er auf Drogen und Erdnussbutter war.«

»Yeah, aber die Pockennarben in meinem Gesicht stören. Auf der Bühne hatte ich immer Make-up drauf. Das sah ganz okay aus.«

Sie hielten an einem Stoppschild. Kelly nahm sich eine Zigarette und drückte auf den Zigarettenanzünder. »Hier ist mir letztes Mal fast ein Nigger hinten reingefahren«, erzählte er. »Hat mir 'nen Höllenschreck eingejagt. Ich hab ihn aus dem Auto gezogen und ihm ein paar übergebraten. Möchte wetten, der ist jetzt ein vorsichtiger Nigger.«

Er fuhr wieder an.

»Hast du so was schon mal gemacht? Mir ist klar, du hast, aber ich meine, so was wie diesmal?« fragte Bower.

»Nicht so. Aber ich hab Dinge gemacht, da würdest du staunen. Mach ich dich etwa nervös?«

»Ich bin okay. Weißt du, hauptsächlich habe ich wegen der nervigen Reiserei mit dieser Elvis-Nummer aufgehört. Auf Tour musste ich mal in einem billigen Motel absteigen, das schlecht beheizt wurde. Ich war schon öfter in solchen Zimmern gewesen und hatte zur Sicherheit immer 'nen Haufen Heizlüfter im Kofferraum. Obwohl ich in der Nacht alle angeschlossen hatte, war mir immer noch kalt, also hab ich die Matratze auf den Boden gelegt und die Heizlüfter drum herum aufgebaut. Plötzlich bin ich wach geworden und habe lichterloh gebrannt. Ich muss so alle gewesen sein, dass ich in meinen Elvis-Klamotten eingepennt bin. Tja, das war das Ende meines besten weißen Showkostüms, weißt du, so eins, wie er hatte, mit goldenem Glitter und so. Muss witzig ausgesehen haben, wie ich da rumgesprungen bin, mit dem Feuer, und versucht habe, es auszuschlagen. Als ich das Zeugs endlich aus hatte, war ich rot wie nach einem Sonnenbrand.«

»Bist du sicher, dass du's packst?«

»Hab ich gesagt, ich pack's nicht?«

»Du bist nervös. Das merke ich daran, wie du sprichst.«

»Ein bisschen. Ich hatte auch immer etwas Lampenfieber, wenn ich auf die Bühne musste, aber ich hab's immer gebracht. Die Meute wollte Elvis und sie bekam ihn. Ich habe Autogramme gegeben, unterschrieben mit

Elvis. Die Leute wollten's einfach. Sie wollten verarscht werden.«

»Viele Frauen?«

»Und ob.«

»Wie alt, um die 55?«

»Alle Altersklassen, manche waren noch ziemlich jung.«

»Mal welche gefickt?«

»Klar, haufenweise. Sing im Schlafzimmer 'n bisschen *Love me tender* und schon tanzen sie nach deiner Pfeife.«

»Du hast die Alten gefickt?«

»Nicht die ganz Alten, nein. Wer hatte eigentlich die Idee, den Job auf diese Weise zu erledigen?«

»Der Boss natürlich. Hast du etwa gedacht, er überlässt mir die Planung? Er will verhindern, dass die Schlitzaugen sich ins Shrimps-Geschäft einmischen.«

»Ich weiß nicht. Schließlich haben wir für diese Typen mal gekämpft. Ich hab ein komisches Gefühl dabei.«

»Den Krieg drüben haben wir verloren, weil wir ein Schlitzauge nicht vom anderen unterscheiden konnten. Die sehen alle irgendwie gleich aus. Wir hätten alles mit Atombomben plattmachen sollen, warten, bis sich's wieder abkühlt und aufhört zu strahlen, um dann ein beschissenes Disneyland oder so was drauf zu stellen.«

Sie fuhren nun schneller, ließen die City hinter sich.

»Ich versteh nicht, wieso wir den Kerl nicht einfach umlegen. Wieso ausgerechnet auf diese Art?« sagte Bower. »Das kommt mir spanisch vor.«

»Dich hat keiner gefragt. Du kriegst den Job, du erledigst ihn. Der Boss will das Schlitzauge leiden sehen, also wird er leiden. Ist ja nicht so, dass er keine Warnung bekommen hätte. Der Boss will ihm 'ne richtige Abreibung verpassen.«

»Vielleicht ist das gar nicht so clever. Bei den Schlitzaugen kommt das womöglich anders an als bei uns. Die gehen anders damit um, kennen das schon alles.«

»Bei ihm wird's schon richtig ankommen«, sagte Kelly. »Und wenn nicht, ist es nicht unser Problem. Wir sollen den Job machen und wir machen ihn. Was danach kommt, kommt danach. Wenn der Boss will, dass wir's danach anders machen, dann machen wir's danach anders. Er ist derjenige, der zahlt.«

Die Stadt verschwand jetzt hinter ihnen. Links vom Highway konnten sie das Meer durch ein paar buschige Bäume glitzern sehen.

»Woher sollen wir wissen, wer es ist?« fragte Bower. »Die gleichen sich doch wie ein Ei dem anderen.«

»Ich hab 'n Photo, das Schlitzauge hat 'ne Brandwunde im Gesicht. Alles genau getimt, vom Boss höchstpersönlich. Er hat ein paar Späher angesetzt, die sich Notizen gemacht haben.«

»Warum wir?«

»Ich, weil ich so was schon mal gemacht habe. Du, weil er sehen will, aus was für 'nem Holz du geschnitzt bist. Ich bin sozusagen als dein Kindermädchen dabei.«

»Ich brauche niemanden, der dabei zusieht, wie ich das mache, was ich machen soll.«

Sie fuhren an ein paar Booten vorbei, die an einem Steg festgemacht waren, und dann in eine kleine Stadt, die Wilborn hieß. An einer Kreuzung bogen sie in die Catlow Street ab.

»Da unten ist es schon«, sagte Kelly. »Hast du dein Messer? Wenn du dein Messer vergessen, aber deinen Kamm dabeihast, bring ich dich um.«

Bower zog das Messer aus der Tasche. »Das Ding hat

mehrere Klingen und ein paar Werkzeuge. Und sogar einen Kamm.«

»Mein Gott, du willst es mit einem Pfadfindermesser machen?«

»Ein Mehrzweckmesser. Die Klinge, die ich benutze, ist ziemlich scharf, siehst du? Warum dürfen wir keine Kanonen benutzen? Das gäbe nicht so eine Sauerei. Und wäre viel einfacher.«

»Der Boss will eine Sauerei. Er will, dass das Schlitzauge 'n bisschen ins Grübeln kommt. Er will, dass sie ihr Zeug auf die Boote laden und zurück ins Schlitzaugenland segeln. Entweder das, oder sie zahlen Prozente wie alle anderen auch. Wenn er den Schlitzaugen was durchgehen lässt, dann versucht jeder, damit durchzukommen.«

Sie fuhren an den Bordstein heran. Weiter unten an der Straße war eine Schule.

»Wenn's wenigstens ein Nigger wäre«, sagte Bower.

»Schlitzauge, Nigger, was spielt das für 'ne Rolle?«

Sie hörten die Schulglocke. Fünf Minuten später sahen sie Kinder auf die Straße kommen, die zu den Schulbussen gingen. Einige kamen ihnen auf dem Gehweg entgegen. Unter ihnen ein vietnamesisches Mädchen, ungefähr acht Jahre alt. Auf ihrer linken Gesichtshälfte hatte sie eine Brandwunde.

»Werden die mich wiedererkennen?« fragte Bower.

»Die Kinder? Nee. Hier kennt dich keiner. Zieh hinterher den Elvis-Scheiß aus und alles ist okay.«

»Das ist irgendwie nicht richtig, vor all den Kindern und so. Ich denke, wir sollten lieber den Vater umlegen.«

»Fürs Denken wirst du nicht bezahlt, Elvis. Mach deinen Job. Wenn ich es für dich erledigen muss, wirst du dir später wünschen, du hättest es selbst getan.«

Bower klappte sein Mehrzweckmesser auf und stieg aus dem Wagen. Das Messer eng an seinem Bein, ging er ein paar Schritte zur Motorhaube, lehnte sich dagegen, genau in dem Moment, als das vietnamesische Mädchen vorbeikam.

Er sagte: » Hey, Kleine, komm mal kurz her.« Dann, mit tiefer Stimme: »Elvis will dir was zeigen.«

BUDDY GIOVINAZZO
ICH TÖTE NUR FÜR CATALAINE

Nachdem ich ihren Kopf abgetrennt hatte, wischte ich zuerst das Blut auf, wickelte dann ein Handtuch um den Stumpf, damit nicht noch mehr auf die Holzdielen floss; Scheiße, ich hatte sie erst vor zwei Monaten abschleifen lassen. Ich wollte gerade duschen, als es klingelte. Also schlüpfte ich wieder in meine Jeans, nahm die kleine Plato-Büste vom Klavier, ging an die Tür und sah durch den Spion. Es war Catalaine. Ich ließ sie rein. Beim Anblick der Leiche schrie sie gleich los.

»Du Idiot! Man hackt doch keinen Kopf ab ohne was unterzulegen. Was für eine Sauerei, und dann die Spuren, die du hinterlässt! Wann wirst du eigentlich erwachsen?«

Sie lief sofort in die Küche, streifte die dicken Gummihandschuhe über, die ich für Gartenarbeiten benutze, und fing an, die Schweinerei zu beseitigen. Als ich sie dabei beobachtete, wie sie, über die Leiche gebeugt, das Geschmiere mit einem Abwaschlappen und Ivory-Seife wegwischte, fing ich Feuer. Schlanke Tänzerinnenschenkel und feste Hinterbacken wie zwei kleine gekochte Schinken; ich war froh, dass ich nicht verliebt in sie war, denn dann hätte ich sie auch umbringen müssen. Sie drehte sich um, sah, dass ich sie verschmitzt und verwirrt zugleich anstarrte, und fing an zu lächeln. Das sagte mir, dass alles gut werde und sie verstanden habe.

Dann ging mir auf, dass es vielleicht doch Liebe sein könnte, doch als ich hörte, wie die Plato-Büste meinen Namen rief und mehr wollte, ging ich schnell ins Bad und schnitt mich mit einer Rasierklinge. Catalaine würde also noch eine Weile länger leben.

Nun, eines Abends, wir waren beide auf Speed und hingen so ab, kam ihr plötzlich diese brillante Idee: »Hey, warum fahren wir nicht zu einer Entbindungsstation, kidnappen ein paar Babys, schleusen sie nach Mexiko und verkaufen sie für Drogen!«

Ich blickte ihr ins Gesicht. Der strenge Zug um ihren Mund machte mich an. Schlimmer als hilflose Frauen umzubringen, ist es auch nicht, dachte ich, dafür aber weniger blutig. Also, scheiß drauf!

Ich machte mich daran, meinen Werkzeugkasten zu packen, suchte Messer, Zangen, Blechscheren und das Brecheisen zusammen und die Säure, die ich immer in Augen träufle und verwende, um Fleisch von Schädeln zu lösen, als Catalaine mir einen scharfen Blick zuwarf und fauchte: »Was machst du da? Wir wollen Babys kidnappen und nicht schlachten!«

»Aber ... «, stammelte ich. Immer, wenn sie diesen Ton anschlägt, fange ich an zu stammeln. Sie steht darauf.

»Kann ich wenigstens den Schlosserhammer mitnehmen?«

»Nein, natürlich nicht, du Idiot!«

»Komm schon, sei nett.«

»Okay, du Trottel.«

»Danke, das klingt schon besser.«

Wir stiegen in ihr Auto, einen kleinen schwarzen Volkswagen, an dessen Rückspiegel ein abgetrennter, vertrockneter Finger baumelte, und schossen aus der Ausfahrt. Catalaine kannte ein Krankenhaus in der Nähe des Flughafens, wo wir uns hineinschleichen wollten. Während sie fuhr, beobachtete ich sie, bemerkte das eiskalte Grinsen auf ihrem Gesicht, das sie automatisch aufsetzte; jedes Mal, wenn sie im Begriff war, ein Verbrechen zu begehen, verzog sie die Lippen zu einer Kurve dunkler erotischer Verkommenheit. Einen Moment lang vergaß ich, wie gleichgültig ich ihr war, und sah Szenen vor mir, wie unser gemeinsames Leben sein könnte, wenn sie mich nur lieben würde; sah uns von Staat zu Staat hetzen und eine Spur blutiger Morde hinterlassen, Catalaine als Caligari, die die Opfer und die Methoden der Verstümmelung auswählt, ich als ihr somnambuler Cesare, der ihre bösen Wünsche erfüllt.

Catalaine fuhr auf einen Parkplatz und richtete ihre funkelnden Augen auf mich; die grünen Ränder um ihre kindlich geweiteten Pupillen schimmerten im Licht der Straßenbeleuchtung. Ich dachte, ich würde jeden Moment kommen, und wünschte mir nur, ich hätte den Hammer mitgenommen.

Plötzlich packte Catalaine meine Hände, zog sie grob an ihren Körper, nötigte mich, an ihrer Kleidung, an den Knöpfen zu zerren, ihren BH herunterzureißen, ihr die Titten zu zerkratzen und die Hose aufzumachen. Verwirrt und benommen saß ich da und fragte mich, was das alles sollte.

Als mein Schwanz senkrecht stand wie eine Gewürzgurke in Essigwasser, stellte ich sie mir mit abgetrenntem Kopf vor, sah Plasma auf den Fahrersitz strömen.

Ich spürte, wie meine Hände sich ihrem Hals näherten und meine Finger sich spannten, malte mir aus, wie es sich anfühlte, ihr Fleisch in klebrige Fetzen zu reißen.

Kurz bevor ich kam, beendete Catalaine die Show und checkte ihr Aussehen im Spiegel. Sie brachte ihr Haar durcheinander und verschmierte ihr Make-up, und jetzt wusste ich, was sie vorhatte. Ich war froh, dass ich sie nicht umbringen musste, wer sonst würde mir helfen, die ganze Schweinerei zu beseitigen?

Catalaine sagte mir, ich solle in zwei Minuten hinterherkommen, stieg aus dem Wagen und humpelte zum Haupteingang. Als sie an der Tür war, hörte ich sie stöhnen und wimmern. Ich stieg aus und schlich hinterher, als Catalaine zu schreien begann, sie sei draußen von jemandem vergewaltigt worden, der einen Arztkittel getragen habe. Sofort eilten Krankenschwestern und Pfleger und Sicherheitsbeamte herbei, während Catalaine eine Schimpfkanonade vom Stapel ließ und über einen Arzt delirierte, der nach Old-Spice-Rasierwasser gerochen und sie neben den Mülltonnen missbraucht habe. Sie war in dieser Rolle genauso erfrischend verkommen, wie in den Momenten, wenn sie in ihrer Wohnung fremde Männer fickt und weiß, dass ich, versteckt in einem Spiegelschrank, zuschaue. Wenn sie sich durch deren ranzige Schwänze in ihrer Pussy dazu hinreißen lässt, sich in lustvollem Schmerz hin und her zu winden und zu stöhnen, bis ihr Saft sprudelt wie bei einer vergammelten Frucht, die zu lange in der Sonne gelegen hat. Und danach hasst sie sich und die Typen noch mehr, der schiere Anblick dreht ihr den Magen um und ihr Gesicht verzerrt sich, und das ist dann immer der Augenblick, wo ich auftauche, um sie zu retten … mit dem Schlosserhammer, Sie erinnern sich? Männer töte ich nur für Catalaine.

Ich schlich zum Haupteingang und sah Catalaine an der Rezeption. In Tränen aufgelöst zog sie ihre Show ab, als hätte man ihr die Seele aus dem Leib gerissen. Eine fesselnde Darbietung, die die gesamte Nachtschicht in mitfühlende Verzückung versetzte. Irgendjemand wollte telefonieren, vermutlich die Polizei rufen, doch Catalaine griff nach dem Telefon und schmiss es zu Boden, wimmerte, ihr Ehemann werde das nie verstehen, sie vergehe vor Scham, und wie könne so etwas überhaupt geschehen, schließlich sollten Ärzte Menschen helfen und sie nicht spät nachts brutal überfallen. Einer der Ärzte fragte einen Kollegen, wer diese Nacht Dienst habe, und versuchte so, eine Liste der Verdächtigen zusammenzustellen. Ein Rollstuhl wurde hereingeschoben, doch Catalaine wollte sich nicht setzen. Eine Krankenschwester versuchte sie zu trösten, woraufhin Catalaine nur noch stärker schluchzte. Es war einfach unglaublich! Ich hätte nie gedacht, dass sie ein Talent für so etwas hatte. Ich kannte sie als begnadete Lügnerin und Betrügerin, hatte sie mehr Orgasmen vortäuschen sehen als meine Tante Clara, die Liliputanerhure, aber dies hier war eine Vorstellung, die Oscarverdächtig war. Schließlich sah sie zur Eingangstür hinüber und bannte mich mit ihrem Blick. Kalte Wut stand in ihren Augen und ich erstarrte innerlich, denn sie schienen mir zu sagen ›was machst du denn noch HIER! Du Idiot!‹, und ich verdrückte mich schnell zum Eingang.

Plötzlich schlug Catalaine um sich und stürzte zu

Boden, direkt hier in der Empfangshalle bekam sie einen
Anfall. Alle schienen nach Luft zu schnappen und sprangen ihr buchstäblich zu Hilfe. Apparate wurden heran-
gerollt, und mehrere Männer hoben sie hoch, aber sie
wehrte sich, zuckte und trat um sich, teilte wilde Schläge
aus, alles in einem Zustand epileptischer Hysterie. Ich
nutzte die Gelegenheit und schlüpfte durch die Glastür,
stahl mich an der Wand entlang und ging durch die erste
Tür links, hinter der eine Treppe nach oben führte. Ich
konnte das Durcheinander hinter mir hören, Catalaine
kämpfte und wand sich hin und her, ich vernahm ihr
angestrengtes Stöhnen, und dann schrie ein Mann:
»Auu! Verdammt, mein Auge!«

Ich ging die Treppe hinauf bis zum zweiten Stock, wo,
wie Catalaine gesagt hatte, die Entbindungsstation sein
sollte, und tatsächlich, da war sie, genau am Ende des
Gangs. Leise und auf Zehenspitzen bewegte ich mich
durch den Flur. Hinter einer langen Glaswand schlief
die wertvolle Ware unseres neuen Unternehmens.

Ich saß bereits im Wagen hatte den Motor laufen, aber
nichts geschah. Langsam wurde ich nervös. Was, wenn
sie die Bullen geholt hatten und man sie drinnen fest-
hielt? Sie würden mit Sicherheit rausfinden, dass sie
nicht vergewaltigt worden war. Dann würde das Baby
als vermisst gemeldet, man würde zwei und zwei zusam-
menzählen und Catalaine wegen Kidnapping drankrie-
gen. Das wär's dann für sie und ich wäre wieder allein.
Schon entwarf ich verschiedene Szenarien des Alleinseins: Wer würde meine Spuren so gekonnt verwischen,
wer lieferte mir zündende Einfälle zur Stillung meines
Blutdurstes, wer sollte mich in Sachen Disziplin und

Ordnung unterstützen, wer die Quelle meiner Inspiration sein? Vor meinen Augen zerbröckelte meine Zukunft schon wie eine Sandburg, als ich plötzlich zusammenzuckte, weil unvermittelt die Tür des Wagens aufgerissen wurde. Catalaine sprang ins Auto und befahl mir loszufahren. Ich steuerte aus dem Parkplatz. Sie brachte ihre Kleidung in Ordnung, wischte sich das Gesicht ab und trug sofort neuen Lippenstift auf.

»Was hat dich so lange aufgehalten? Ich hab mir schon Sorgen gemacht.«

»Mach dir mal um mich keine Sorgen. Kümmer dich besser um dich. Ich musste sie schließlich in Trab halten, und dann war es schwierig abzuhauen. Ich hab mich auf die Damentoilette verdrückt und bin aus dem Fenster geklettert.« Catalaine fing an, den hinteren Teil des Wagens und den Boden abzusuchen, sah sogar im Handschuhfach nach.

Sie drehte sich zu mir und eine Frage stand in ihren Augen.

»Also, wo sind sie?«

»Wer?«

»Die Babys, du Idiot! Was zum Teufel denkst du machen wir denn hier?«

»Ach so, im Kofferraum.«

»Im Kofferraum? Sag mal, bist du bescheuert? Hol sie sofort raus! Die ersticken doch, und dann sehen wir ziemlich blöd aus. Tote Babys wird man auf dem freien Markt nicht los.«

Ich fuhr an den Straßenrand und öffnete den Kofferraum, nahm das plärrende Bündel Ware und legte es auf den Rücksitz, während Catalaine hinter das Lenkrad rutschte.

»Was ist das?« blaffte sie.

Das Bündel plärrte noch lauter.

»Das ist das Baby.«

»Nur eins? Was sollen wir mit einem allein? Was meinst du denn, wie viel Stoff wir dafür kriegen?«

»Keine Ahnung. Ich wusste nicht, dass du mehr als eins wolltest.«

»Ich wollte, dass du so viel nimmst, wie du tragen kannst. Wieso vertrau ich immer wieder in deine Selbstständigkeit? Nichts machst du richtig. Du denkst nicht mit, verhältst dich wie ein Kind. Weshalb geb ich mich eigentlich mit dir ab? Als hätte ich noch einen Sohn.«

»Aber du liebst doch deinen Sohn.«

»Ich will einen Mann! Keinen kleinen Jungen!«

»Warum sagst du das immer? Du weißt doch, wie ich das hasse.«

»Weil es stimmt.«

Wir fuhren schweigend dahin, nur das Brummen des Motors und das Wimmern der Handelsware waren zu hören. Nach einer Minute überlegte ich, ob ich den Wurm aus dem Fenster halten sollte, um seinen Kopf an den Kilometersteinen zu zerschmettern, aber das hätte Catalaine nur noch wütender gemacht. Die Augen stur geradeaus, mit verbissener Miene, lenkte sie den Wagen. Ich versuchte ihre Gedanken zu lesen, doch zu viel Ärger baute Hürden auf.

Schließlich sagte ich ihr, dass es mir Leid tue. Sie sah mich an und freundschaftliche Nachsicht lag in ihrem Blick. Ich spürte, wie meine Lungen sich langsam wieder mit Luft füllten.

»Ist schon okay«, sagte sie sanft. »Ich hätte dich genauer instruieren sollen. Wir verkaufen das hier, beschaf-

fen uns etwas Peyote und fahren dann weiter. Es gibt haufenweise Krankenhäuser in der Gegend, wir können
jederzeit noch mehr Babys organisieren.«

Ich betrachtete das schlafende Bündel auf dem Rücksitz, zog die Decke zurück und sah zum ersten Mal sein
Gesicht. Ein sanftes, reines und argloses Gesicht, dem
der Schmutz der Welt und die Tatsachen des Lebens
noch nichts anhaben konnten, das Elend des alltäglichen
Daseins mit seinen Albträumen, Verletzungen und Ent-
täuschungen, dem Herzschmerz, der Verzweiflung und
Depression, die in den Augen brennen und das Herz
zerreißen, bis man nur noch das reinste Nervenbündel
ist. Ich dachte an *Arizona Junior* und wie die Kidnapper
in diesem Film sich in das Balg verlieben, es behalten
und beschützen, es als ihr eigenes Kind aufziehen wollen,
und das war der Augenblick, als ich Catalaine fragte:
»Möchtest du's quälen, bevor wir's verkaufen?«

»Nein, meinetwegen soll der's machen, der's kauft.«

»Scheint mir aber reine Verschwendung.«

»Kannst ja Zigaretten auf seinen Schenkeln ausdrücken,
wenn du so scharf drauf bist, aber nur auf den Innensei-
ten. Deutlich sichtbare Spuren können wir nicht gebrau-
chen, wenn wir die Grenze passieren.«

»Hast du Streichhölzer? Der Anzünder funktioniert
nicht.«

»Nein.«

»Halt mal da am *Seven Eleven*, ich hol welche. Willst
du auch was?«

»Yeah, bring mir 'nen Eistee mit und 'ne Packung
Tampons.«

Catalaine sprang in den Wagen, sie sah nicht zufrieden aus.

»Was ist los?« fragte ich. Ich wünschte, ich hätte es nicht getan.

»Wir haben für das Scheißbaby nur einen Beutel Peyote bekommen!«

»Wie das? Hast du nicht mehr verlangt?«

»Natürlich hab ich mehr verlangt.«

»Also, was ist passiert?«

»Das verdammte Gör hat nur eine Hand!«

»Was heißt, nur eine Hand?«

»Das heißt, was es heißt! Eine beschissene Hand! Du hast ein verkrüppeltes Baby geklaut! Wo hast du es her, aus der Freakabteilung?«

Ich ließ die Szene Revue passieren, versuchte rauszufinden, wann ich Mist gebaut hatte. Ohne Ergebnis. »Es war mit anderen Babys zusammen«, war mein schwaches Argument. »Wie konnte ich das denn ahnen?«

»Du hättest es abchecken müssen!« fauchte sie zurück. Diesmal ließ sie mir nichts durchgehen. Ich dachte, ich mach vielleicht ein bisschen Konversation.

»Was hatte es denn an Stelle der Hand? Haben sie ihm einen Haken oder so verpasst?«

»Nein. Es hatte nur einen Stumpf.«

»Verdammt. Ein Fleischstumpf?«

»Es war so erniedrigend, als Toyo das Baby herausnahm und den Stumpf sah.«

»Sie hätten ihm wenigstens eine Klaue oder so geben können.«

»Idiot!«

»Es kann nichts dafür. Es ist nur ein Baby.«

»Ich meine dich. Du Idiot!«

»Oh.«

Catalaine und ich aßen das Peyote und fuhren herum, bis der Spaß losging. Während mein Kopf zersprang und Teile meines Schädels hoch in den Nachthimmel trieben, bog Catalaine von der dunklen Schotterstraße ab und fuhr zu einem großen Gebäude aus Holz. Es sah aus wie ein Flugzeughangar, der jedoch seit Jahrzehnten nicht mehr benutzt worden war. Das Dach splitterte und war verzogen, alle Fenster waren vernagelt, die gesamte Konstruktion neigte sich zur Seite, Stapel alter LKW-Reifen standen fast zwei Meter hoch vor dem Eingang. Einen Augenblick dachte ich, Catalaine habe mich hierher gebracht, um mich umzulegen. Ich spürte, wie mein Schwanz zuckte und sich aufrichtete. Catalaine hielt an, warf mir einen kurzen Blick zu und schnauzte: »Entspann dich, wir sind hier, um uns zu amüsieren, nicht, was du denkst.«

Ich spürte, wie mein Herz Feuer fing.

Catalaine öffnete eine Tür zu einer improvisierten Arena. Etwa hundert Mexikaner aller Altersklassen saßen erhöht auf Klappstühlen und sahen auf die Arena hinunter, die bis auf zwei hölzerne Pfosten leer war. An jedem Pfosten hingen Stahlketten und Gelenkfesseln aus schwarzem Leder, denen ähnlich, die ich an den Bettpfosten in Catalaines Schlafzimmer gesehen hatte. Catalaine blickte sich lächelnd um; ihre Augen leuchteten, als hätte sie jemanden wieder erkannt. Ich sah nur verschwommen dunkle Gesichter vor mir. Catalaine packte mich am Arm und zog mich zu einem Stuhl, setzte sich neben mich und versetzte mir eine Ohrfeige, als ich drohte ohnmächtig zu werden.

»Danke«, sagte ich.

»Bleib wach, ich will, dass du das siehst.«

»Was denn?«

»Sieh einfach nur zu«, antwortete sie, und in dem sanften Licht der orangefarbenen Scheinwerfer über unseren Köpfen funkelte es bösartig-lasziv in ihren Augen.

Es wurde allmählich dunkler und die Menge um uns herum johlte spanisch-leidenschaftlich; Catalaine beugte sich zu mir herüber und küsste mich auf die Wange, zumindest hoffte ich, dass es Catalaine war. Das Licht ging an und auf der Bühne stand eine Frau mittleren Alters in schwarzem Abendkleid, eine Perlenkette um den Hals. Ihre und Catalaines Augen trafen sich, und ihre Mimik verriet mir, dass sie Freundinnen waren. Die Frau im schwarzen Abendkleid ging auf das Mikrofon zu, um die Menge zu begrüßen.

Sie fing an zu sprechen, doch ich verstand kein einziges Wort; bis es mir langsam dämmerte, dass sie französisch sprach! Ich sah, wie all die Mexikaner um mich herum zustimmend nickten und in die Hände klatschten; dann lachte Catalaine laut über etwas, was die Schwarzgekleidete zum Besten gab. Als ich Catalaine fragte, was denn los sei, befahl sie mir den Mund zu halten. Es gab frenetischen Beifall, als die Schwarzgekleidete zurücktrat, blaue und rote Scheinwerfer aufflammten und zwei schwarze Muskelpakete, nur mit Lendenschurz bekleidet, ein junges, nacktes Mädchen auf die Bühne zerrten. Die Nackte hatte langes schwarzes Haar, einen schlanken, geschmeidigen Körper mit Brüsten wie kleine Knospen und ein rundes Muttermal auf ihrem rechten Schenkel. Catalaine stimmte ein Geheul an, als man das Mädchen mit den ledernen Gelenkfesseln an die Pfosten band.

»Sie sieht nicht mehr sonderlich stolz aus, nicht wahr?« Catalaine stellte die Frage einfach so in den Raum.

»Kennst du sie?«

»Ich kenne ihren Vater, er ist Bankier in Kalifornien.«

»Ich versteh nicht.«

»Er hat einer Freundin von mir einen Kredit verweigert, sie meinte, man sollte ihm nun eine Lektion erteilen. Seine Tochter dachte eigentlich, sie würde den heutigen Abend auf einem Pantera-Konzert zubringen. Stattdessen hat man sie hierher verfrachtet, und jetzt ist sie die Hauptattraktion der Freakshow.«

»Was werden sie mit ihr machen?«

»Ach, nichts Besonderes«, sagte sie mit einem Leuchten in den Augen und wandte sich wieder der Bühne zu, wo das Mädchen mit gespreizten Beinen auf dem Rücken lag und einer der großen schwarzen Kerle zwischen ihren Beinen hing und die Möse leckte. Sie wand und krümmte sich, zerrte an den Fesseln und stöhnte vor Lust und Ekstase. Die Schwarzgekleidete hielt ihr das Mikrofon an die Lippen, damit jeder hören konnte, wie sie fertig gemacht wurde. Begeistert feuerten die Mexikaner sie an, und auch Catalaine klatschte vergnügt in die Hände, kaufte dann Zuckerwatte von einem Bauchladenverkäufer und fragte mich, ob ich was wolle, wartete meine Antwort aber nicht ab.

Die Scheinwerfer wechselten die Farbe und jetzt war die Bühne in Grün getaucht. Es ging ein Raunen durch die Menge, als eine große Tür geöffnet wurde; gleichzeitig breitete sich ein derber Gestank von Salz und Schimmel aus. Ich hörte Metall auf Holz schlagen und ein großes braunes Pferd kam auf die Bühne. Beim Anblick des Pferdes drehten alle durch, und mir fiel auf, dass

Catalaines Gesicht aufleuchtete wie Wunderkerzen am Unabhängigkeitstag. Catalaine sah das Pferd an und das Pferd sie, und seine Augen spiegelten Freude und Wiedererkennen; jetzt war mir klar, warum Catalaine Zaumzeug und Sattel zu Hause hatte.

Die Schwarzgekleidete kniete sich vor das Tier und begann, den Pferdepimmel zu massieren, bis er einen halben Meter lang zu sein schien. Vor der rauen Geräuschkulisse der Menge wurde das Pferd zu dem nackten Mädchen herübergeführt, das bereitwillig die Beine spreizte.

»Das wird sie umbringen, der passt nicht rein.«

»Ach, natürlich tut er das. Die Pussy ist 'n sehr flexibles Organ, da passt sogar 'ne Bowlingkugel rein.«

»Woher weißt du das?«

»Erinnerst du dich an die Bowlingkugel in meinem Büro?«

»Ja.«

»Ich hasse Bowling.«

»Oh.«

Ich steuerte den Wagen langsam bis zum Ende der Sträucher. In der Ferne konnten wir die Fernsehtürme und Radioantennen sehen, deren blinkende rote Lichter aussahen wie Teufelsaugen. Ich stellte den Motor ab, blinzelte in den tintenschwarzen Himmel und spürte die feucht-warme Brise durch meine Haare streifen. Ich nahm ihre Hand und drückte sie sanft. Dann glitt ich neben sie, zog sie an mich und fuhr ihr spielerisch durchs Haar. Ich hörte sie sanft summen; ein Lied, ein Kinderlied, das ich schon mal gehört hatte, nur konnte ich mich nicht erinnern, wo. Ich fühlte, wie Liebe und Leidenschaft in mir entfacht wurden, zog sie an mich, küsste sie auf Lippen, Augen und Nase, und wieder auf den Mund, drängte meine Zunge gegen ihre und streichelte ihre Brüste. Rasend vor Erregung packte ich sie bei den Haaren und zwang sie hinunter zwischen meine Beine. Sie gehorchte gern und nahm ihn in den Mund, und ich stöhnte und lehnte mich zurück, während meine Füße auf den Pedalen zuckten. Mein Schwanz war steif und pochte, und beim Anblick ihres zerfetzten Nackens, aus dem das Blut tropfte, krallte ich mich in ihr Haar und hob ihren Kopf hoch an mein Gesicht, um ihr wieder einen Zungenkuss zu geben. Dann warf ich ihn zurück in meinen Schoß und drang erneut ein in ihren Mund, während meine Finger das klebrig warme Gewebe ihres Nackens befühlten. Tiefer und härter stieß ich hinein, und der Kopf reagierte, der Mund saugte, als wäre noch immer Leben in ihm, und vielleicht war es auch so, denn ich hätte schwören können, dass er mit mir sprach. Ich war kurz davor, zu kommen – der Kopf konnte es kaum erwarten – , und hatte Visionen von Heiligen und Engeln, von Gott, dem Allmächtigen, der mir zusah und angewidert den Kopf schüttelte, mich zu ewigen Höllenqualen verdammte. Dann erinnere ich mich, wie ich in ihrem Mund abspritzte und mir schwarz vor Augen wurde.

Scheinwerferkegel krochen die Schotterstraße herauf. Es war Catalaine in dem neuen Porsche, der von dem letzten Kerl, den sie gefickt und den ich dann getötet hatte. Sie hielt neben mir; ein Blick in mein Gesicht und sie war im Bilde.

»Wo ist der Kopf?« blaffte sie.

»Auf dem Boden.«

»Blutet er?«

»Ja, ein bisschen.«

»Hast du was untergelegt? Um das Blut aufzusaugen?«

Ich sah hinunter, hoffte, irgendwas würde da auf wundersame Weise erscheinen. »Nein, hab ich nicht.«

»Idiot! ... Bist du in ihrem Mund gekommen?«

»Ja, bin ich.«

»Na großartig! Hinterlässt deine DNS! Das ist 'n Beweis. Kannst du kein Kondom benutzen?«

»Ich hab dir doch schon tausendmal gesagt, mit Kondom kommt es nicht so gut. Das dauert 'ne Ewigkeit.«

»Gut, wir müssen den Wagen verbrennen.«

»Das ist okay. Autos verbrennen mag ich.«

»Es erregt Aufmerksamkeit.«

»Genau wie du ... bist eben sexy.«

Catalaine schien zum Angriff übergehen zu wollen, doch als sie die Bewunderung und das Verlangen in meinen Augen leuchten sah, warf sie mir ein warmes, sonniges Lächeln zu. Allein der Genuss, Catalaine zum Lächeln zu bringen, lohnt das Leben.

Sie stieg aus ihrem Wagen und fing an, die Leiche mit Benzin zu bespritzen, begutachtete die Titten, zupfte dann am Kragen des Pullovers, um einen Blick auf die Unterwäsche werfen zu können.

»Reine Seide, das hat Klasse. Wo hast du die aufgegabelt?«

»An der High School.«

»Wie alt?«

»Sie ist 45. Wollte ihre Tochter abholen.«

Catalaine verteilte Benzin auf dem Rücksitz und dem Boden. Dann sah sie mich an, mit ihrem ungeduldigen Blick, dieser Mischung aus Frustration, Verwirrung und

Verärgerung, die ich so liebe.

»Steigst du jetzt aus, oder möchtest du zusammen mit dem Braten in Flammen aufgehen?«

»Ich glaube, ich möchte gern aussteigen.«

»Dann würde ich vorschlagen, dass du das jetzt tust.«

Kaum hatte ich die Tür geöffnet, übergoss Catalaine meinen Sitz und das Armaturenbrett mit Benzin. Sie richtete sich auf, sah mich über das Dach hinweg an und stöhnte, als sie meine Kleidung sah.

»Oh mein Gott. Sieh dich nur an!«

Ich betrachtete mein Hemd, das irgendwie zerknittert war und aus der Hose hing.

»Tut mir Leid, ich hab kein Bügeleisen.«

»Bügeleisen? Du bist voller Blut. Zieh die Klamotten aus und wirf sie in den Wagen.«

»Mit Vergnügen.«

Ich zog mich aus und schmiss meine Klamotten auf den Fahrersitz. Catalaine stellte sich neben mich, Erregung in den Augen, doch es war nicht das, was ich erhoffte; es war der elektrisierende Orgasmus, den ihr das Braten von Menschenfleisch verschaffte. Sie warf ein Streichholz auf den Fahrersitz, und begleitet von einer enormen Hitzewelle ging der Wagen in Flammen auf; der leblose Rumpf saß unbeweglich da, brutzelte vor sich hin wie ein Brathähnchen am Spieß. Catalaine rieb sich den Schritt mit einem getrockneten Oberschenkelknochen, kicherte und stöhnte, und die Flammen lachten mit ihr. Die Hitze dieses Infernos nährte in mir ein Gefühl des Alleinseins. Ich hob einen spitzen Stein vom Boden auf und verpasste mir einige Schnitte an den Genitalien.

Versteckt hinter dem Spiegel spähte ich durch einen Spalt in der Tür, ich konnte weder atmen noch mich bewegen, war wie hypnotisiert, völlig überwältigt, einfach fasziniert. Catalaine lag auf dem Rücken, wand sich hin und her und stöhnte vor Lust. Ich sah, wie sein behaarter Rücken sich auf ihr hob und senkte. Es hatte etwas von einem Ringkampf in Zeitlupe, gleichwohl waren Catalaines Bewegungen sanft und fließend wie die einer zarten Tänzerin, nur dass ein ungelenker, wenig sensibler Partner sie behinderte. Catalaine nahm sein Gesicht zwischen ihre Hände, drehte es in meine Richtung, damit ich es deutlich sehen konnte; sie wusste, dass hässliche, unästhetische Gesichter es mir leichter machten. Ich hielt den Hammer fest in meiner schweißnassen Hand, rieb damit über die steife Ausbuchtung an meiner Hose, dort, wo die Schnittwunden waren. Catalaine streichelte seinen Kopf, während er an ihren Brüsten lutschte und spielerisch in die Nippel biss. Dann hörte ich ihr atemloses Stöhnen, »Härter, härter«, danach starkes Saugen, bis Catalaine ihn unwirsch aufforderte: »Nein, nimm die Zähne. Beiß rein!«

Der Typ – er erinnerte mich an einen großen Gorilla – schnaubte und grunzte wie ein wildes Tier, vergrub dabei die ganze Zeit sein Gesicht zwischen Catalaines bemerkenswerten Alabasterhügeln, und ich fragte mich, wie sie wohl auf Schwefelsäure reagieren würden. Der Gorilla schien nicht den blassesten Schimmer zu haben, was er als Nächstes tun sollte; also grabschte er nur nach ihren Titten, und ich bemerkte, wie das ungeduldige Feuer der Verärgerung in ihren Augen aufflackerte. Ein anderes Feuer, als sie für mich bereithält. Ich fühlte deswegen eine besondere Verpflichtung, schwor mir, es ihr dieses Mal recht zu machen, eine denkwürdige Tat zu begehen. Sie zog grob an seinen Haaren und er grunzte und schrie auf vor Schmerz. Catalaine sagte ihm, er solle mit dem Herumalbern aufhören und sie endlich ficken. Der Gorilla richtete sich im Bett auf, drückte ihre Hände fest an die Seiten und nahm seine Stellung zwischen ihren Beinen ein. Und wie zur Strafe fing er an, sie zu ficken, roh und gewöhnlich. Zum ersten Mal schien Catalaine zufrieden und sagte ihm, er solle sie härter ficken. Nun wurde er wütend, verlangte, sie solle endlich das Maul halten, doch sie nannte ihn einen impotenten Schlappschwanz. Jetzt stieß er tief in sie hinein, und sie warf den Kopf zurück und seufzte schwach.

Ich hörte das Klatschen und Schnalzen ihrer schweißnassen Körper, die sich einander anpassten wie die Hälften einer aufgeschnittenen Avocado. Bei dem Geräusch schweißiger Haut auf Haut fragte ich mich, wie sich die ganze Sache wohl anfühlte. Es war schon viele Jahre her, dass ich jemand Lebendigen gefickt hatte.

Catalaine begann die Titelmelodie aus Doktor Schiwago zu summen, es war eine Art Einsatzzeichen, ihr Tick, wenn man so will, ihr Ding, seit sie das erste Mal als junges Mädchen gefickt worden war, von Nicos Angopolous, dem Koch einer Falafelbude aus der Nachbarschaft. Der hatte sie eines Nachts hinter dem Abfallcontainer der Küche genommen, nachdem ihr älterer Bruder Sidney sie für zwei Falafel und einen griechischen Salat mit einer Extraportion Schafskäse verhökert hatte. Catalaine hatte mir erzählt, dass in der Bude gerade Doktor Schiwago im Fernsehen lief, und kurz bevor

Nico kam, brachte er sie dazu, mit ihm die Titelmelodie zu singen. Er kam sich vor wie Aristoteles Onassis auf Jackie O.

Der Gorilla bockte und rammelte und pflügte drauflos, und es war klar, dass er ihr wehtun wollte. Ihr zarter Körper erbebte unter den Wellen der kraftvollen Stöße. Obgleich ich wusste, dass sie es genoss, machte es mich wütend: Ich wollte der Einzige sein, der ihr wehtun durfte, und nun fühlte ich mich klein und unbedeutend. Wut setzte mich innerlich in Brand, als wäre ich mit Benzin gefüllt. Catalaine sang nun lauter und der Gorilla pumpte härter; seine Stöße kamen mit der Wucht einer Holzfaust in Boxhandschuhen. Ich wartete, lauschte, sie war fast so weit, kurz vor dem Orgasmus. So lange er sie nur nicht schlägt, dachte ich.

Plötzlich das hohe C mit ihrem klaren Sopran und ich stürzte aus dem Schrank und schrie: »Hey, das ist meine Frau!«

Der Gorilla sah verblüfft zu mir herüber, ein traniges Grinsen, eine Mischung aus Verlegenheit und Omnipotenz, machte sich auf seinem Gesicht breit. Mit der Finne voran sauste der Hammer runter auf seine Visage, die Stirn splitterte wie ein hart gekochtes Ei. Ich versuchte den Hammer frei zu bekommen, ihn aus dem Krater zu lösen, der mal eine Stirn gewesen war, doch Catalaine umklammerte den Stiel und schlang ihre muskulösen Schenkel um die Taille des Gorillas, um seinen Schwanz drin zu behalten. Sie bewegte ihr Becken heftig auf und ab, benutzte den Stiel des Hammers als Joystick, während Blut aus dem Schädel auf die Kissen und ihre Brüste spritzte. Ich schnappte mir die Tischlampe, drückte dem Gorilla die heiße Glühbirne auf den Rücken und versengte ihm die Rückenhaare. Catalaine stöhnte und zuckte, das Blut sprudelte weiter, und gleichzeitig stieg der Geruch von versengtem Haar auf. Sie machte sich steif, verharrte regungslos für einen Augenblick; der Gorilla zuckte und fiel dann schlaff auf sie. Catalaine stieß einen Schrei der Erleichterung aus, entspannte sich und atmete tief aus. Sie war fertig.

Einen Augenblick lag sie da, voller Selbstekel, und sie genoss es, stand dann auf und sagte mir, ich solle die Mülltüten holen. Als ich zurückkam, hatte sie die neue Heckenschere in der Hand. Die Schneiden funkelten im grellen Licht der Tischlampe, die jetzt auf der Seite lag.

»Hilf mir, ihn umzudrehen. Ich will ihn umdrehen.«

»Warum?«

»Hilf mir einfach.«

Ich versenkte die Leiche in einem Sumpf hinter der Tankstelle. Als ich zurückkam, schwammen seine schrumpligen Eier bereits in einem Glas mit Olivenöl. Ich legte mich neben Catalaines Bett auf den Holzfußboden, und während sie aus einem Gedichtband von Salman Rush die rezitierte, schlief ich ein.

Catalaine warf noch einen Holzscheit ins Feuer, sie wusste eben, wie man ein Feuer richtig schürt, wie man langsam die optimale Hitze erreicht. Sie war vertraut mit einem Lagerfeuer wie eine Hausfrau mit ihrem Backofen. Außerdem war Catalaine eine richtig tolle Köchin. Ich saß auf einem Stein und starrte in die Flammen, die bis zum Mond hochzuzüngeln schienen, der weit über uns schwebte. Im orangenfarbenen Schein ihres Mini-Höllenfeuers beobachtete sie mich schweigend und ich sah, wie es in ihrem Kopf arbeitete.

»Hör auf, Trübsal zu blasen, du ziehst mich richtig runter.«

»Tut mir Leid, ich kann's nicht ändern, ich fühl mich nun mal so.«

»Vergiss es. Du kannst es nicht ändern, also akzeptiere es. Das Leben geht weiter.«

»Ich hätte gern, dass es wenigstens einmal anders ist.«

»Liebe hält nicht ewig, niemals, und so wird's auch immer bleiben.«

»Eine sehr zynische Einstellung.«

»Lern es, leb es und werd eins damit.«

»Ich möchte, dass es wenigstens einmal im Leben von Dauer ist.«

»Sie war immerhin ein Hippie.«

»Ich weiß, aber ich hatte sie wirklich gern.«

»Also ich bitte dich! Sie trug dieses Peace-Zeichen!«

»Es war kein Peace-Zeichen, es war ein Kabbala-Symbol.«

»Mir kommt gleich das Kotzen.«

»Ich dachte, du kotzt gern.«

»Schon, aber nicht wegen so eines Blödsinns.«

»Sieh mal, ich sage ja nur, dass ich sie wirklich mochte und wir etwas Besonderes für einander hätten sein können.«

»Sie kann immer noch etwas Besonderes für dich sein. Sie ist fertig!«

Und mit diesen Worten zog Catalaine den gebratenen Schenkel aus den Flammen und fing an, ihn zu tranchieren. Als sie mir einen Teller mit brutzelnder, gebratener Freundin reichte, kribbelte es in meinem Kopf vor Hunger und Verlangen.

Für Sheryl brauchte man weder Salz noch Pfeffer, sie schmeckte köstlich, so wie sie war.

Pulp Master

Die Reihe Pulp Master: die Taschenbuchreihe ist eine Referenz an die Pulp-Magazine und Paperback Originals, in denen in den dreißiger, vierziger und fünfziger Jahren der stilistische Grundstein des modernen Realismus gelegt wurde. Autoren wie Raymond Chandler, Dashiel Hammett, William S. Burroughs, Jack Kerouac, Jim Thompson und Philip K. Dick publizierten ihre Stories und Romane zuerst in den Pulps. Von der offiziellen Literaturkritik als Schund ignoriert, bot sich hier ein von Konvention und Zensur unbehelligter Raum, in dem die Autoren gesellschaftlich verdrängte Phänomene wie Gewalt, Kriminalität, Sexualität, Drogen und Rassismus thematisieren konnten. Zeitgenössische Autoren wie Garry Disher oder Buddy Giovinazzo, die diese explosive Noir-Mischung um aktuelle Themen erweitern, haben neben wiederentdeckten Klassikern, die erste genreübergreifende Taschenbuchreihe auf dem Buchmarkt etabliert.

AMAZON: Pulp Master ist ein absolutes Muss für Leser harter, düsterer Thriller, in denen sich die brutale Realität unser Gesellschaft widerspiegelt. Geschichten, die so völlig anders sind als der "mittelstandskompatible Mainstream" (Thomas Wörtche UT Metro), den die Großverlage kultivieren. Geschichten, die naturgemäß nicht die Erwartungen eines breiten Publikums erfüllen können - aber gerade darin liegt ihre Stärke und ihr besonderer Reiz.

Alle Titel können portofrei unter **www.maasmedia.net** bestellt oder über den Buchhandel bezogen werden.

Fragen und Anregungen zu Pulp Master bitte per email: master@txt.de

MaasMedia

Die Reihe MaasMedia: die Bücher der Reihe MaasMedia werden im Print-On-Demand (PoD) Verfahren hergestellt. Damit zollen wir neuen Produktionsweisen Aufmerksamkeit und experimentieren mit guter Laune. Die schlichte Gestaltung der Bücher zollt den noch sehr eingeschränkten Möglichkeiten des Digitaldrucks Tribut. Die Bücher tragen den MM Stempel , was die Herstellung der kleinen Auflage unterstreichen soll.

Die Reihe wurde konzipiert als offenes Feld für Texte und Inhalte aller Art - letztendlich alles, was zwischen zwei Buchdeckeln untergebracht werden kann. Gemeinsamkeit ist lediglich das Buch als Träger von Information, die printbar ist. Klassische Unterscheidungen zwischen Belletristik, Sachbuch, Ratgeber etc. vermeiden wir zwar nicht willentlich, sie greifen aber für einen Teil der Reihe ohnehin nicht.

Wir sehen von fern, wie blutjungen Autorinnen und junggebliebenen Autoren ein Erstling nach dem anderen auf den steinigen Pfad ihrer Autorenkarrieren verlegt wird und ziehen es vor, bezüglich neuer deutscher Literatur zu pausieren, warten ab, wann sie alt aussieht und sichtbar wurde, was blieb. So haben wir uns momentan von all dem abgewandt und züchten fröhliche Hybriden aus anderen Gattungen oder setzen auch schon mal auf altbewährtes.

Regelmäßige Veranstaltungen des Maas Verlags im Kaffee Burger, Torstr. 60, U-Bahn Rosa-Lux-Platz, Berlin-Mitte:

MaasMedia Mittwoch, jeden ersten Mittwoch im Monat
Pulp Master Montag, jeden zweiten Montag im Monat

Pulp Master 12

Garry Disher, **HINTERHALT**
Ein Wyatt-Roman

Roman, Deutsche Erstausgabe
Paperback DM 19,80
ISBN 3 929010-73-9

Erscheint IV/2001

Wyatt muß untertauchen, nachdem der letzte Job völlig in die Hosen ging. Die Polizei fahndet nach ihm, und das Syndikat hat ein Kopfgeld auf ihn angesetzt. Ein zwielichter Typ namens Enter Stolle, der sich darauf spezialisiert hat, Leute zu suchen, die nicht gefunden werden wollen, ist auch hinter Wyatt her, um ihn für einen Klienten in Brisbane aufzuspüren. Es geht um einen Bankjob, der zwei Millionen bringen kann ... ein Kinderspiel für Wyatt, normalerweise, wenn ein hochverschuldeten Bankdirektor, ein Waffen schmuggelnder Pilot, korrupte Bullen und ehrgeizige Punks nicht dazwischenfunken würden.

Der erste Wyatt-Roman "Gier" wurde mit dem Deutschen Krimi-Preis ausgezeichnet. Weitere Wyatt-Romane sind in Vorbereitung für 2002.

Pulp Master 13

Gerald Kersh
NACHTS IN DER STADT

Roman, Deutsche Erstausgabe
Paperback DM 19,80
ISBN 3-929010-80-1

Erscheint II/2002

Nachts im London der 30er: zwielichtige Clubs, Nutten, Trinker und verlorene Seelen. Unter ihnen Harry Fabian, ein aus dem Cockney Slum stammender mieser, kleiner Zuhälter, der die naive Zoe auf den Strich schickt und vom großen Geld träumt. Gemeinsam mit dem windigen Geschäftemacher Figler will Fabian zum Top-Wrestling-Promoter in London aufsteigen. Das Animiermädchen Helen träumt vom eigenen Nachtclub, der wenig erfolgreiche Künstler Adam will seine kreative Krise als Kellner überbrücken. Sie alle begegnen sich irgendwann auf einer nicht enden wollenden Odyssee durch die Nacht.

Gerald Kersh wurde hierzulande von den Publikumsverlagen weitestgehend ignoriert und geriet in Vergessenheit, doch zeitgenössische Autoren wie Joe R. Lansdale, Andrew Vachss oder Harlan Ellison bezeichnen ihn als ihren "favourite writer bar none"

Pulp Master 14

Buddy Giovinazzo
POTSDAMER PLATZ

Roman, Deutsche Erstausgabe
Paperback DM 19,80
ISBN 3-929010-81-x

Erscheint III/2002

Der türkische Bauunternehmer Yossario bittet seinen alten Mafiafreund Riccardo Montefiore um Hilfe: Auf der Berliner Riesenbaustelle am Potsdamer Platz tobt ein blutiger Verdrängungskrieg um Großaufträge. Die Mafiasoldaten Tony und Hardy aus New Jersey werden nach Berlin entsandt, um mit guter, alter amerikanischer Gewalt entsprechenden Druck auf die Gegenseite auszuüben. Doch die scheint alte Kontakte zur Stasi zu haben und hat ihrerseits Rückendeckung aus Rußland angefordert. Während der psychopathische Hardy sich in seinem Element befindet, erkennt Tony, dass ihre gewalttätigen Aktionen ständig getoppt werden und der ganze Einsatz auf fremdem Terrain langsam, aber sicher aus dem Ruder läuft ...

MaasMedia Vol. 15

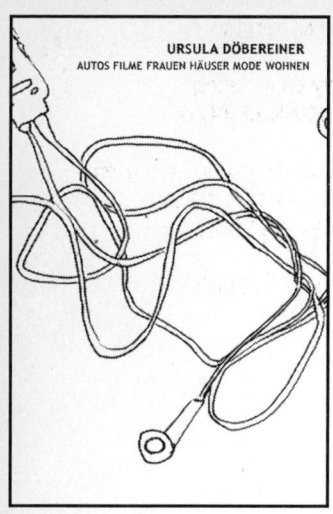

URSULA DÖBEREINER
AUTOS FILME FRAUEN HÄUSER MODE WOHNEN

Ursula Döbereiner
**AUTOS/FILME/FRAUEN/
HÄUSER/MODE/WOHNEN**

BookOnDemand
DM 22,00
ISBN 3-929010-84-4

Spuren von Pixeln, Strichen, Linien: Zwischen den Dingen und Worten, inmitten der freigelegten Konturen einer Prada- Handtasche oder den Umrissen einer übersehenen Bushaltestelle in Ostdeutschland entwirft Ursula Döbereiner ein Koordinatensystem kollektiven und persönlichen Gedächtnisses, eine gezeichnete Metasprache der Moden, Beziehungen und Utopien, die vom Bestimmten zum Unbestimmten führt. Die anonymen Geschichten vom Rauchen, Wohnen, Autofahren, Musikhören, von Filmstars und Freundschaften, Liebe und Arbeit, die Döbereiner in ihren bloßen Umrissen reproduziert, sind das Vokabular für eine visuelle Sprache, die in Ihrer Reduktion zugleich faßbar und schemenhaft ist, ebenso wie die Erinnerung, die sie hervorgebracht hat.